「홍길동전」의 작자는 허균이 아니다

『홍길동전』의 작자는 허균이 아니다

초판 1쇄 발행 2018년 11월 25일

지은이 이윤석
펴낸이 이효진
디자인 윤현이
인쇄 스크린그래픽
펴낸곳 한뼘책방
등록 제25100-2016-000066호 (2016년 8월 19일)
주소 (03690) 서울시 서대문구 가재울로2안길 29-14
전화 02-6013-0525
팩스 0303-3445-0525
이메일 littlebkshop@gmail.com
인스타그램, 트위터, 페이스북 @littlebkshop
ISBN 979-11-962702-4-7 03810
ⓒ이윤석 2018

이 도서의 국립중앙도서관 출판예정도서목록(CIP)은 서지정보유통지원시스템 홈페이지
(http://seoji.nl.go.kr)와 국가자료공동목록시스템(http://www.nl.go.kr/kolisnet)에서
이용하실 수 있습니다. (CIP제어번호: CIP2018033968)

「홍길동전」의 작자는 허균이 아니다

이윤석 지음

한뼘책방

　　대학원 재학 중에『홍길동전』의 작자가 허균이라는 데에 의문을 품은 이래, 지난 40여 년 동안 필자는 그와 관련한 저서 3권과 논문 14편을 발표했다. 이제 전문 연구자들 사이에서『홍길동전』의 작자가 허균이라는 말은 더 이상 나오지 않게 되었다. 그러나 이와 같은 필자의 연구 성과가 다른 분야 연구자들이나 초·중등학교의 교사들, 그리고 일반인들에게까지는 아직 제대로 전달되지 못하고 있다. 텔레비전이나 신문 같은 대중매체나 SNS에서 '허균이 지은『홍길동전』'이라는 표현을 자주 접하게 되는데, 이는 사실이 아니다.

　　1927년 경성제국대학의 일본인 교수가 "『홍길동전』의 작자는 허균"이라고 말한 이후,『홍길동전』의 작자는 허균이 되어버렸다. 그 이전에『홍길동전』의 작자가 알려졌던 것도 아니고, 또 한국 사람은 아무도『홍길동전』의 작자가 허균이라고 말하지 않았는데, 일본인 교수의 논문 발표 이후 기정사실처럼 되어버렸다. 필자는 이 책에서 왜 이런 일이 일어났고, 또 이것은 어떤 문제가 있으며, 이 문제의 해결방안은 무엇인가를 얘기했다.『홍길동전』의 작자가 허균이 아니라는 객관적 사실을 독자들에게 정확하게 전달하기 위해서, 책의 제목도『홍길동전』의 작자는 허균이 아니다'라고 붙였다.

　　이 책은 세 부분으로 구성되어 있다.

1부는『홍길동전』의 작자 문제이다. 허균이『홍길동전』의 작
자로 알려지게 된 과정을 살펴보고, 그 과정에서 어떤 논의가
있었는지 알아보았다. 그리고 누가『홍길동전』의 작자인가 하
는 문제를 검토했다.

　2부에서는 조선시대 한글소설의 발생과 특징 등을 다루었
다.『홍길동전』의 작자 문제를 이해하기 위해서는 조선시대 한
글소설에 대한 정확한 이해가 필요하기 때문이다.

　3부는 원본『홍길동전』의 복원이다. 현재 시중에 나와 있는
많은『홍길동전』은 대부분 원본에서 거리가 먼 축약본들이다.
이 책에서는 그동안의 필자의 연구를 바탕으로 원본을 복원했
다. 그리고 복원하는 과정과 함께 작품 해석 방법에 대해서도
서술했다.

　『홍길동전』은 재미있을 뿐만 아니라 상당히 의미 있는 소설
이다. 그 재미와 의미의 발견은『홍길동전』이라는 소설을 읽는
것에서 시작된다. 여기에 더해서『홍길동전』을 둘러싼 여러 가
지 내용을 알게 되면, 재미와 의미를 더욱 깊이 있게 만들 수 있
을 것이다.

2018. 10.

이윤석

【 차례 】

1부

『홍길동전』의
작자는
허균인가?

ㅎ

한국 사람이라면 대부분 자신이 『홍길동전』의 줄거리를 잘 알고 있고, 또 작품이 담고 있는 의미도 어느 정도 파악하고 있다고 생각한다. 초등학교에 들어가기 전부터 만화나 동화를 통해서 홍길동이라는 이름을 들어본 적이 있고, 초등학교에서 고등학교까지는 개인적인 독서나 학교교육을 통해서 "아버지를 아버지라 부르지 못하고, 형을 형이라 부르지 못하는" 홍길동을 주인공으로 한 고소설 『홍길동전』을 알게 된다. 아마도 홍길동은 『춘향전』의 주인공인 성춘향이나 이몽룡보다 더 잘 알려진 이름일 것이다. 관공서나 은행 등에서 견본으로 제시하는 서류를 보면 이름 쓰는 난에 '홍길동'이라고 적혀 있는 경우가 많은데, 마치 영어권에서 'John Doe'라고 쓰는 것처럼 한국에서는 '홍길동'이 가상 인물을 대표하는 이름이 되었다.

『홍길동전』의 작자와 주제에 대해서도 중고등학교에서 배우기 때문에, 이 작품의 작자는 허균이고 주제는 '적서차별의 타파'라는 것도 함께 외우고 있는 경우가 많다. 이런 지식은 자신이 직접 『홍길동전』을 읽거나 이 작품에 관한 내용을 공부해서 파악한 것이 아니라, 대부분 교과서나 참고서를 통해서 얻은 것이다. 그런데 중고등학교 교과서나 참고서는 기존에 잘 알려진 내용 위주로 짜여 있기 때문에, 새로 밝혀진 사실이나 현재 논란이 되고 있는 문제에 대해서는 교사나 학생 모두 잘 알 수 없다. 게다가 학교에서는 『홍길동전』을 처음부터 끝까지 직접 읽어가며 교육하지 않으므로 작품의 구체적인 내용을 알기 어렵다. 개인적으로 『홍길동전』을 읽는다 하더라도, 시중에 나와 있는 수많은 『홍길동전』 가운데 어떤 책이 원본에 가까운 것인지 모르기 때문에, 자신이 읽은 책이 원본인지 아닌지도 알 수 없다. 현재 서점에서 판매하는 『홍길동전』은 방각본을 현대어로 옮긴 것이 많은데, 방각본은 원본을 축약한 것이므로 이런 책을 읽어서는 『홍길동전』의 내용을 제대로 파악하기 힘들다. 또 상당히 많은 책이 편집한 사람이 마음대로 꾸며놓은 것이어서, 고소설 『홍길동전』을 읽었다고 말하기보다는 어떤 작가가 새로 쓴 '홍길동전'을 읽었다고 말하는 편이 나을 정도이다.

원본을 읽지 않고서도 내용을 이해하고 있다고 생각하는 문제 이외에도 『홍길동전』 이해에서 또 다른 큰 문제가 있다. 그것은 이 작품의 작자가 허균이 아님에도 불구하고 허균이라고 알고 있다는 점이다. 『홍길동전』의 작자는 허균'이라는 잘못된 지식은, 지난 90년 동안 거의 의심할 필요 없는 절대적인 사실로 알려져왔다. 그러나 이 지식의 근거는 매우 빈약하다. 오히려 『홍길동전』의 작자는 허균이 아니다.'라는 명제가 참이다. 중등학교 교육을 통해서 『홍길동전』의 작자를 허균이라고 외우고 이에 대해 회의를 가져본 적이 없는 사람이라면, 『홍길동전』의 작자가 허균이 아니라는 주장은 귀에 잘 들어오지 않을 것이다. 한국의 고전문학을 전문적으로 연구하는 연구자가 아니면 『홍길동전』의 작자가 허균이 아니라는 전문 연구서를 읽어볼 기회가 없으므로, 연구자 이외에는 『홍길동전』작자에 대한 학계의 논의를 알기 어렵다.

그러나 고소설에 대해 약간의 상식만 있다면 『홍길동전』의 작자가 허균이 될 수 없다는 것은 자명한 사실이다. 그리고 그 사실을 증명하는 일은 그렇게 어려운 일이 아니다. 여기에는 특별히 전문적인 지식이나 복잡한 이론이 필요 없다. 만약 한국의 고소설 교육을 작품 읽는 것부터 시작했다면, 이처럼 오랜 기간 『홍길동전』의 작자를 허균이라고 말하지는 않았을 것이다. 그러나 작품을 읽는 것이 아니라 작품에 관한 지식을 외우는 것이 『홍길동전』교육의 전부이기 때문에, 외우지 않은 것에 대해서는 다시 생각해볼 기회가 없는 것이 현실이다.

1927년까지 『홍길동전』을 읽던 독자들 가운데 작자가 누구인지 알아보려고 생각한 사람은 없었고, 허균을 이 작품의 작자라고 생각한 사람도 없었으며, 조선의 수많은 지식인 가운데 한글소설 『홍길동전』의 작자를 허균이라고 말한 사람도 없었다. 물론 허균이 쓴 글 어디에도 자신이 『홍길동전』을 썼다는 말이 없고, 허균이 쓴 것이라는 작품의 실물도 없다. 허균이 『홍길동전』의 작자로 알려진 때는 1927년이고, 『홍길동전』의 작자를 허균이라고 처음 말한 사람은 한국인이 아니라 일본인이다. 이런 사실들은 그동안 연구자들 사이에서만 논의되었지, 학계 밖으로는 자세히 알려진 적이 없다. 1부에서는 허균이 『홍길동전』의 작자로 알려지게 된 과정을 검토해서, 이런 잘못이 왜 이처럼 오랫동안 계속되었는지 그 이유를 살펴보기로 한다. 그리고 『홍길동전』의 작자가 누구인가도 함께 알아보기로 한다.

1 ____ 허균이 『홍길동전』의 작자가 아닌 이유

허균(許筠, 1569~1618)이 『홍길동전』의 작자가 될 수 없는 이유는 여러 가지가 있는데, 그 가운데 먼저 작품의 내용을 중심으로 살펴보자.

작품의 창작시기를 알 수 없을 때, 작품 속에 들어 있는 내용을 증거로 창작시기를 가늠할 수 있다. 문학작품뿐 아니라 다른 예술작품을 감정할 때에도 이 방법을 이용하는데, 그림이라면 어떤 물감을 썼는지 조사한다든가, 서적이라면 어떤 종이나 먹을 썼는지 알아내어 제작시기를 결정할 수 있다. 문학작품의 경우라면 작품에 등장하는 인물이나 사건 등을 통해 창작시기를 알 수 있다. 즉, 『홍길동전』속에 허균이 죽은 이후에 일어난 사건이나 인물이 등장한다면, 이 작품을 허균이 지었다고 말할 수 없다.

먼저 이 장면을 보자. 길동은 아버지에게 자신이 서자이지만 높은 벼슬을 할 수 있느냐고 묻다가, 아버지에게 꾸중만 듣게 된다. 꾸중을 듣고 나서 어머니를 찾아간 길동은, 자신의 신세를 한탄하며 "차라리 몸을 세상 밖에 던져 유취만년하겠다."고 말한다. 더러운 이름을 영원히 남긴다는 의미인 '유취만년(遺

臭萬年)'은 훌륭한 명성을 후세에 남긴다는 의미의 '유방백세 (流芳百世)'와 짝을 이루는 말로, 주로 도둑이나 간신과 같은 부정적인 이미지의 인물을 가리킬 때 쓰는 말이다. 길동은 어머니에게 신세를 한탄하면서 다음과 같은 말도 한다.

상공의 천대는 마음속에 다른 생각이 없으나, 온 집안의 종들이 다 업신여겨, 말할 때마다 '아무개의 천한 첩의 자식이라' 지목하니, 생각하면 한이 골수에 사무치는지라. 옛날 장충의 아들 길산은 천한 종에게서 태어났으나, 13세에 그 어미를 이별하고 운봉산에 들어가 도를 닦아 아름다운 이름을 후세에 전하되, 그 처음과 끝을 알 사람이 없사옵니다. 소자도 또한 그런 사람을 본받아서 세상을 벗어나려 하오니, 엎드려 바라건대, 모친은 자식이 있다 마시고 세월을 보내면, 후일에 서로 찾아 모자의 정을 이을 날이 있으리이다.

길동은 이미 아버지로부터 문과에 급제해도 정승이 될 수 없고 또 무과에 급제해도 대장이 될 수 없다는 말을 들었으므로, 다른 방식으로 이름을 세상에 남기겠다고 말한다. 즉, 아름다운 이름이 아니라 더러운 이름이라도 남기겠다는 것이다. 그리고 그 예로 든 사람이 "옛날 장충의 아들 길산"이다. 이 내용은 거의 모든 이본에 나오므로, 『홍길동전』이 창작된 시점부터 들어 있는 내용이다. "장충의 아들 길산"은 '장길산'을 말하는데,

장길산은 1690년대부터 이름이 알려진 도둑이다. 허균이 죽은 해는 1618년이므로 장길산이 등장하는 기록이 처음 나오는 시기는 허균이 죽은 뒤 약 70년 후가 된다. 『홍길동전』을 허균이 지었다면, 허균은 자신의 사후 70년이 되어서야 나타나는 인물을 작품에 등장시킨 것이 된다.

장길산에 대해서는 약간의 기록이 남아 있다. 이익(李瀷, 1681~1763)은 홍길동, 임꺽정, 장길산 세 사람을 조선의 큰 도둑이라고 말하면서, 이 가운데 장길산은 원래 광대 출신으로 용맹이 뛰어났다고 했다. 근래에 황석영이 쓴 소설 『장길산』은 바로 이 숙종 때의 도둑 장길산을 주인공으로 한 것이다. 이 소설로 장길산은 현재까지 그 이름이 널리 알려지면서 그를 주인공으로 한 만화나 드라마도 나왔다.

장길산은 실존 인물로 장길산의 이름은 『조선왕조실록』에도 다음과 같이 몇 차례 등장한다.

이때 도둑의 우두머리 장길산이 양덕에 숨어 있었는데, 포도청에서 장교를 보내서 잡으려고 했으나 관군이 놓쳤다. 그 현감의 죄를 물어 다른 고을의 수령을 경계하는 것이 좋겠다고 대신들이 청하자, 임금이 그렇게 하라고 했다.

이는 숙종 18년(1692년) 12월 13일의 기록으로, 도둑 장길산을 못 잡은 죄를 양덕 현감에게 묻기로 했다는 내용이다. 그

뒤 몇 년이 지난 1697년 1월 10일의 『조선왕조실록』에 장길산에 관한 내용이 다시 등장한다. 장길산과 결탁해서 반역을 꾀하려는 무리가 있다는 보고를 받은 임금이 이들을 문초한 내용이다. 이 자리에서 숙종은 장길산에 대해서 다음과 같이 말했다.

큰 도둑인 장길산은 비할 데 없이 날래고 사납다. 여러 곳으로 다니면서 그 무리가 실로 번성했는데, 벌써 10년이 지났으나 아직 잡지 못하고 있다. 지난번 양덕에서 군사를 풀어 포위해서 잡으려 하였으나 끝내 잡지 못하였으니, 또한 그 흉악함을 알 수 있다.

이 대목을 보면, 장길산은 이미 10년 동안 도둑으로 이름을 떨쳤음을 알 수 있다. 숙종은 다시 장길산을 잡아 오도록 명령을 내리나 장길산을 체포했다는 기록이 나타나지 않는 것으로 보아, 장길산은 끝내 잡히지 않았다.

숙종 때의 도적 장길산이 『홍길동전』에 나타난다는 사실은 이 작품이 숙종시대 이후에 만들어진 것임을 말하는 것이다. 그리고 홍길동이 장길산을 말하는 대목에서 "옛날 장충의 아들 길산"이라고 하여 장길산을 옛날 사람이라고 했으므로, 『홍길동전』은 적어도 장길산이 알려진 이후 수십 년 이상 지난 다음에야 나온 것이라고 보는 것이 합리적이다.

이런 예를 한 가지 더 보면, '선혜청'이라는 관청의 이름이 작품에 나오는 부분이다. 길동은 조선을 떠나기 전에 임금에게 벼

천 석을 빌려달라고 하는데, 이 요구를 임금이 들어준다. 여기에 다음과 같은 내용이 나온다.

임금이 길동의 일을 신기히 여겨 이튿날 선혜낭청에게 명령을 내려, '벼 일천 석을 실어 날라 서강에 쌓으라.' 하시니, 선혜낭청이 즉시 하인을 모으고 벼 일천 석을 실어 내어 서강에 산처럼 쌓았다. 문득 배 수십 척이 와서 그 벼를 싣고 남녀 아동 합하여 육칠천 명이 나와 일시에 배에 실으니, 서강 사람과 선혜청에서 일하는 사람 등이 그 연고를 알지 못하여 물었다.

이 대목에는 '선혜낭청'과 '선혜청'에서 일하는 사람이 등장한다. 선혜청은 대동법 시행 이후 대동미나 대동포의 출납을 맡아보기 위한 관청으로 1608년에 처음 설치되었다. 대동법은 1608년부터 시작되었다고 하나, 이 제도가 전국적으로 시행된 것은 100년이 지난 1709년이다. 그러므로 '선혜청'이라든가 선혜청의 관리인 '선혜낭청'이라는 벼슬이 소설에 등장하려면 1608년에 선혜청이 설치된 이후 상당한 시간이 경과한 뒤라야 가능한 일이다.

이처럼 『홍길동전』에는 숙종 때의 도둑 장길산의 이름이 나온다든가, 숙종 때에 비로소 전국적으로 실시된 대동법과 관련된 선혜청이라는 관청의 이름이 나타난다. 이것만으로도 1618년에 사형당한 허균이 『홍길동전』의 작자가 될 수 없다는 것은 분명하다. 이 문제에 대해서, 허균이 지은 원본에는 이런 내용이 없었는데 후대에 이 내용이 들어간 것이라는 주장을 할 수도 있다. 그러나 그런 주장을 하기 위해서는 허균이 지은 원본을 제시해서, '장길산'이나 '선혜청'이 나타나지 않는다는 것을 증명할 수 있어야 한다. 허균이 지은 『홍길동전』을 보여줄 수 없으면서, '장길산'이나 '선혜청'이 후대에 첨가된 것이라고 주장하는 것은 논리적으로 성립될 수 없다.

작품의 내용 이외에도 『홍길동전』의 작자를 허균이라고 말하는 데에는 여러 가지 문제가 있다. 몇 가지를 보기로 한다.

첫째, 『홍길동전』과 같은 형식의 한글소설은 1800년 무렵에 나타나는데, 어떻게 『홍길동전』은 그 200년 전에 나올 수 있었을까? 이 문제는 뒤에 다시 자세히 이야기하겠지만, 특정한 형식의 예술작품은 특정한 시기에 비로소 나타나는 것이다. 1800년 무렵이 되어야 조선에서 『홍길동전』 같은 소설이 나올 수 있는 것이지, 허균이 살았던 1600년 무렵에는 이런 소설이 나올 수 없다.

둘째, 허균이 한글로 소설을 쓸 수 있는 능력을 갖고 있었다는 것을 증명할 수 있는가? 한글로 긴 이야기를 만들어낼 수 있는 능력은 특별한 능력인데, 소설가가 바로 이런 능력을 갖고 있는 사람이다. 소설은 전문적인 기술을 따로 익히지 않고서는 쓸 수 없다. 특히 한글소설은 이 방면의 기술을 연마한 사람에게만 가능한 문학 장르이다. 허균이 한글로 소설을 쓸 수 있는 능력이 있었음을 보여주는 근거 자료는 어디에도 없다. 즉, 그는 소설가가 아니다.

셋째, 1910년대 이전에 만들어진 『홍길동전』은 현재 수십 종 이상이 남아 있다. 만약 허균이 작자라면 각기 다른 내용의 이 많은 이본 가운데 어떤 것이 허균이 쓴 것인가? 허균을 『홍길동전』의 작자라고 주장하기 위해서는, 현재 남아 있는 30여 종의 이본 가운데 어느 것이 허균이 쓴 것인지 결정해야 한다. 그런데 현재 남아 있는 『홍길동전』 이본은 모두 19세기 중반 이후에 나온 것이다. 허균이 죽은 후 200년 이상의 시간 동안 『홍길동전』이 어떻게 전해졌는지 그 과정을 밝힐 수 있어야, 허균이 『홍길동전』의 작자라는 논의를 할 수 있다.

이상의 몇 가지 문제가 해결되어야 허균이 작자라는 논의를 시작할 수 있는데, 이 중의 어떤 문제도 해결할 수 없다. 뒤에서 다시 이야기하겠지만, 『홍길동전』의 작자를 허균이라고 말하게 된 이유는, 조선시대 한글소설의 특징을 전혀 이해하지 못했다는 데에서 찾을 수 있다.

2 ___ 『홍길동전』의 작자가
허균이라고 알려진 때는 언제인가

『홍길동전』의 작자 문제를 이야기하기 위해서는, "『홍길동전』의 작자는 누구인가?"라는 질문에 앞서 "『홍길동전』의 작자가 허균이라고 알려진 때는 언제인가?"라는 질문이 필요하다. 조선시대 한글소설을 전공하는 연구자가 아니라면 이런 질문을 이상하게 생각할 수도 있다. 왜냐하면 작자를 알 수 없는 소설을 생각하기 어렵기 때문이다. 그러나 현재 남아 있는 수백 편의 한글 고소설 가운데 작자가 알려진 작품은 거의 없다. 김만중의 『구운몽』과 『사씨남정기』 그리고 허균의 『홍길동전』이 한글소설 가운데 작자가 알려진 작품인데, 김만중의 두 작품은 원작이 한문이었을 가능성이 크다. 이렇게 보면, 작자가 알려진 한글 고소설은 『홍길동전』 하나뿐이다. 중등학교에서 『홍길동전』의 작자를 허균이라고 가르치므로, 많은 사람들이 허균 스스로 『홍길동전』을 썼다고 말했을 것이고, 당연히 작자를 밝힌 작품이 남아 있을 것이라고 생각한다. 그러나 허균이 쓴 글 어디에도 자신이 『홍길동전』을 썼다는 말이 없고, 현재 남아 있는 30여 종이 넘는 『홍길동전』 이본 가운데 작자가 허균이라고 되어 있는 것도 없다. 이럼에도 불구하고, 『홍길동전』의 작자가 허균이라고 알려지게 된 이유는 무엇일까?

그 이유를 말하기 전에 먼저 한 가지 확인해둘 것이 있는데, 조선시대에는 아무도 한글소설『홍길동전』의 작자를 허균이라고 말하지 않았다는 사실이다. 그렇기 때문에『홍길동전』의 작자 문제에 접근하기 위해서는, 이 작품의 작자가 누구인가 하는 질문보다『홍길동전』의 작자를 허균이라고 말하기 시작한 때가 언제인가 하는 것을 먼저 알아볼 필요가 있다.

고소설 연구자들은 불과 몇 년 전까지만 해도『홍길동전』의 작자를 허균이라고 한 첫 번째 문헌이 김태준(金台俊, 1905~1949)의『조선소설사』라고 알고 있었다.『조선소설사』는 1933년에 간행되었는데, 이 책은 1930년 10월 31일부터 1931년 2월 14일까지 총 69회에 걸쳐「동아일보」에 연재한 '조선소설사'를 단행본으로 묶은 것이다.「동아일보」연재의 제1회에 전체 목차가 제시되는데, 이 목차의 15번이 '『홍길동전』과 허균의 예술'이다. 그리고 1930년 12월 4일 제18회부터 '『홍길동전』과 허균의 예술'이 시작된다. 김태준이『홍길동전』의 작자를 허균이라고 말한 첫 번째 사람이라고 한다면, '조선소설사'를「동아일보」에 쓰기 시작한 1930년 10월 31일이『홍길동전』의 작자가 알려진 날짜라고 할 수 있다. '『홍길동전』과 허균의 예술'은 3회에 걸쳐 실리는데, '작자 허균의 일생'에서 김태준은 "'허균은 '홍길동전'을 지어『수호전』에 비겼다(許筠作洪吉童傳以擬水滸)'라는 문구로써『홍길동전』의 저자가 허균임을 알았다."

고 했다.

　김태준의 '조선소설사' 이전에 고소설을 다룬 글로는 안확의 『조선문학사』와 조윤제의 「조선소설의 연구」를 들 수 있는데, 1922년 안확이 저술한 『조선문학사』에는 『홍길동전』 작자에 관한 언급이 없고, 1929년 조윤제의 경성제국대학 졸업논문 「조선소설의 연구」에서도 『홍길동전』을 다루었지만 작자에 대해서는 아무 말도 하지 않았다.

　안확이나 조윤제, 김태준 이전에 『홍길동전』의 작자에 대한 언급이 있을 만한 자료로는 신문관에서 간행한 『홍길동전』이 있다. 새로운 인쇄기술인 활판인쇄로 간행한 고소설이 1912년부터 크게 유행하자, 최남선이 운영하던 신문관에서도 이 대열에 합류하여 '육전(六錢)소설'이라는 이름으로 싼값의 고소설 시리즈를 내어놓았다. 이 가운데 『홍길동전』이 있다. 1913년 신문관에서 간행한 소설 뒷면에 『홍길동전』의 광고가 실렸는데, 이 광고에는 『홍길동전』의 내용만 이야기했지 작자에 대한 언급이 없다. 신문관에서 『홍길동전』을 간행하면서 작자에 대한 언급이 없었다는 것은, 그때까지 서울에서는 『홍길동전』의 작자가 허균이라는 이야기가 없었음을 보여준다고 하겠다.

　서양인이 쓴 기록에도 『홍길동전』의 작자를 허균이라고 언급한 것은 없다. 호러스 알렌(Horace Newton Allen)의 『Korean Tales』(1889)나 모리스 쿠랑(Maurice Courant)의 『한국 서지』(1894)에는 『홍길동전』이 실려 있다. 두 사람은 모두 외교관으로 활동했으므로 정보를 모으는 일에 매우 능숙한 사람들이다. 알렌은 『홍길동전』을 번역하면서, 그리고 쿠랑은 조선의 전적을 수집하면서 『홍길동전』을 접했는데, 이들은 『홍길동전』의 작자에 대해서 아무런 언급도 하지 않았다. 두 책 모두 작자에 대한 언급이 없다는 것은, 이들이 기대고 있던 조선의 정보 제공자들이 『홍길동전』의 작자에 대해서 아무런 정보도 가지고 있지 않았음을 보여주는 것이다. 또 일본인 호소이 하지메(細井肇)가 1926년 일본어로 번역한 『홍길동전』에도 작자에 대한 언급은 없다.

여기까지 보면, 김태준이 『조선소설사』에서 『홍길동전』의 작자를 허균이라고 말하기 전에는 아무도 이런 이야기를 한 사람이 없는 것으로 보인다. 그런데 김태준 이전에 『홍길동전』의 작자를 허균이라고 말한 사람이 있다. 경성제국대학에서 조선문학을 가르치던 다카하시 도루(高橋亨, 1878~1967)가 바로 그 사람이다. 그는 1927년 11월 일본 신초샤(新潮社)에서 간행한 『일본문학 강좌』 제12권에 실린 「조선문학 연구―조선의 소설」이라는 글에서 『홍길동전』의 작자를 허균이라고 밝혔다. 다카하시가 쓴 글의 한 부분을 보기로 한다. (원문은 일본어)

『홍길동전』은 여러 가지 의미에서 중요한 조선소설의 하나이다. 이 소설의 작자에 대해서 이식(李植)의 『택당집』에 허균의 작이라고 하고 있다. 허균은 선조에서 광해군까지의 사람이고, 이식은 광해군에서 인조조의 사람이므로 가장 믿을 만하다고 생각한다. 택당은 말하기를, "허균은 시문(詩文)의 재주는 일대에 가장 뛰어났지만, 성질은 기이한 것을 좋아하고 경박하며, 왕왕 무뢰배를 가까이 했다. 같은 무리인 박엽(朴燁) 등과 『수호전』을 대단히 애독하여 무리들끼리 서로 『수호전』 중의 호걸의 별명을 붙여 이 것을 서로 부르며 즐거워했다. 그 극도에 이른 끝에 마침내 허균 은 『수호전』을 모방하여 '홍길동전'을 지었다. 또 허균이 가까이 했던 서양갑, 심우영 등의 무리는 홍길동을 실제로 행하여 난폭한 해독을 마을에 끼치고, 마침내 허균 자신도 죄를 짓고 죽었다."고 했다. (중략) 지금의 『홍길동전』은 언문으로 쓰여 있다. 허균이 지은 원문은 한문이 아니면 안 된다. 택당도 그것을 본 것 같다. 어느 때에 원본이 없어졌는지는 증명할 수 없다.

다카하시는 『택당집』의 '홍길동전' 관련 내용을 한글소설 『홍길동전』과 연결하여 설명했다. 다카하시가 인용한 이식이 쓴 『택당집』의 원문은 아래와 같다.

세상에 전하는 말에 의하면, 『수호전』을 지은 사람의 후손 3대 가 벙어리와 귀머거리가 되어 그 응보를 받았다고 한다. 도적들 은 그 책을 높이 떠받들었다. 허균과 박엽 등은 그 책을 좋아하여 각기 도적의 이름을 별명으로 삼아 서로 부르며 장난을 쳤다. 허 균은 또 『수호전』을 본떠서 '홍길동전'을 지었다. 그의 무리 서양

갑과 심우영 등이 직접 그 일을 하다가 한 마을이 완전히 콩가루가 되었고, 허균도 반역죄로 사형당했으니, 이것은 벙어리나 귀머거리보다도 더 심한 응보를 당한 것이다.(世傳作水滸傳人 三代聾啞 受其報應. 爲盜賊尊其書也. 許筠朴燁等好其書 以其賊將別名 各占爲號以相謔. 筠又作洪吉同傳以擬水滸. 其徒徐羊甲沈友英等 躬蹈其行 一村蘆粉 筠亦叛誅 此甚於聾啞之報也.)

다카하시는 "허균은 또 『수호전』을 본떠서 '홍길동전'을 지었다(筠又作洪吉同傳以擬水滸)."는 대목의 '홍길동전'을 한글소설 『홍길동전』과 같은 내용의 소설이라고 생각했다. 그러므로 『택당집』을 인용하여 『홍길동전』의 작자를 허균이라고 처음 이야기한 사람은 기존에 알려진 것처럼 김태준이 아니라 다카하시이다. 다카하시는 1926년 경성제국대학 개교와 함께 조선문학 담당 교수로 부임했고, 김태준은 1928년 경성제국대학에 입학해서 중국문학을 전공했다. 다카하시와 김태준은 잘 알려진 대로 사제 관계이다. 『홍길동전』의 작자를 허균이라고 처음 말한 사람은 경성제국대학 교수 다카하시이고, 다카하시에게 배운 여러 명의 경성제국대학 학생들(이들이 후에 한국문학 연구의 1세대 연구자가 된다)은 『홍길동전』의 작자가 허균이라고 배운 대로 전하기 시작한다.

다카하시가 한글소설 『홍길동전』의 작자를 허균이라고 말하기 전까지 조선에서는 『홍길동전』의 작자에 대해서 말한 사람이 아무도 없었다. 그런데 다카하시는 『택당집』에 들어 있는 허균 관련 기록을 보고 『홍길동전』의 작자를 허균이라고 말했다. 그렇다면 1927년에 다카하시가 「조선문학 연구」에서 『택당집』을 인용하여 『홍길동전』 작자가 허균이라고 이야기하기 전까지 조선 사람들은 『택당집』의 허균 관련 내용을 모르고 있었을까? 그렇지는 않다. 이식(1584~1647)은 당대 최고의 문장가라는 평가를 받는 인물로, 그의 문집 『택당집』은 1674년에 처음 간행된 이후, 1747년과 1764년에도 새로운 목판을 제작해서 다시 나왔다. 목판은 일단 만들어놓으면 계속 찍어낼 수 있으므로, 『택당집』은 그렇게 구해 보기 어려운 책이 아니었다. 그리고 『택당집』에서 허균을 언급한 대목은 특별히 의미 있거나 중요한 것이 아니다. 왜냐하면 허균은 반역죄로 사형을 당한 인물이므로, 그에 대한 비난은 당시에 일반적이었기 때문이다. 『택당집』을 읽어본 사람이라면 허균이 '홍길동전'을 썼다는 내용을 대체로 알고 있었다고 보아야 할 것이다. 그렇다면 왜 조선 사람은 아무도 『택당집』의 '홍길동전'과 한글소설 『홍길동전』을 연결해 말하지 않았을까?

그 이유는 다음과 같다.

한문으로 쓴 이식의 글을 모아놓은 『택당집』과 한글소설 『홍길동전』은 조선시대에는 전혀 다른 세계에 속하는 책이었다. 『택당집』의 독자와 한글소설 『홍길동전』의 독자는 명확하게 다른 계층이었으므로 『택당집』을 읽는 사람들은 한글소설 『홍길동전』에 대해서는 언급하지 않았고, 한글소설 『홍길동전』을 읽는 사람들은 『택당집』에 대해서 알 수 없었다. 두 책을 모두 읽은 사람도 있을 수는 있겠지만, 그것은 하나의 가능성일 뿐이고, 두 책은 같은 자리에서 만날 수 없는 책이었다. 이 둘이 한 자리에서 만나는 것이 가능해진 시기는, 한글소설이 문학의 영역에 들어가고, 대학에서 가르치고 배우는 내용에 포함되는 때이다. 좀 더 정확하게 말한다면, 경성제국대학이 설립된 후 여기에 조선문학 강좌가 개설되면서 비로소 가능해진다. 한글소설이 학문의 대상이 되어야 『택당집』의 '홍길동전'과 한글소설 『홍길동전』이 만날 수 있는 것이다. 그리고 이 둘을 처음으로 연결시킨 사람이 바로 경성제국대학 교수 다카하시 도루이다.

최남선이 1913년 신문관에서 펴낸 육전소설 『홍길동전』이나 1922년에 나온 안확의 『조선문학사』에서 『홍길동전』의 작자에 대해서 아무 말도 하지 않은 것은, 최남선이나 안확이 『택당집』의 내용을 몰랐다기보다는 『택당집』의 '홍길동전'과 한글소설 『홍길동전』을 같은 책이라고 생각하지 않았기 때문이다. 이와 같이 다카하시가 『홍길동전』의 작자를 이야기하기 전까지 조선에서는 어느 누구도 『택당집』의 '홍길동전'과 한글소설 『홍길동전』을 연결시키지 않았다. 『택당집』에서 '홍길동전'을 언급한 사실을 몰라서가 아니라, 그 둘은 전혀 다른 세계에 속하기 때문이다.

그렇다면 다카하시는 왜 이 둘을 연결시켰을까? 다카하시는 한문에 능통했고, 조선어도 유창했으며, 조선의 일상에 대해서 당대 조선인 못지않게 많이 안다고 스스로 생각했던 사람이다. 그는 조선의 한문 전적을 이해하는 데 아무런 문제가 없었고, 민요에 대해서도 상당한 수준의 지식이 있었다. 다카하시는 조선에 대한 지식을 대부분 서적을 통해서 얻었는데, 특히 한문 전적이 그 원천이었다. 그의 지식은 문헌에 의존하는 것이었기 때문에, 『택당집』의 "허균이 '홍길동전'을 지었다."는 내용을 곧바로 한글소설 『홍길동전』과 연결시킬 수 있었다. 다카하시는 조선 지식인이 한글로 소설을 쓸 수 없다는 것을 잘 알고 있었기 때문에 허균이 쓴 '홍길동전'은 한문으로 썼다고 굳게 믿었다. 그리고 한글소설 『홍길동전』은 허균이 한문으로 쓴 '홍길동전'을 누군가 한글로 번역한 것이라고 생각했다. 한국 사람은 아무도 그런 생각을 하지 않았는데, 다카하시는 외국인이므로 그런 발상을 한 것이다. 다카하시는 허균이 썼다는 한문 '홍길동전'과 한글소설 『홍길동전』이 아무 관련이 없는 것이라는 데까지는 생각하지 못한 것이다.

1927년 다카하시가 「조선문학 연구」에서 『홍길동전』의 작자를 허균이라고 밝힌 후 3년이 지난 1930년에 김태준은 '조선소설사'에서 『홍길동전』의 작자를 허균이라고 말한다. 김태준이 다카하시의 주장을 그대로 따른 것이라는 사실을 연구자들이 몰랐기 때문에, 최근까지도 『홍길동전』의 작자를 허균이라고 처음 말한 사람은 김태준으로 알려져왔다. 그러나 『홍길동전』의 작자가 허균이라는 발언을 다카하시가 했건 김태준이 했건 현재 우리가 읽고 있는 한글소설 『홍길동전』의 작자는 허균이 아니다. 왜냐하면 『택당집』에서 말한 '홍길동전'의 내용이 무엇인지 알 수 없을 뿐 아니라, 심지어 허균이 썼다는 '홍길동전'이 실제로 존재한 것인지 아닌지도 알 수 없기 때문이다. 현재 우리가 알고 있는 한글소설 『홍길동전』의 내용과 비교해볼 수 있는 허균이 지었다는 '홍길동전'이 없으므로, 둘 사이에 어떤 관계가 있는지도 말할 수 없다.

앞에서 이야기한 것처럼, 허균 스스로 '홍길동전'을 썼다는 말을 하지 않았을 뿐 아니라, 그가 체포된 후에 문초를 받는 과정에서도 '홍길동전'이라는 작품에 관한 언급은 없었다. 설사 허균이 '홍길동전'을 썼다 하더라도, 그 작품의 내용이 허균이 죽은 이후 200년쯤 되어서 나온 한글소설 『홍길동전』과 같은 내용일 수는 없다. 한글소설 『홍길동전』에 허균이 사형당한 이후의 사건이 들어 있다는 것은, 우리가 아는 고소설 『홍길동전』은 허균과 아무 관련도 없다는 사실을 명확하게 보여준다.

김태준의 일생

　한국 고전문학 연구 초창기의 가장 중요한 연구자를 꼽는다면, 아마도 그 첫 번째 인물은 김태준이 될 것이다.『홍길동전』의 작자를 허균이라고 말한 최초의 인물이라고 오랫동안 여겨졌던 바로 그 사람이다.

　김태준은 1931년 경성제국대학을 졸업하고, 1년 후인 1932년에『조선한문학사』를 내고, 그 이듬해에『조선소설사』, 그리고 또 이듬해에는『조선가요집성』등의 단행본을 간행했다. 3년 동안 세 권의 저서를 내면서 한국 고전문학 연구를 시가, 소설, 한문학의 세 분야로 나누는 기초를 세웠다. 그리고 많은 논문과 여러 권의 고전문학 저서를 냈다. 이와 같이 초기 국문학 연구에서 큰 비중을 차지하는 연구자이지만, 김태준은 남한에서 사형당한 인물이므로 오랫동안 그 이름을 공식적으로 거론할 수 없었다. 그렇다고 해서 그가 북한에서는 칭송받은 인물이냐 하면 그렇지도 않다. 김태준은 남로당의 중심인물이었기 때문에 북한에서는 아예 그 이름을 언급하지도 않는다. 그는 남북한 어디에서도 환영받지 못한 잊혀진 인물이다.

　김태준의 간단한 약력을 보기로 한다.

1905년	평안북도 운산에서 출생
1928년	경성제국대학 중국문학과 입학
1930-1931년	대학 3학년 때 「동아일보」에 '조선소설사'를 69회 연재
1931-1939년	문학과 역사 분야에서 활발하게 연구 성과를 발표함
1939년	경성제국대학 조선문학 강좌 강사
1940년	공산주의자들의 모임인 '경성콤그룹' 활동으로 체포
1943년	병보석으로 출감
1944년	중국 연안으로 탈출
1945년	일본 패전 후에 귀국하여 남한에서 공산주의 운동을 계속함
1949년	남로당 문화부장으로 체포되어 사형당함

공산주의자로 활동하다 사형당한 인물이므로 남한에서는 그의 이름을 공적인 자리에서는 부를 수 없었고, 꼭 거론해야 할 때면 '김모'라거나 '김○준' 등으로 불렸다. 이러한 상황은 1988년에 월북 문인에 대한 금지 조치가 풀릴 때까지 계속되었다.

김태준은 1930년 경성제국대학 3학년 학생일 때 「동아일보」에 '조선소설사'를 연재했고, 3년 후에 이를 단행본으로 간행했다. 이 책은 김태준의 여러 저술 가운데 가장 유명한 것으로, 1939년에는 『증보 조선소설사』라는 제목으로 증보판이 나오기도 했다. 이 책은 조선소설의 전 역사를 기술한 것이지만, 현대소설보다는 고소설에 관한 부분이 훨씬 더 중요하다. 해방 후에 간행된 많은 문학사 관련 책에서 고소설에 관한 내용은 대부분 김태준의 『조선소설사』를 바탕으로 했고, 또 수많은 소설사가 그의 책을 다시 옮긴 것에 불과하다고 할 수 있을 정도이다.

김태준은 경성제국대학에서 중국문학을 전공했지만, 졸업 후에는 전적으로 조선의 역사와 문학에 관한 연구에 집중했다. 그가 이렇게 조선문학을 공부하는 쪽으로 방향을 바꾼 데에는, 당시 경성제국대학 조선문학 전공 교수 다카하시 도루의 영향이 있었을 것으로 보인다. 다카하시는 김태준을 매우 아껴서, 졸업 후에는 명륜학원의 강사가 되는 데에 힘을 써주었다. 그리고 1939년에는 자신의 정년퇴임으로 자리가 비는 경성제국대학 조선문학 강좌에 강사로 추천해서, 김태준은 경성제국대학 출신으로 조선문학을 강의하는 첫 번째 강사가 된다. 1939년 다카하시의 정년퇴임으로 비는 자리에 누가 갈 것인가는, 당시 조선 지식인 사회에서 대단히 큰 관심사였다. 김태준이 경성제국대학 강사에 발탁됨으로써, 그가 조선문학 연구의 제1인자라는 사실이 아주 분명해졌다.

김태준은 이와 같이 당대 최고의 학자로 널리 이름을 떨쳤으나, 학생 때부터 관심을 갖고 있던 공산주의 운동에 깊이 관여하면서 1940년에 경성콤그룹 사건으로 체포된다. 재판에 회부되어 실형을 받아 복역하던 중, 1943년에 병보석으로 풀려났다. 그리고 1944년 11월에 당대 최고의 여성 공산주의 운동가 박진홍과 함께 조선을 탈출하여 이듬해 4월 중국 연안에 도착

한다. 당시 연안은 중국 공산당의 근거지였다.

연안에서 일본의 항복 소식을 들은 김태준은, 바로 걸어서 귀국한다. 12월 초에 서울에 도착한 후, 그는 학자의 길이 아니라 정치가의 길을 택한다. 몇몇 신문을 통해서 찾아낸 그의 1945년 12월의 발자취 몇 가지를 보기로 한다.

1945년 12월 6일	귀국 기자회견
1945년 12월 9일	전국농민조합총연맹 결성식 축사
1945년 12월 11일	전국청년총동맹 결성식 축사
1945년 12월 12일	조선국군학교 강연
1945년 12월 13일	조선문학동맹 고전문학위원회 위원
1945년 12월 27일	조소(朝蘇)문화협회 인문과학계 발기인

김태준은 해방된 조국에서 이처럼 부푼 꿈을 안고 동분서주했으나, 남북한의 여러 가지 상황은 그의 꿈과는 너무나 다른 방향으로 흘러갔다. 1947년 10월에 그는 '8·15 폭동 음모'라는 죄명으로 검거되었으나, 재판 전에 보석으로 풀려났다. 이듬해 재판에서 판사는 김태준에게 실형을 선고하지 않았다. 그러나 1949년 7월 26일 서울에서 체포되어 9월 30일 군사재판에서 사형 언도를 받은 후 11월에 처형되기까지, 모든 일은 일사천리로 진행되었다.

김태준은 전향할 의사가 있느냐는 재판장의 물음에, "코뮤니즘의 세계관을 떠날 수 없다."고 말하고 사형당하는 길을 택한다. 그리고 "한 번만 더 세상에 나갈 수 있다면, 학자로서 당 생활을 떠나, 완성하지 못한 조선의 사학 연구를 계속하고 싶다. 그리고 대한민국이든 인민공화국이든 간에 조선민족으로서 연구해야 될 여러 가지 사학적 재료가 남아 있는데 이것을 완성치 못한다는 것은 참으로 유감스럽다."고 말했다고 한다. 당대 최고의 한국학 연구자는 이런 말을 남기고 형장의 이슬로 사라진 것이다.

3 ——『홍길동전』의 작자 연구 과정

『홍길동전』의 작자를 허균이라고 밝힌 다카하시의 연구는 새로운 사실을 찾아낸 것이 아니라, 조선 사람들도 대체로 알고 있던 내용을 새롭게 해석한 것이다. 그러나 이렇게 『택당집』의 '홍길동전' 관련 기록을 한글소설 『홍길동전』과 연결시킴으로써 한글소설 『홍길동전』 작자 논의를 그의 제자들이 이어가게 되었다는 점에서, 다카하시의 이 발언은 한글소설 연구의 획기적인 사건이 되었다. 다카하시는 『택당집』에 있는 내용을 바탕으로 객관적 사실을 이야기한 것뿐이다. 그는 허균이 『홍길동전』을 지었다면, 그것은 반드시 한문으로 썼을 것이라고 했다. 그런데 그의 조선인 제자들이 여기에 식민지 조선이라는 현실을 집어넣었기 때문에, 다카하시의 제자들이 계승한 허균 작자설은 그 양상이 다카하시와는 달라졌다. 그들은 『홍길동전』의 작자를 허균이라고 이야기함으로써 일찍이 조선에 『홍길동전』처럼 훌륭한 작품이 있었다는 점을 드러내고자 했다. 조선왕조에서 반역죄로 처형당한 허균을 『홍길동전』의 작자로 제시함으로써, 적어도 17세기 초에 『홍길동전』처럼 '개혁적'인 내용의 작품이 만들어졌다는 점을 강조하고 싶었던 것이다.

김태준의 『조선소설사』(1933)의 다음 대목은 당시 『홍길동전』에 대한 해석의 한 면을 잘 보여준다.

그(허균)가 스스로 평민적 태도로써 대중의 지도자가 되어 대중을 위하여 싸우고자 함이니, 귀족 부호 자칭 양반들은 모두 허균의 적이었고, 허균의 목표는 대중 옹호와 사회혁명이었다. 『홍길동전』이 우리에게 보여주는 것도,

　　1. 계급타파. 특히 적서차별의 폐지를 고조시킨 것.

　　2. 향토의 거벌과 토호 그리고 귀족을 미워하며, 지방 수령의 불의의 재물을 몰수하여 빈민을 구제한 것.

　　3. 중국 율도국에 들어가서 왕이 된 것 등이다.

김태준의 이와 같은 해석은, 『홍길동전』의 내용을 바탕으로 한 것이 아니라, 작품의 내용과는 상관없이 허균과 『홍길동전』에 대한 자신의 생각을 이야기한 것이다. 이와 같은 김태준의 해석은 해방 이후에 나온 많은 고전문학 관련 서적에 그대로 이어진다. 『홍길동전』의 작자는 허균이라는 것이 확고해지고, 이런 생각의 극단적인 형태로 "허균의 『홍길동전』은 최초의 한글소설이다."라는 신화가 생겨나게 된다. 각종 한국문학사나 한국문학개설서에서 『홍길동전』의 작자를 허균으로 기술했고, 중등학교 교과서도 이런 내용을 실었다. 연구자들은 김태준의 『홍길동전』 해석을 그대로 따랐으므로, 『홍길동전』 연구는 작품

의 내용을 분석하는 것이 아니라 김태준이 했던 것처럼 허균에 대한 연구가 중심이었다. 적서차별의 타파, 탐관오리의 척결, 해외에 이상국 건설이라는 『홍길동전』의 주제는 1930년대 이래 지금까지도 변함없이 계승되고 있다.

1960년대 중반부터 고소설학계(넓게는 국문학계)에서 『홍길동전』의 작자가 허균이라는 데에 의문을 제기하기 시작했으나, 그 후 50년의 세월이 지나는 동안 이 문제는 명확하게 해결되지 않은 채로 현재에 이르게 되었다. 『홍길동전』의 작자와 관련된 학계의 견해는 대체로 다음의 세 가지로 나눌 수 있다.

첫째 : 『택당집』에서 언급한 '홍길동전'과 현재 우리가 알고 있는 한글소설 『홍길동전』은 같은 것이다. 한글소설 『홍길동전』은 허균이 지은 것이다.

둘째 : 허균이 '홍길동전'이라는 작품을 한문으로 썼는데, 작품이 전해지지 않기 때문에 내용은 알 수 없다. 한글소설 『홍길동전』은 아마도 이 한문본의 줄거리를 차용했을 것이다.

셋째 : 『택당집』의 '홍길동전'은 한글소설 『홍길동전』과 관련이 없다.

첫 번째 견해에서 가장 큰 문제는 현재 남아 있는 한글소설 『홍길동전』에는 허균이 죽은 이후의 사건과 인물이 등장한다는 점이다. 그러므로 이 주장은 논리적으로 성립될 수 없다.

두 번째 견해를 주장하는 사람들은 장길산이나 선혜청 같은 내용은 후대에 더 들어간 것이고, 원본에는 없었을 것이라고 말한다. 그러나 원본의 내용도 알 수 없고, 또 후대에 첨가된 내용이 어떤 것인지도 알 수 없다면, 그 원본이나 첨가된 내용이라는 것은 실제로는 존재하지 않는 것이다. 결국 허균이 썼다는 '홍길동전'의 내용이 현재 전하는 한글소설 『홍길동전』과 같은 내용이라는 것을 증명할 길이 없다. 『홍길동전』의 작자 문제에 대해서 전문 연구자들이 가장 많이 선택하고 있는 것은 두 번째이다. 그런데 두 번째 견해는 사실상 한글소설 『홍길동전』의 작자는 허균이라고 말할 수 없다는 것과 같다. 왜냐하면 허균이 썼다는 '홍길동전'의 내용을 알 수 없기 때문이다.

세 번째 견해는 필자를 중심으로 점점 퍼져나가고 있다. 한국 고전문학을 연구하는 전문 연구자들 가운데 한글소설 『홍길동전』의 작자를 허균이라고 명시한다든가, 허균의 사상을 『홍길동전』과 연관시켜 논의하는 연구자는 점점 줄어들고 있다. 2016년에 영국의 펭귄북스에서 나온 영어판 『홍길동전』(The Story of Hong Gildong)에서도 작자를 허균이라고 말해온 것은 잘못이라는 점을 지적했다.

그러나 최신의 연구에 대해서 잘 알지 못하는 많은 사람들은 아직도 『홍길동전』의 작자를 허균이라고 말하고 있다. 특히 중등학교나 학원에서 여전히 『홍길동전』은 작자 허균의 사상이 담긴 작품이라고 가르치고 있다. 또 연구자들 중에도 작품을

1부 — 『홍길동전』의 작자는 허균인가?

분석할 때, 허균 사후에 일어난 사건이 들어 있는 한글소설『홍길동전』과 허균의 사상을 연결시켜 논의하는 경우가 있다. 그렇지만 허균이 썼다는 '홍길동전'의 내용은 알 수 없다. 이식이『택당집』에 남긴 기록에는 허균이 중국소설『수호전』을 본떴다고만 했지, 그 이상 어떠한 설명도 없기 때문이다. 허균이 썼다는 '홍길동전'을 이식이 본 것인지 아닌지도 알 수 없다.『택당집』의 '홍길동전'과 한글소설『홍길동전』을 연결시킬 수 있는 유일한 고리는 제목의 한글 음이 같다는 것뿐이다.

『홍길동전』의 작자를 허균이라고 주장하는 연구자들도, 허균 사후의 인물이 들어 있는, 현재 우리가 읽고 있는 한글소설『홍길동전』이 허균이 지은 바로 그것이라고 말하지는 않는다. 그러나 허균이 지었다는 '홍길동전'의 내용을 알 수 없으므로, 장길산이 등장하는 한글소설『홍길동전』을 연구의 대본으로 쓸 수밖에 없다. 그리고 이런 모순을 합리화하기 위해, 한글소설『홍길동전』을 허균과 연결시키는 데에 문제가 있기는 하지만, 굳이『홍길동전』의 작자를 허균이 아니라고 말할 필요는 없다고 생각한다. 이렇게 말하는 가장 큰 이유는,『홍길동전』의 작자가 허균이라는 데에는 문제가 있지만, 허균이라고 이야기하는 것이 한국문학사에 유리하다고 생각하기 때문이다. 그리고 허균이 작자가 아니라고 말하기 위해서는 허균이 쓰지 않았다는 증거가 필요하다고 주장한다. 그러나 이 두 가지는 잘 따져볼 필요가 있다.

한글소설『홍길동전』의 작자를 허균이라고 말하는 것이 한국문학사에 유리하다는 말은, 허균처럼 '뛰어난 인물'이 한글소설을 창작했다는 것과 『홍길동전』같은 내용의 한글소설이 1600년 무렵에 있었다는 것이 자랑스럽다는 말이다. 그러나 『홍길동전』을 읽어보면, 이 소설은 뛰어난 학자나 문장가가 쓴 것이 아니라는 사실을 금방 알 수 있다. 그리고 『홍길동전』과 같은 형식의 한글소설은 대체로 19세기에 나타나는데, 이보다 200년이나 앞서서 이런 형식의 한글소설을 허균이 썼다는 것은 너무나도 비논리적이다. 또 『홍길동전』을 제외하고는 한글소설의 작자로 알려진 사람이 없다는 사실은, 한글소설의 작자는 자신을 드러낼 필요를 느끼지 않던 계층의 사람이었음을 보여주는 증거이고, 이것이 조선시대 한글소설의 중요한 특징 중 하나임을 드러낸다. 그런데 조선의 최고 지식인이었던 허균을 한글소설의 작자라고 주장하는 것은, 조선시대 한글소설에 대한 이해 부족에서 비롯된 것이다.

『홍길동전』은 18세기 후반에서 19세기 중반 사이에 나온 많은 한글소설과 같은 형식을 띠고 있다. 1930년대 한글소설 연구의 초창기에는 조선시대 한글소설에 대해 정확히 알 수 없었으므로, 제작과 유통 과정도 제대로 파악하지 못했다. 『홍길동전』의 작자가 허균이라는 주장이 가능했던 것은 조선시대 한글소설이 나타나게 된 과정과 배경에 대해서 잘 몰랐기 때문이다. 그러나 조선시대 한글소설 변천 과정의 대체적인 윤곽이 드러나고 유통에 대해서도 어느 정도 내용을 알게 된 현재는, 허균이 한글소설『홍길동전』의 작자라는 주장은 논리적으로 성립될 수 없게 되었다.『홍길동전』의 주제가 적서차별의 타파와 탐관오리의 척결이고, 이런 주제의 소설을 쓸 수 있는 인물은 허균밖에는 없다는 고소설 연구 초기의 발상은 한글소설 전개의 큰 흐름을 잘 모르는 상태에서 나온 것이다.

　　허균을 한글소설『홍길동전』의 작자라고 주장하는 연구자들은 허균의 글이나 행적 가운데『홍길동전』의 내용과 부합하는 대목을 찾아내어 이를 증거로 제시한다. 그러나 이런 방식으로는 허균이『홍길동전』의 작자임을 증명할 수 없다. 왜냐하면 적서차별의 문제점을 신랄하게 지적하고, 정치적 폐단의 근본적인 개혁을 요구한 조선시대 지식인들의 글은 얼마든지 찾아볼 수 있기 때문이다. 그러므로 허균만이 조선시대에 유일하게 적서차별의 문제를 제기한 것처럼 생각해서는 안 된다. 적서차별의 문제를 허균보다 더 정확하게 지적하고 그 대안을 제시한 사람은 많기 때문에, 허균이『홍길동전』의 작자가 된다고 해서 한국문학사가 자랑스러워지는 것은 아니다. 오히려 근거가 약한 이런 식의 주장은 한국문학사 서술의 신빙성을 떨어뜨리는 결과를 초래할 수 있다. 훌륭한 문학사 서술이라면 객관적 사실을 논리적으로 서술해야 한다.

　　다음으로 허균이『홍길동전』을 썼다고 주장하는 연구자들이 근거로 삼고 있는 논리인, "『택당집』에서 허균이 '홍길동전'

을 지었다."고 언급한 내용을 부정할 수 있는 자료를 제시하지 못하는 한 『홍길동전』의 작자는 허균이라는 주장을 보기로 한다. 이런 주장을 하는 연구자들은, "『택당집』에서 허균이 '홍길동전'을 지었다고 했는데 이는 사실이 아니다."라는 글이 나타난다면, 『택당집』의 내용이 부정되는 것으로 생각하는 것 같다. 물론 그런 증거 자료는 나타날 수 없는 것이지만, 설사 그런 자료가 나온다 하더라도 『택당집』에서 언급한 내용이 뒤집어지거나 없어지는 것은 아니다.

허균이 『홍길동전』을 짓지 않았다는 것을 증명할 수 있는 자료란 있을 수 없다. 그런데도 이런 주장이 학계에서 통용되어 왔다는 것은, 『홍길동전』 작자 문제가 사실 관계를 따지는 문제가 아니라는 것을 잘 보여준다. 『택당집』의 "허균이 '홍길동전'을 지었다."는 내용은 부정할 수 없는 사실이다. 17세기에 간행된 책에 분명하게 쓰여 있기 때문이다. 『홍길동전』 작자 문제는 『택당집』에서 말하는 '홍길동전'과 현재 우리가 읽고 있는 한글소설 『홍길동전』이 같은 것이냐 아니냐의 문제이지, 『택당집』의 내용이 맞느냐 틀리느냐의 문제가 아니다. 『택당집』의 '홍길동전'과 한글소설 『홍길동전』이 같은 것이라고 주장하기 위해서는 명확한 근거를 제시하지 않으면 안 된다. 왜냐하면 『택당집』에서 말한 '홍길동전'의 내용을 알 수 없고, 또 이것이 현재 우리가 알고 있는 한글소설 『홍길동전』과 같은 내용인지 아닌지도 모르기 때문이다. 게다가 이식이 허균을 비방하는 내용의 이런 글을 왜 썼는지 그 이유를 정확히 알 수 없고, 또 이식이 이런 정보를 어디서 얻었는지 알아낼 방법도 없다. 그러므로 이식의 글에 대한 해석은 연구자 각자가 하는 수밖에 없다. 각기 자신의 주장을 제시한 다음, 어떤 주장이 더 합리적이고 논리적인가를 객관적으로 평가받으면 되는 것이다. 『홍길동전』 작자를 허균이라고 주장하기 위해서는, 『택당집』의 '홍길동전'과 현재 남아 있는 한글소설 『홍길동전』의 내용이 같다는 것을 증명할 수 있어야 한다. 이를 증명할 수 없으면 한글소설 『홍길동전』의 작자가 허균이 될 수 없음은 명백하다.

조선시대 공식적인 기록에서 한글소설에 대한 내용은 어디에서도 찾아볼 수 없다. 현재 가장 광범위하게 한문 자료를 데이터베이스화해놓은 한국고전번역원 홈페이지의 한국고전종합DB에서 '춘향전'이라는 단어를 검색해보면, 단 한 개도 나오지 않는다. 여기에는 『조선왕조실록』이나 『승정원일기』 같은 공적 문서만이 아니라 수많은 개인문집도 있는데, 이 많은 자료 가운데 어느 것 하나 '춘향전'을 언급하지 않았다. '홍길동전'을 검색하면 『택당집』이외에는 없다. 한글소설 『홍길동전』은 호러스 알렌이나 호소이 하지메가 번역하거나, 또는 안확이 『조선문학사』에서 사회소설이라고 말하기 전까지는 존재하지만 존재하지 않는 것이나 마찬가지였다. 그리고 『택당집』의 '홍길동전' 기록을 아는 사람들이 많이 있었다 하더라도, 다카하시 도루가 한글소설 『홍길동전』의 작자를 허균이라고 말하기 전

까지는 한글소설『홍길동전』과 『택당집』의 '홍길동전'은 연결
될 수 없었다.

조선의 지배층에게 완벽하게 무시당하던 한글소설이 의미
를 갖기 시작한 것은 식민지 시기이다. 세책(貰冊, 돈을 받고 빌
려주는 책)이나 방각본으로 서울이나 전주 등지에서 읽히던 한
글소설이 1912년부터 활판인쇄로 제작되어 전국적으로 대량
유통되면서 고소설은 식민지 시기 대중문학의 주류를 이룬다.
그러나 조선시대 창작된 이 한글소설은 근대 지식인에게 다시
한 번 철저히 외면당한다. 신소설의 대표작가인 이해조는 그의
작품『빈상설』(1907)에서 다음과 같이 고소설을 폄하했다.

춘향전을 보면 정치를 알겠소? 심청전을 보고 법률을 알겠소?
홍길동전을 보고 도덕을 알겠소? 말할진대 춘향전은 음탕 교과
서요, 심청전은 처량 교과서요, 홍길동전은 허황 교과서라 할 것
이니, 국민을 음탕 교과서로 가르치면 어찌 풍속이 아름다우며,
처량 교과서로 가르치면 어찌 잘될 희망이 있으며, 허황 교과서로
가르치면 어찌 정대한 기상이 있으리까.

조금 시간이 지나면, 고소설이나 신소설 읽는 것이 모두 비판
받게 되는데, 한 예로 잡지 「개벽」 간행의 중심인물 박달성의 다
음과 같은 발언을 보기로 한다.

형제여! 저녁이나 먹으면 허둥지둥 종로 거리에나 방황하고, 주점에나 들락날락하고, 친구 만나 시시평평한 잡담이나 하고, 방 구석에 엎드려 잡가나 부르고 춘향전 심청전 신구소설이나 읽는 것이 그것이 할 일이겠습니까. 형제여! 말이 났으니 말이지, 여러 분처럼 잡소설 좋아하는 이는 세계에 없으리라 합니다. 집집마다 심지어 행랑방에도 춘향전 무슨 전 하는 소설 한 책씩은 다 있지 아니합니까.

(「개벽」 제21호, 1922)

이와 같이 당대의 지식인들이 고소설을 낮게 평가했지만, 『춘향전』이나 『홍길동전』 같은 고소설은 신소설이나 근대소설 보다 훨씬 많이 팔리는 인기작품이었다.

그리고 조선을 이해하려는 외국인에 의해 고소설이 번역되 어 출판되면서 고소설은 그 가치를 인정받아 공식적인 자리에 나설 수 있게 된다. 『춘향전』 등의 고소설이 영어, 일본어, 프랑 스어, 독일어 등으로 번역되어 외국에서 조선의 전통 문학작품 으로 알려지면서, 고소설에 대한 새로운 시각이 만들어졌다. 그리고 조선에 설립된 고등교육기관에서 고소설을 연구 대상 으로 삼으면서 고소설이 학술연구의 대상이 된다. 『홍길동전』 도 대체로 이런 길을 밟아서 식민지 시기에 주목을 받았다. 이 시기에 가장 중요한 연구자가 김태준이다. 김태준에 의해 『홍 길동전』은 봉건체제에 저항하다 사형당한 허균이라는 지식인 이 쓴 반봉건적 주제를 담고 있는 한글소설이 된다. 그리고 그의 이러한 『홍길동전』에 대한 평가는 해방 후에도 계속 영향을 미쳐서, 남북한 모두 김태준의 『홍길동전』 평가를 더욱더 심화시키는 방향으로 가게 된다.

만약 한국문학사가 한국문학이 훌륭하다는 것을 드러내기 위해 쓰는 것이라면, 『홍길동전』의 작자를 허균이라고 하는 것과 이름을 알 수 없는 어떤 세책집 주인이 지었다고 하는 것 가운데 어느 쪽이 유리할까? 혹은 한글소설 『홍길동전』이 1600년 무렵에 나왔다는 것과 1800년 무렵에 나왔다는 것 중에 어느 편이 더 좋은 것인가? 또는 조선시대 한글소설의 특징의 하나인 작자를 알 수 없다는 점은 좋은 것인가, 그렇지 않은 것인가? 이런 식의 질문은 더 많이 할 수 있다. 이런 문제는 설정 자체가 잘못된 것일 수도 있지만, 굳이 답변을 해야 한다면, 사과와 배 가운데 어떤 것이 더 맛있는가를 선택하는 개인의 기호 차원이 아니라, 학문적이라고 알려진 방식에 따라 논리적으로 검증해서 판단해야 할 것이다.

필자의 경험을 하나 이야기해보기로 한다. 1970년대 중반 대학원생 시절, 수업시간에 허균이 『홍길동전』의 작자가 아닐 가능성이 매우 크다는 발표를 한 일이 있었다. 그때 담당교수는 "설사 『홍길동전』의 작자가 허균이 아니라 하더라도, 그렇게 말하는 것이 국익에 무슨 도움이 되는가?"라는 질문을 했다. 이 질문에 어떻게 답변했는지는 확실하게 기억하지 못하지만, 그 질문이 크게 잘못이라고 생각하지는 않았던 것 같다. 필자의 스승 세대 연구자들 사이에는 국익을 위해 한국 고전문학을 연구해야 한다는 분들이 많았기 때문에, 은연중에 그런 식의 질문이 허용되는 분위기였다. 그후 20여 년이 지난 1990년대 후반의 어느 발표회에서 『홍길동전』 작자 문제에 대해서 똑같은 질문을 어떤 교수로부터 받았다. 그때는 "공부는 국익을 위해서 하는 것이 아니다."라고 답변했다. 만약 지금 다시 이런 질문을 받는다면, "『홍길동전』의 작자가 허균이 아니라는 사실을 정확하게 밝히는 것은, 학문의 발전만이 아니라 국익에도 도움이 된다."고 말할 것이다.

양반 지식인이 한문으로 쓴 글 가운데 적서차별을 없애야 한다고 주장한 내용은 많이 있다. 그러나 그들의 어떤 글에서도 적서차별을 몸으로 깨부수고 왕이 되는 서자의 이야기는 없다. 『홍길동전』의 가치는 여기에 있다. 그리고 지식인이 사용하던 한문이 아니라 천대받던 한글로 썼다는 점에서 『홍길동전』은 중요한 작품이며, 또 화려한 경력의 천재적인 양반 문인 허균이 아니라 이름도 알려지지 않은 어떤 서민작가의 손에서 이루어졌다는 데에 그 의미가 있는 것이다.

4 ___ 허균이 작자가 되면서 발생한 문제들

한 작품의 주제를 파악하기 위해서는 작가의 사상이나 관점을 잘 알아야 한다는 오래된 문학이론에 따른다면, 작자를 알 수 없는 조선시대 수많은 한글소설은 그 주제를 파악하는 데 필요한 기본 정보가 없는 셈이다. 근래의 문학이론에서는 작품과 작자의 관계를 그렇게 중요하게 여기지 않지만, 아직도 작자의 사상이 작품에 드러난다고 생각하는 사람은 많다. 『홍길동전』의 작자를 허균이라고 말하는 또 하나의 중요한 이유는 바로 이 작자의 사상이 작품에 나타난다는 문학이론이 배경에 있다.

작자가 알려지지 않은 『춘향전』이나 『심청전』은 작자와 작품을 연결시킬 수 있는 고리가 없지만, 만약 허균이 작자라면, 『홍길동전』은 허균의 여러 저작을 이 작품과 연결시킬 수 있기 때문에 작품 연구가 매우 편리해진다. 작품의 내용과 허균의 사상을 연결시키면 다양한 이야기를 할 수 있게 된다. 이러한 이점 때문에 많은 연구자들이 『홍길동전』의 작자는 허균이라는 전제 아래 작품 분석을 시도하고 있다. 그러나 앞에서 이야기했듯이 『홍길동전』의 작자는 허균이 아니다. 상당수의 연구자들은 이런 사실을 잘 알고 있으면서도 작품 분석의 편의를 위해서『홍길동전』의 작자를 굳이 허균이 아니라고 말할 필요는 없다고 생각한다. 이와 같은 안이한 연구 태도는 또 다른 문제를 낳는데, 허균이 작자라는 생각이 더욱 과장된 방향으로 나아가게 된다. 두 가지 사례를 보기로 한다. 하나는『홍길동전』이 금서였다는 주장이고, 다른 하나는『홍길동전』을 서민의 통속소설로 보려고 하지 않는 문제이다. 특히 두 번째 문제는『홍길동전』을 자유롭게 해석할 수 있는 길을 막는다.

먼저『홍길동전』이 금서였다는 주장을 보기로 한다.

오랫동안『홍길동전』의 작자를 허균이라고 말해왔기 때문에, 반역죄로 사형당한 허균의 책이 조선에서는 자유롭게 읽힐 수 없었을 것이라고 생각하는 연구자들이 생겨났다. 그런 연구자 가운데 몇몇은 여기에서 더 나아가『홍길동전』이 조선시대에 금서였다는 전혀 근거 없는 주장을 하기에 이르렀다. 그런 예의 하나로 아래의 글을 보기로 한다.

최초의 국문소설은 허균이 창작한『홍길동전』으로 알려져 있다. 사회개혁가이자 당대의 빼어난 지식인이었으며, 동시에 1급 문인이었던 허균은 17세기 초엽에 창작한 이 작품을 통해 사회 개혁에 대한 자신의 생각과 열정을 표현하고자 했다. 허균이 자신의 정치적 동지들과 함께 반란을 꾀했다는 죄명으로 처형됨에 따라 그가 쓴 모든 글과 함께『홍길동전』은 금서로 지목되어 공개적으로 유통될 수 없었다. 그럼에도 이 소설은 몰래 전해져 많은 사람들에게 읽혀왔으며, 현재 국문 고전소설 가운데서 불후의 명성을 얻고 있는 작품 가운데 하나이다.

(조동일 외, 『한국문학강의』, 1994, 개정판 2015)

위 글에서 『홍길동전』의 작자를 허균이라고 한 것은 특별히 문제 삼을 필요가 없다. 왜냐하면 『홍길동전』을 전문적으로 연구하는 한국 고전문학 관련 연구자 이외에는 대체로 그렇게 생각해왔기 때문이다. 그러나 『홍길동전』이 금서였고, 많은 사람들이 몰래 읽었다는 내용은 전혀 사실이 아니다. 조선 정부는 한글소설에 대해서 아무 관심이 없었기 때문에 한글소설에 대한 검열이 없었으므로 『홍길동전』이 "금서로 지목"되었다는 말 자체가 성립되지 않는다. 그리고 『홍길동전』은 방각본으로 간행된 여러 가지 목판본이 현재도 많이 남아 있을 뿐 아니라, 서울의 세책집에서 빌려주던 책이 전해지고 있다. 이처럼 조선시대에 자유롭게 구입하거나 빌려서 읽을 수 있는 책이었으므로, 『홍길동전』을 몰래 읽었다는 말도 전혀 근거 없다. 허균이 지은 『홍길동전』이 매우 중요한 작품이라는 것을 강조하다보니, 조선시대 한글소설의 실상과는 너무나 동떨어진 "『홍길동전』은 금서였다."는 터무니없는 주장까지 나오게 되었다. 그런데 이와 같은 고전문학 연구자의 잘못은 다른 분야까지 영향을 미친다. 다음의 글이 그런 예이다.

이처럼 우리에게 친숙한 이름 홍길동은, 그러나 조선시대에는 그리 곱지 않은 시선을 끌었던 이름이다. 연산군대에 관가에 체포된 도적의 이름인 데다 조선 최대의 기피 인물이었던 허균의 소설 속 주인공이었기 때문인데, 그로 인해 『홍길동전』은 오랫동안 금서로 묶여 있기도 했다. (노대환·신병주, 『고전소설 속 역사여행』, 2005)

이 책은 역사학자가 고전소설을 통해 조선시대 사람들의 삶을 들여다본 역사 교양서인데, 이 책의 저자들도 『홍길동전』이 오랫동안 금서로 묶여 있었다고 말한다. 저자들이 이렇게 말한 데에는 어떤 근거가 있을 텐데, 아마도 한국문학 연구자들의 잘못을 그대로 인용했기 때문일 것이다.

한국문학이나 한국역사를 전공하는 전문 연구자들이 『홍길동전』이 조선시대에 금서였다고 말한 것은, 이후에 다양한 장르의 문예물에 영향을 미치게 된다. 예를 들자면, 2014년 서울시 뮤지컬단의 정기공연작인 〈뮤지컬 균〉은 『홍길동전』의 탄생 비화를 소재로 한 것인데, 이 작품의 작자도 『홍길동전』을 금서로 설정했다. 또 역사추리소설 『걸작의 탄생』(조완선, 2015)에서도 작자는 『홍길동전』이 금서였다고 말한다. 이와 같은 작품들은 허구적인 창작이므로 허균을 작자라고 하고, 『홍길동전』을 금서라고 하더라도 큰 문제가 없다고 할 수도 있다. 그러나 초등학생을 대상으로 하는 교육방송에서도 이런 내용이 나온다면 이는 문제가 아닐 수 없다.

1부 ― 『홍길동전』의 작자는 허균인가?

흔히 서류 형식의 견본을 보면 예외 없이 홍길동이란 이름이 등장합니다. 거의 400년 전 소설의 주인공이 우리 생활 속에 이처럼 친숙하게 자리 잡게 된 것은 그만큼 널리 읽혀져왔기 때문일 텐데요. 그러나 『홍길동전』은 시대의 반역자이자 불운한 개혁사상가인 허균의 한글소설로 17세기 이후 조선시대 서민들에겐 은밀하게 읽히던 금서이자 베스트셀러였습니다.

(EBS 클립뱅크, '금서를 만나다 『홍길동전』')

이 강의는 초등학교 6학년을 대상으로 한 것인데, 여기에서 『홍길동전』이 금서였다는 틀린 정보를 제공하고 있다. 이는 사실이 아닌 것을 사실처럼 말하고 있으므로 커다란 문제이다. 교육 현장이나, 지식 전달을 목표로 하는 책이나 방송에서 잘못된 정보를 제공하고 있기 때문에 틀린 정보가 사실인 것처럼 통용되고 있다. 이것은 결과적으로 독자나 시청자들의 지적 수준을 저하시키는 결과를 가져온다. 그리고 틀린 정보를 바탕으로 허구적인 예술작품을 꾸며내면, 지적 기반이 부실한 작품이 만들어질 가능성이 크다.

한 가지 이야기해둘 것은 『홍길동전』만이 아니라, 허균의 책들 역시 조선시대에 금서가 아니었다는 사실이다. 허균의 책은 필사본으로 남아 있고, 특히 그가 조선인의 시를 모아놓은 책 『국조시산(國朝詩刪)』은 그가 죽은 지 80년쯤 후에 목판본으로 간행되기도 했다. 그리고 허균 후대의 많은 사람들이 그의 저작에 대한 평가를 했다. 『홍길동전』뿐 아니라 허균의 책도 금서가 아니었는데, 허균에 대한 논의를 과장하다보니 『홍길동전』이 금서라는 잘못이 생겨나게 된 것이다.

다음으로 『홍길동전』에 대한 자유로운 해석을 방해한다는 점을 보기로 한다.

『홍길동전』의 작자를 허균이라고 이야기하기 시작한 이래, 허균의 생각이 작품 속에 나타난다는 연구는 끊임없이 반복되고 있다. 이와 같은 연구의 대부분은 『홍길동전』에는 허균의 사상이 녹아들어 있다는 것을 바탕에 깔고 있으므로, 허균의 글 가운데 『홍길동전』의 내용과 비슷한 것을 끌어와서 둘 사이의 유사성을 논의하는 방식으로 진행된다. 자주 인용되는 글은 「호민론(豪民論)」인데, 이 글에서 허균이 주장한 내용이 『홍길동전』의 주인공 홍길동에게서 그대로 드러난다고 보는 것이다. 그러나 허균이 말한 내용은 조선시대 지식인들 사이에서 상식적이었던 것으로, 이런 발언을 허균만 했던 것은 아니다. 게다가 「호민론」의 내용이 『홍길동전』과 딱 들어맞는 것도 아니다.

허균을 『홍길동전』의 작자라고 보는 연구자들은 허균이 사형당한 해가 1618년이므로, 『홍길동전』은 적어도 1618년 이전에 나온 작품이라고 말한다. 그리고 『홍길동전』은 19세기에 유행한 다른 한글 통속소설과 달리 높은 문제의식과 예술성을 갖고 있는데, 바로 작자 허균의 사회의식과 창작 역량이 발휘되었기 때문이라고 주장한다. 그러나 『홍길동전』은 19세기에 유행한 한글소설의 하나로, 같은 시기의 많은 한글소설과 유사한 내용과 형식을 갖춘 작품이다. 이들 19세기에 인기를 끈 한글소설은 상업적 목적으로 만들어진 것으로, 일정한 형식을 갖추고 있고 내용도 대체로 유사한 통속소설이다. 이들을 잘 분석해낼 수 있다면, 거의 아무런 자료도 남기지 않은 조선후기 서민들이 꿈꾼 것이 무엇이었나를 알아낼 수 있을 것이다. 그러므로 허균의 생각을 통해 조선후기 서민들이 즐긴 작품을 해석하는 것은, 『홍길동전』에 대한 올바른 접근이 아니다.

조선시대 한글소설에 대한 언급은 『조선왕조실록』 같은 공식적인 기록에서는 전혀 찾아볼 수 없고, 사적인 기록에서나 볼 수 있다. 고소설 연구에서 중요한 자료로 사용되는 것 중 하나로 1794년 일본인 통역관 오다 이쿠고로(小田幾五郎)가 조선의 여러 가지 사정에 대해서 들은 것을 기록한 『상서기문(象胥紀聞)』이라는 책이 있다. 이 책에는 당시 조선에서 유행한 소설의 목록이 있다. 이 목록이 조선시대 한글소설 연구에서 중요한 이유는, 1790년 무렵 조선에서 유행한 소설이 무엇이었는지를 알 수 있기 때문이다. 이 목록에 『홍길동전』은 없다. 이 목록에 들어 있는 작품으로 『소대성전』이 있는데, 이 작품은 『홍길동전』과 유사한 대목이 많다. 특히 자객이 주인공을 죽이려고 하는 대목은 상당히 비슷해서, 두 작품 사이에 분명히 어떤 관계가 있음이 드러난다. 이제까지 학계의 연구에서는 『소대성전』이 『홍길동전』의 영향을 받은 것이라고 보았기 때문에, 중등학교 교과서에도 모두 그렇게 기술되어 있다. 그러나 두 작품을 면밀히 비교해보면『소대성전』이『홍길동전』보다 먼저 나온 것이고,『홍길동전』은『소대성전』의 영향을 받아 만들어진 것임을 알 수 있다. 그리고 이렇게 보아야만 조선시대 한글소설의 흐름을 논리적으로 설명할 수 있다. 그러나 연구자들은 물론이고 중등학교 교재 편찬자들도『홍길동전』의 작자가 허균이라는 강박에 사로잡혀 자유로운 해석을 하지 못한다.

　조선시대 한글소설의 독자층은 주로 도시의 서민이었고, 여기에 상류계층의 여성들이 포함된다. 상층 남성 지식인들은 한글소설을 별로 달갑게 보지 않았기 때문에, 한글소설을 읽는 것 자체에 대해서도 거부감이 있었다.『홍길동전』은 명백한 한글 통속소설이므로, 이 작품 어디에도 상층 지식인의 생각이나 관점은 드러나지 않는다. 이러한 사실은『홍길동전』이 지식인이 아닌 서민의 창작물임을 보여준다. 수많은 다른 한글소설과 마찬가지로『홍길동전』도 통속소설을 전문적으로 창작하던 이름도 알 수 없는 조선시대 어떤 소설가가 1800년 무렵에 창작한 것이다.

　허균을『홍길동전』작자라고 말하는 것의 가장 큰 문제점은, 이것이 사실이 아니라는 점이다. 허균이『홍길동전』의 작자가 아닌데도 작자라고 말해온 것은, 한국의 연구자들이 과거의 사실을 정확하게 파악하지 못하고 있음을 드러내는 것이다.『홍길동전』의 작자가 허균인가 아닌가는 역사적 사실에 대한 해석의 문제가 아니라, 단지 있었던 일이 무엇인가 하는 사실에 관한 문제이다. 허균이 지은 '홍길동전'이 없는데도 불구하고 허균을 한글소설『홍길동전』의 작자라고 말해왔는데, 이를 위해서는 수많은 단계의 가정이 필요했다. 만약 이 여러 단계의 가정 가운데 하나라도 잘못이라는 것이 판명된다면 한글소설『홍길동전』의 작자는 허균이 될 수 없다. 그런데 수많은 가정의 대부분은 잘못된 것이다.

만약『홍길동전』이 훌륭한 작품이고, 이 소설을 창작한 사람이 칭송받아 마땅하다면, 이 작품의 작자가 누구인가를 밝히는 일은 중요하다. 1927년까지 아무도『홍길동전』의 작자를 허균이라고 말하지 않았음에도 불구하고 경성제국대학 일본인 교수의 말 한마디에 의해 갑자기『홍길동전』의 작자가 허균이 되었다면,『홍길동전』작자 문제는 다시 1927년 이전으로 되돌려놓아야 한다. 그리고 작자 자신도 알려지고 싶어하지 않았고, 또 독자들도 알고 싶지 않았던『홍길동전』의 작자를 찾아내는 연구를 할 필요가 있다.

5 ___『홍길동전』의 작자는 누구인가

『홍길동전』의 작자가 구체적으로 누구인가를 밝히는 일은 불가능하다. 그것은 수백 편의 한글 고소설의 작자가 누구인지 알 수 없는 것과 마찬가지이다. 그러므로 고소설의 작자 문제에 접근하는 일은, 작자가 알려지지 않은 이유가 무엇인지 찾아보는 데에서 시작해야 한다.

조선시대 한글소설의 작자가 전혀 알려지지 않은 가장 큰 이유는 그들의 신분이 낮았기 때문이다. 그리고 한글소설을 천한 것으로 본 사회적 인식이 또 한 가지 이유이다. '천한' 한글소설을 쓰는 사람(소설가)에 대한 사회적 인식이 어떠했으리라는 점은 쉽게 상상이 된다. 그러므로 어느 누구도 자신이 한글소설의 작자라는 것을 자랑스럽게 이야기할 수 없었다. 20세기 초 신소설의 시대에 들어와서야 비로소 한글소설의 작자는 자신의 이름을 공공연하게 드러내게 된다. 그 이전까지는 자신이 한글소설의 작자라는 것을 밝히지 않았고, 설사 밝힌 사람이 있었다 하더라도 그 이름이 후대에 전해지지 않았다.

그렇다면 조선시대 한글소설은 어떻게 사람들에게 읽혔을까? 조선시대에는 책을 판매하는 서점이 없었는데, 소설 독자들은 어떻게 책을 구해서 읽었을까? 한글 고소설의 이해를 위해서는 반드시 알아야 하는 내용이지만, 이 문제에 대한 연구는 최근에 들어와서야 조금씩 이루어지고 있다. 한글 고소설의 작자를 구체적으로 밝혀낼 수는 없지만, 고소설의 유통구조를 파악함으로써 고소설의 작자가 어떤 계층이었는지 추정해볼 수 있다. 즉, 고소설의 작자 문제는 유통과 밀접하게 연관되어 있다. 고소설은 조선시대에는 세책과 방각본이나 이를 필사한 책으로 서울과 전주 그리고 안성 등지에서 읽혔고, 식민지 시기에는 활판본으로 간행되어 전국적으로 큰 인기를 누렸다.

조선시대 한글소설의 창작과 유통의 중심에는 세책집(도서대여점)이 있었다. 조선시대에는 세책집이 서울에만 있었다. 세책집을 중심으로 소설의 창작이 이루어지고, 이를 빌려주는 영업이 서울 전역으로 확대되면서 소설이 통속문예물로 자리잡게 된다. 이 시기는 대체로 18세기 중반이다. 그리고 세책으로 독자들의 인기를 끈 작품 가운데 분량을 한두 권으로 축약하여 목판본으로 제작한 방각본이 나오면서 비로소 조선의 소설은 인쇄된 형태로 유통된다. 방각본 한글소설은 19세기 초에 시작되어 19세기 중반에는 상당히 활발하게 나온다. 처음에는 서울에서만 제작·유통되다가 전주와 안성에서도 방각본으로 간행되면서 소설은 그 영역을 넓혀간다. 20세기 초까지 서울에서는 세책집이 계속 영업을 했고 방각본도 팔렸으나, 새로운 문물인 신문이나 잡지 등의 읽을거리와 신소설이나 여러 가지 독서물이 나타나면서 고소설은 더 이상 새로운 작품을 창작하지 않게 된다. 1910년대에 들어서면서 고소설은 새로운 시대를 맞이하는데, 활판인쇄로 고소설을 인쇄한 소위 '딱지본 소설'이 대량으로 싼값에 보급되기 시작한 것이다. 이 활판본의 간행으로 고소설은 비로소 전국적인 유통이 가능해졌다. 여기에 대해서는 뒤에서 좀 더 자세히 이야기하기로 한다.

조선의 한글소설은 작자가 없는 것이 아니다. 작자가 누구인지 알려질 필요가 없었고, 독자들도 자신이 읽고 있는 소설을 누가 지은 것인지 알고 싶어하지 않았다. 그러므로 작자 자신은 물론이고, 독자들도 소설의 작자가 누구인지 기록을 남겨놓지 않았다. 이것이 조선시대 한글소설의 특징이다. 『홍길동전』도 마찬가지이다. 누군가가 지은 소설을 서울의 세책집에서 빌려주고, 이 세책집에서 빌려주던 것을 축약한 서울의 방각본이 나오고, 안성과 전주에서도 방각본이 나오게 된다. 이와 같이 필사본과 목판본으로 유통되던 『홍길동전』은 1910년대에 근대적인 활판인쇄로 대량 인쇄한 것이 전국적으로 보급된다. 『홍길동전』의 생성과 유통은 한글 고소설의 일반적인 과정과 같으며 특별히 다른 과정을 거친 것이 아니다.

『홍길동전』은 주인공을 서자로 설정했다는 것만으로도 고소설 가운데 의미 있는 작품이다. 이렇듯 『홍길동전』의 중요성은 작자가 누구냐에 있는 것이 아니라 작품의 내용에 있다. 그러나 『홍길동전』 연구가 지나치게 작자에 매달린 탓에 작품에 대한 다양한 해석을 내놓지 못하고 있다. 허균이 지었다고 볼 수 있는 아무런 근거 자료가 없음에도 불구하고 허균 창작설이 계속되는 이유로 다음의 몇 가지를 꼽을 수 있다.

첫째는 초기 고소설 연구자들이 갖고 있던 허균과 『홍길동전』에 대한 잘못된 이해이고, 둘째는 반역죄로 사형당한 허균이 한글소설 『홍길동전』을 썼다고 믿고 싶은 연구자들의 희망이며, 셋째는 한글 고소설의 시작을 적어도 허균이 죽은 해인 1618년 이전으로 끌어올릴 수 있다는 연구자들의 '애국적' 연구 태도 등이다. 이 가운데 특히 세 번째 "한국문학사 서술에 유리하다."는 연구자들의 태도가 가장 중요한 요인일 것이다.

그러나 『홍길동전』 허균 창작설은, 조선시대 한글소설이 지식인이나 지배층과는 별로 관련이 없는 도시 서민의 예술이었다는 점을 간과하고 있을 뿐 아니라, 조선후기 통속문예물을 이해하는 기본적인 시각이 양반 지식인 중심이라는 문제점을 안고 있다. 『홍길동전』을 제외하면 한글 고소설 가운데 작자가 알려진 작품이 없는데, 왜 유독 『홍길동전』만 허균이라는 당대 최고의 양반 지식인의 작품이 되어야 하는가? 또는 되어왔는가? 이런 문제를 검토하는 것은, 단순히 『홍길동전』이라는 고소설의 문제만이 아니라 지난 100년 동안 이루어진 근대적 학문연구를 되돌아보는 일이라고도 할 수 있다.

『홍길동전』은 다른 한글소설과 마찬가지로 세책집에서 만들어서 빌려주던 책이고, 이 세책을 축약한 방각본이 서울, 전주, 안성에서 만들어져서 읽힌 것이다. 이 작품의 작자는 세책 집과 관련이 있는 사람이지 허균이 아니다. 『홍길동전』의 작자를 허균이라고 가르친다든가, 『홍길동전』을 허균과 연관시켜 작품분석을 한 것은 모두 잘못이다. 『홍길동전』의 작자는 이름 없는 서민이고, 『홍길동전』을 세책집에서 빌려 읽거나 방각본을 사서 읽던 독자들 또한 마찬가지로 당대의 서민이다. 그러므로 『홍길동전』의 작자를 허균이라는 양반 지식인이라고 이야기해온 지난 100년 가까운 기간 동안의 잘못을 바로잡아, 『홍길동전』을 창작한 이름 모를 작자와 이 책을 읽고 즐긴 당대 서민 독자에게 이 소설을 돌려주어야 한다. 그러기 위해서는 『홍길동전』을 잘 분석해서, 19세기 서민들이 즐긴 이야기의 의미가 무엇인가를 제대로 밝혀내야 한다.

2부

조선시대
한글소설의
이해

앞에서 언급했던 바와 같이 『홍길동전』의 작자를 허균으로 오해하게 된 데에는 그동안 한글소설에 대한 이해가 부족했던 탓이 크다.

한글소설이 언제 어떻게 시작되었고, 또 어떤 경로를 통해 독자에게 전달되었는지에 관해서는 아직까지 알려진 것이 많지 않다. 관련 자료가 별로 없으므로, 연구자들이 이 방면의 연구를 하기 쉽지 않다. 그러나 조선시대 한글소설의 실체를 파악하기 위해서는 한글소설이 나오게 된 과정을 알아내지 않으면 안된다. 작자와 창작시기를 전혀 알 수 없는 조선시대 한글소설의 이해를 위해, 한글소설이 어떻게 태어났으며 어떤 유통구조 속에서 독자에게 전달되었는지를 밝혀내는 방향으로 접근할 필요가 있다.

개별 작품의 창작시기를 알아내서 시간 순서대로 연대기를 정리하는 일은 불가능하지만, 한글소설이 나올 수 있었던 주요한 계기를 중심으로 조선시대 한글소설의 사적인 전개를 구성해볼 수는 있다. 필자는 이제까지 연구자들이 시도하지 않았던 방식으로 한글소설의 발생과 전개를 정리했는데, 먼저 이를 간단히 소개하기로 한다. 그리고 조선시대 소설의 표기에 따른 분류를 살펴보고, 한글소설이 어떻게 상업적으로 유통되었는가 하는 점을 세책과 방각본을 통해서 알아본 다음, 한글소설의 특징이 무엇인가 찾아보기로 한다.

1 —— 한글소설의 발생과 전개

조선에서 창작한 한문소설 가운데에는 작자가 알려진 작품이 있지만, 한글소설은 번역자나 작자가 알려진 작품이 거의 없다. 그래서 한글소설이 언제 어떻게 시작되었으며 어떤 변화를 거쳤는가를 알아내기가 매우 어렵다. 지금까지 한국에서 간행된 여러 가지 문학사(소설사 포함) 관련 저술들이 한글소설의 창작시기나 작자에 대해 언급하고 있는데, 대체로 추정에 불과할 뿐이다. 고소설을 전문적으로 연구하는 연구자들도 조선시대 한글소설이 언제 어떻게 시작되었는지, 작자는 어떤 계층의 인물이었는지, 독자층은 어떻게 형성되었는지, 형식과 내용에 어떤 변천이 있었는지 등등의 문제를 거의 알아내지 못하고 있다. 고소설 연구의 초기에는, 최초의 한글소설을 『홍길동전』으로 본다든가, 고소설이 나온 시기를 임진왜란과 병자호란 이후라고 하는 논의가 많았다. 또 고소설 작가가 어떤 계층의 사람인지 밝히려 한다든가, 한문소설의 작자를 찾아내려는 연구도 많았다. 그러나 이런 연구들 대부분은 명확한 근거 자료를 바탕으로 이루어진 것이 아니라, 연구자의 막연한 추측에 따른 것이었다.

최초의 한글소설이 무엇인가를 알아내기 위해서도 연구자들은 많은 노력을 기울였으나 밝혀내지 못했다. 아마 앞으로도 영원히 밝혀내지 못할 것이다. 그렇다면 최초의 작품이 무엇인가를 찾아내려고 할 것이 아니라, 조선 사람들이 한글소설을 읽기 시작한 시점이 언제였는지, 그리고 왜 한글소설을 읽기 시작했는지를 알아보는 편이 나을 것이다. 구체적인 작품의 제목을 찾으려고 할 것이 아니라, 한글소설을 읽는 사회적 분위기가 형성된 시점이 언제인가를 찾아보는 쪽으로 방향을 바꾸어볼 필요가 있다.

소설은 긴 이야기이므로, 한글소설을 쓰기 위해서는 한글로 긴 이야기를 만들어낼 수 있는 능력이 있어야 한다. 한글 글쓰기는 훈민정음 창제 이후에야 가능한 일이지만, 긴 이야기는 한문으로도 쓸 수 있다. 김시습의 『금오신화』는 15세기에 조선인이 한문으로 이야기를 쓰는 능력이 있었음을 보여준다. 그러나 한문으로 이야기를 써낼 수 있다고 해서 곧바로 한글로도 이야기를 쓸 수 있는 것은 아니다. 김시습이 『금오신화』를 쓸 수 있었던 것은 명나라의 구우가 쓴 『전등신화』를 읽었기 때문인데, 그가 한문으로 『금오신화』를 창작했다고 해서 한글로도 소설을 쓸 수 있었으리라고 보기는 어렵다. 그러므로 김시습이 『금오신화』를 썼다는 사실이 조선 사람의 한글소설 창작 능력을 증명해주는 것은 아니다.

소설을 산문의 하나라고 하지만, 일반적인 산문과 소설은 전혀 다른 형태의 글이다. 그러므로 한문에 능통하다고 해서 한문소설을 쓸 수 있는 것은 아니고, 마찬가지로 한국어로 말하고 한글을 사용한다고 해서 한글소설을 창작할 수 있는 것은 아니다. 소설은 허구의 이야기를 꾸며내는 것이므로 이 기술을 특별히 익히지 않고서는 소설을 쓸 수 없다. 소설을 쓰기 위해서는 소설이라는 장르에 대한 이해와 함께 상당한 수준의 글쓰기 기술이 필요한데, 초기의 한글소설 작자들은 이 기술을 어떻게 익혔을까? 이런 관점에서 접근해보면, 한글소설이 어떻게 시작되었을까 하는 문제를 해결할 수 있을 것이다.

한글 글쓰기는 어떻게 시작되었을까? 신라에서는 한자를 이용해서 향찰표기를 정착시켰고, 유교와 불교 경전에 구결을 붙이는 방안도 고안해냈다. 훈민정음 창제 이후에는 불교와 유교 경전을 번역했는데, 이런 번역사업도 한글 글쓰기 정립에 일정한 기여를 했다. 그 밖에 한글 편지도 한글 글쓰기에 도움이 되었을 것이다.

그러나 복잡한 이야기를 구성하고, 생동하는 인물을 그려내며, 대화와 장면의 묘사를 실재와 비슷하게 해내야 하는 소설이라는 새로운 장르의 글쓰기는 편지글이나 한문 경전의 번역과는 근본적으로 다른 글쓰기이다. 그러므로 현재 우리가 쓰고 있는 한글 글쓰기의 원천은 다른 데에서 찾아볼 필요가 있다. 필자는 조선시대 한글 글쓰기 능력은 한문의 번역 과정에서 얻은 것으로 보는데, 그중에서도 특히 소설의 번역이 중요한 역할을 했다고 생각한다.

한글소설이 언제 처음 만들어졌는가를 알아내기 위해서는 최초의 한글소설이 무엇인가라고 묻는 방식이 아니라, 한글소설이 나올 수 있었던 배경이 무엇이었나를 검토할 필요가 있다. 여기에 더해 한글소설의 유통과정을 파악하는 것이 필요하다. 고소설이 어떻게 만들어지고 어떤 과정을 거쳐서 독자의 손에 들어가서 읽히게 되는가를 파악하는 것은 고소설 연구에서 내용을 분석하는 일만큼이나 중요하다. 왜냐하면 소설의 근본적인 속성 가운데 하나는 상업적인 유통에 있기 때문이다. 고소설과 현대소설은 기본적으로 같은 유통구조를 갖고 있다. 소설가는 작품을 써서 돈을 벌고, 출판사와 서점은 이를 제작하고 판매해서 이익을 얻으며, 독자는 돈을 지불하고 소설책을 사거나 빌려서 읽는다. 이제까지 소설 연구자들은 소설의 유통에 관한 연구를 문학 연구자가 다룰 분야가 아니라고 하거나, 별로 중요하지 않다고 생각해왔다. 그러나 유통의 과정이 없으면 소설은 작자로부터 독자에게 전달될 수 없으므로, 유통의 문제는 소설의 주제나 구성을 연구하는 것과 마찬가지로 중요한 연구과제이다. 그런데 조선시대 소설의 유통에 관한 기록이 드물고 고소설의 유통을 자세히 알아낼 수 있는 자료가 많지 않아 연구성과가 아직은 적다.

한글소설의 유통은 한문소설과 구분해서 보아야 한다. 그것은 한문소설은 상류계층의 남성 지식인이 주된 독자로 조선 내에서는 유통구조라고 할 만한 것이 없었지만, 한글소설은 여성과 중하층 남성의 독서물로 전문적인 유통업자에 의해 유통되었기 때문이다. 중국에서 들여온 것이나 조선에서 창작한 것을 막론하고, 장편의 한문소설은 조선에서 인쇄된 책으로는 거의 나오지 않았다. 중국에서 들여온 장편소설은 필사본으로 남아 있는 것이 별로 없는 것으로 보아 중국소설은 필사해서 읽기보다는 수입된 책을 직접 읽었음을 알 수 있다. 이에 반해 현재 남아 있는 조선에서 창작한 한문소설은 인쇄한 책은 거의 없고 대부분 필사본이다. 예를 들자면 『창선감의록』처럼 대단히 인기 있던 작품도 필사본으로만 읽혔지 인쇄본으로 간행되지는 않았다. 이처럼 조선에서 창작한 한문소설은 상업적 유통의 대상이 아니었다. 중국에서 책을 들여와 조선 내에서 책 거간꾼의 중개로 매매한 것을 제외한다면 조직적으로 중국소설을 수입해서 상업적 유통을 시켰다고 보기는 어렵다. 국내에 들어온 중국소설은 중국에 가는 인편을 통해 구입한 것이고, 조선 내의 중국소설 매매도 다른 책과 마찬가지로 책 거간꾼의 개인적인 상행위 정도였다.

이와 같이 원산지가 중국이냐 조선이냐를 막론하고, 한문소설은 상업적인 유통구조 속에서 유통되지 않았다. 그러나 18세기 중반에 이르러 서울에 세책집이 생겨나고, 19세기 초반에는 서울과 전주에서 방각본 소설을 출판했는데, 이 세책집과 방각본 업자가 유통시킨 소설은 모두 한글소설이었다. 그리고 한글소설의 상업적 유통이 시작되는 단계에서 비로소 조선에서 본격적인 소설의 시대가 열렸다.

초기의 한글소설은 상업적인 것은 아니었다. 왜냐하면 한글소설의 시작은 중국소설의 번역에서 출발한 것이며, 최초의 중국소설 번역은 왕이나 왕비 같은 단 한 사람의 독자(혹은 청자)를 위한 것이었을 가능성이 크기 때문이다. 궁중에서 번역한 중국소설이 민간으로 퍼져나가게 되면, 여기에는 자연스럽게 상업성이 개입될 수밖에 없다. 왜냐하면 긴 이야기인 소설책을 제작하는 데에는 돈이 들기 때문이다. 그러므로 궁중에서 민간으로 한글소설이 퍼져나가는 시점부터 소설의 상업적 성격이 나타난다. 조선시대 한글소설 유통을 이해하려면 이 과정을 잘 설명하는 것이 필요하다.

한글소설의 발생과 유통 과정을 설명하기 위해 새로운 형식의 한글소설이 출현하는 단계를 다음과 같이 몇 시기로 나누어 도식화할 수 있을 것이다. 각 단계는 그다음 단계에서도 계속 나타나는데, 예를 들자면 ①단계의 중국소설 번역은 ⑥단계까지도 계속되고, ⑤단계에서 시작된 세책집을 중심으로 한 새로운 소설의 창작은 ⑥단계에서도 이루어진다.

　①궁중에서 중국소설을 번역하는 시기
　②궁중의 최상층 독자를 위해 한글소설을 창작하는 시기
　③번역 및 창작 한글소설이 민간 상류층으로 퍼지는 시기

④ 세책집이 생기면서 한글소설이 민간 중류층으로 확산되는 시기

⑤ 세책집을 중심으로 새로운 형식의 한글소설이 창작되는 시기

⑥ 세책집에서 창작한 한글소설을 축약하여 만든 방각본 소설이 나타나는 시기

⑦ 세책과 방각본을 저본으로 활판본 고소설이 만들어지는 시기

중국소설은 15세기부터 19세기까지 끊임없이 조선에 들어와서 읽혔다. 한 해에 최소한 한두 차례 이상 중국에 사절단이 파견되고, 국경지대에서 공식·비공식 무역이 활발하게 이루어졌으므로 중국에서 새로 간행된 서적은 곧바로 조선에 들어올 수 있었다. 조선시대에 중국소설은 직접 또는 번역되어 읽혔기 때문에 한글소설에 끊임없이 영향을 미쳤다고 해도 과언이 아니다. 그러므로 조선에서 소설이라는 장르가 태어나는 과정은 중국소설과의 긴밀한 연관 속에서 이해해야 한다.

앞의 ①에서 ⑦까지의 단계에서 ①, ②, ③은 중국소설의 직접적인 영향을 받은 시기인데, 이 시기의 사정을 알 수 있는 자료가 별로 없으므로 구체적으로 각 시기를 언제라고 말하기는 어렵다. 대략 말한다면, ①은 15~16세기, ②와 ③은 17세기 정도라고 추정해볼 수 있다. ④에서 ⑦까지는 조선에서 창작한 한글소설이 민간에서 유통되는 단계인데, 비교적 정확하게 시기를 이야기할 수 있다. ④는 1750년 무렵이고, ⑤는 18세기 후반이며, ⑥은 1820년대이고, ⑦은 1912년이다.

한글소설의 상업적 유통은 18세기 중반 서울에서 세책집이 생기면서 비로소 시작되었다. 그 이전에는 ①, ②단계에서 만들어진 한글소설을 필사해서 읽는 정도였다. 궁중에서 중국소설을 번역하거나, 높은 신분의 인물을 위한 한글소설의 창작이 이루어질 때 상업성이 끼어들 여지는 없다. 그러므로 소설의 매매가 이루어지는 단계는 ③단계에서 가능하다.

궁중에서 민간으로 흘러나온 한글소설이 퍼져나갈 때 소설을 베껴서 판매했을 가능성이 있는데, ③단계에서 한글소설 매매의 흔적을 볼 수 있는 자료가 있다. 조태억이 쓴 글 중에 어머니 윤씨(1647~1698)가 자신이 필사한『서주연의(西周演義)』전질을 남에게 빌려주었다가 그중에 한 권을 잃어버렸는데, 이를 길에서 주운 사람이 다른 사람에게 팔았다는 기록이 있다. 길에서 주운 것을 남에게 파는 행위를 전문적으로 소설을 필사해서 판매하는 상업적 행위와 곧바로 연결시킬 수는 없지만, 적어도 17세기 후반에는 한글소설이 매매의 대상이었다는 것만은 분명하다.

서적은 매매 대상의 상품이었으므로, 한글소설도 상품이라는 사실을 당시 사람들도 잘 알고 있었을 것이다. 필사한 한글소설이 전파되는 ③단계에서 한글소설이 상품으로 인식되었다면, 매매의 과정이 반드시 있어야 한다. 그리고 한글소설의 매매를 통해 이익을 얻을 수 있다면 이익을 목표로 하는 전문 필사자가 생겨나는 것은 당연한 일이다. 다만 ③단계에서 상업

2부 — 조선시대 한글소설의 이해

적으로 한글소설을 창작하고 필사하는 개인이나 조직에 대한 기록을 아직까지 발견하지 못했기 때문에, 이를 실증적으로 증명하기는 어렵다. ①, ②단계에서 중국소설의 번역을 맡은 사람은 주로 중국어 통역관으로 추정되지만, ③단계에 들어서면 중국어 통역관이 아닌 사람들도 한글소설을 베끼거나 창작하는 '사업'에 뛰어들었을 가능성이 있다.

④, ⑤단계는 세책집이 나타나는 시기이다. 조선의 세책집은 다른 나라의 영향을 받은 것이 아니라 독자적으로 생겨난 영업 형태로 보이는데, 세책집의 전 단계로는 필사한 책을 판매하는 조직을 생각해볼 수 있다. ④단계는 세책집이 영업을 시작했을 때로, 이 시기에 세책집에서 빌려주던 것은 모두 장편소설이다. 번역이나 창작을 막론하고 기존에 궁중이나 민간의 상류층에서 읽던 장편소설이 세책집의 영업 품목이었다. 이 시기의 세책집 고객은 주로 상류층 여성들이었을 것으로 추정된다. 어느 정도의 기간 동안 세책집의 고객이 상류층 여성들이었는지는 분명하지 않지만, 적어도 이덕무나 채제공이 세책집을 언급한 글을 쓴 18세기 말까지는 계속되었다고 볼 수 있다.

그리고 ⑤단계에서는 기존의 장편 한글소설과는 다른 한글소설의 창작이 이루어졌다. 이는 세책집 독자가 상층 여성에서 중하층의 서민으로 확대되었음을 보여주는 것으로, 중국소설의 번역과 그 모방으로 이루어진 장편 한글소설의 시대에서 조선의 독자적인 형식과 내용을 갖춘 한글소설의 시대로 넘어가고 있음을 말해준다.

⑥단계의 방각본 한글소설의 출현은 한문방각본이 나오면서 가능해진 것이다. 1800년 전후에 나타난 한문방각본은 교양서적이거나 초보적인 지식을 습득하기 위한 책으로, 그 독자층은 기존의 지식인과는 다른 계층의 사람들이었다. 이들 한문방각본 독자는 새롭게 등장한 신흥 지식인인데, 이들의 신분이나 문벌은 제도권에 진입할 수 있을 정도는 아니었다. 방각본 한글소설의 출현은 한문방각본을 제작하여 판매하던 방각본 업자가 자신들의 영업 품목을 한글소설까지 확대시킨 것이다. 충분한 여가를 갖고 장편 한글소설을 즐길 수 있던 상층 부녀자들과는 달리, 그만큼의 여가는 없더라도 한글소설을 즐기고 싶어하는 중하층의 독자를 위해서 기존에 세책집에서 빌려주던 작품을 축약해서 제작한 것이 방각본 한글소설이다. 방각본 한글소설은 대략 30~40장(張, 1장은 현재의 단위로는 2쪽) 정도의 분량인데, 이와 같이 정해진 분량 안에 긴 이야기를 축약해야 하므로 줄거리 위주로 제작할 수밖에 없었다. 서울 이외에 전주와 안성에서도 방각본 한글소설을 간행했는데, 전주와 안성의 방각본 한글소설은 모두 서울의 세책이나 방각본을 바탕으로 제작한 것이다.

⑦단계에 이르러 비로소 전국적으로 같은 텍스트의 한글소설이 읽히게 된다. 1906년 신문에 연재된 이인직의 『혈의 누』는 저자의 이름을 밝혔다는 데에서 기존 고소설이 작자를 밝히

지 않던 것과는 차이가 있다. 신소설이 나오면서 고소설의 시대가 끝났다고 생각하는 경우가 많으나, 이는 소설 시장을 염두에 두지 않고 단지 새로운 작품의 출현에만 초점을 맞췄기 때문에 생겨난 오해이다. 마찬가지로 1917년 이광수의 『무정』이 나왔다고 해서 신소설의 시대가 끝나고 근대소설의 시대로 접어드는 것은 아니다. 근대소설이 나왔지만, 소설 시장의 주류는 여전히 고소설과 신소설이었다. 소설 시장에서 가장 획기적인 사건은 1912년 고소설이 활판인쇄로 간행되기 시작한 것이다. 서울이나 안성 그리고 전주에서 세책과 방각본이 나왔다고 해서 한글소설이 전국적으로 유통된 것은 아니었다. 조선시대 세책과 방각본 한글소설은 간행된 곳을 벗어난 다른 지역까지 유통 범위를 확대시키지는 못했다. 그러다가 19세기 말 조선이 외국에 문호를 개방하면서 전반적인 사회 분위기가 변화하는데, 이 무렵에 서울과 전주 이외의 지역으로도 소설이 퍼지기 시작한다. 한글 고소설은 1912년 활판인쇄로 간행된 것을 판매하면서 전국적인 유통이 시작되었다. ⑦단계는 이 시기를 말한다. 1907년 『혈의 누』가 단행본으로 나오면서 신소설은 고소설에 앞서 이미 전국적으로 보급되었다. 활판본으로 간행된 신소설의 전국적인 판매는 고소설의 단행본 출판을 끌어내는 역할을 한다.

소설 시장을 염두에 두지 않고 단지 시간적인 순서로 소설의 연대기를 말한다면, 고소설 다음에 신소설이 나타난 것은 틀림

없다. 그러나 신소설은 고소설에 앞서 전국적으로 소설 시장에서 유통된 상품이었다. 근대적 인쇄 기술인 활판인쇄로 서적을 간행하던 출판업자들은 고소설을 단행본으로 제작해서 판매할 생각을 1911년까지는 하지 못했다. 1912년 고소설이 전국적으로 유통되었을 때, 고소설은 신소설보다 훨씬 더 많은 인기를 끌게 된다. 그리고 적어도 식민지 시기에 고소설은 신소설이나 근대소설보다 훨씬 많이 판매되었다.

1912년부터 간행되는 활판본 고소설의 원고는 대부분 세책과 방각본이었다. 고소설은 원고를 구하기 쉬울 뿐 아니라 저작권도 없으므로 많은 출판사에서 다투어 간행했고, 출판사들은 고소설 판매로 많은 이익을 얻을 수 있었다. 당시 활판본 고소설 출판이 왕성했던 이유를 식민지 이후 출판 검열을 피하기 위한 것으로 해석하려는 견해가 있다. 약간의 타당성은 있으나, 그것만으로는 활판본 고소설의 간행이 활발해진 이유를 전부 설명할 수 없다. 가장 중요한 이유는 독자들의 요구 수준에 맞는 새로운 원고를 구할 수 없었다는 데에서 찾아야 한다. 신소설이나 번역소설의 원고는 구하기도 어렵고 원고료도 주어야 하지만, 세책이나 방각본 한글소설은 그대로 활판인쇄로 찍어내기만 하면 되기 때문에 돈과 시간이 훨씬 적게 든다. 그리고 독자들로부터 크게 환영을 받기도 했다. 콘텐츠가 부족했던 당시의 출판사들이 활로를 타개하기 위해서 활판본 고소설의 간행을 시작한 것이다. ㉠단계에서 고소설은 명실상부하게 조선을 대표하는 소설이 된다.

조선시대 한글소설의 발생과 전개와 관련시켜 이야기해야
할 것 가운데 하나는, 20세기 중반까지 한국에서 가장 많이 읽
힌 소설은 신소설이나 현대소설이 아니라 고소설이라는 사실
이다. 이인직의 『혈의 누』로 대표되는 신소설이나 이광수의
『무정』을 시작으로 한 현대소설보다 고소설 『춘향전』이나 『홍
길동전』이 훨씬 많이 읽혔다. 고소설의 전성기는 20세기 이전
이 아니라, 1912년에 활판본 고소설이 나오는 시기이다. 이때
부터 1950년대까지 전국 방방곡곡 고소설을 읽지 않는 곳이 없
었고, 신소설이나 현대소설과는 비교할 수 없을 정도로 많은 양
이 읽혔다. 그러나 1920년대에 근대적인 학문 방법을 익힌 문
학 연구자들이 소설 연구를 시작했을 때, 당대에 가장 많이 읽
히던 『춘향전』이나 『홍길동전』은 과거의 유물로 제쳐두고, 극
히 한정된 독자밖에 없는 현대소설 중심으로 연구하였다. 그 결
과 당대의 소설인 『춘향전』이나 『홍길동전』은 구시대의 낙후
한 소설이라는 '고소설'이라는 이름으로 불리게 되었다.

2 ── 조선시대 소설의 표기

세종대왕이 훈민정음을 창제했지만, 이 문자를 정부에서 공식적으로 인정한 때는 창제로부터 약 450년이 지난 1894년 갑오개혁에 이르러서이다. 1392년에 건국해서 500년 이상 존속한 조선왕조는 자국의 문자를 만들어놓고도 최후의 15년 정도만 이를 공식 문자로 인정했다. 조선 정부는 한글을 장려하는 정책을 전혀 쓰지 않았으므로, 조선왕조에서 생산한 공식 문서 대부분은 한자로 쓴 것이다. 훈민정음이 창제된 이후에 한동안 한문으로 된 불교와 유교의 경전을 한글로 옮기는 작업이 정부 주관으로 진행되었으나, 임진왜란 이후에는 이런 번역 작업도 별로 없었다. 그러므로 현재 남아 있는 조선시대 한글 자료들은 민간 부분에서 이루어진 것이 대부분이다.

모든 공식적인 문자 생활이 한자로 이루어진 조선이었지만, 말과 글이 다른 현실에서는 한글이 아니면 표현할 수 없는 영역이 있다. 노래, 편지, 소설 등이 그런 영역이다. 노래를 부르기 위해서는 가사를 한글로 쓰지 않으면 안 된다. 한문 글쓰기가 능숙한 지식인들이라 할지라도, 노래의 가사를 한문으로 쓸 수는 없으므로 노래는 한글로 지었다. 퇴계 이황이나 율곡 이이 같은 조선 최고의 지식인들도 노래 가사는 한글로 썼다. 그리고 한문을 모르는 사람들 사이에서 편지를 주고받을 때에는 한글로 썼다. 현재 남아 있는 한글 편지 가운데에는 임금이 출가한 공주에게 보낸 것이라든가, 저명한 지식인이 어머니나 부인에게 보낸 편지 같은 것이 있다. 한문을 모르는 사람에게 편지를 쓰려면 한글을 사용하지 않을 수 없다. 그리고 소설이 있다. 한문을 해독할 수 있는 사람들은 중국소설이나 조선인이 쓴 한문소설을 원문 그대로 읽을 수 있었으나, 한문을 모르는 사람들이 그것을 즐기기 위해서는 번역하지 않으면 안 된다. 한문을 아는 사람이더라도 중국소설을 듣기를 원한다면 번역한 것을 읽어줄 수밖에 없다. 초기의 번역 시대가 지나고 본격적으로 한글소설을 창작하는 시대가 되면, 많은 작품이 한글로 만들어진다. 이렇게 노래, 편지, 소설 등을 통해서 한글은 사용 범위를 넓혀나갔다.

한글 사용에서 가장 큰 비중을 차지하는 것은 한글로 된 소설이다. 노래와 편지 등에서 한글이 쓰였다고 하지만, 소설에 비한다면 남아 있는 양이 얼마 되지 않는다. 노래와 편지는 주로 짧은 내용인 데 비해 소설은 긴 이야기를 만들어내는 것이므로, 세련된 한글 산문을 쓸 수 있게 된 데에는 소설이 커다란 역할을 했다. 한글은 소설의 번역과 창작 과정을 통해서 발전해왔다고 해도 과언이 아니다.

한글소설이 한글 글쓰기의 규범을 만드는 데 커다란 공헌을 했다는 사실에 대해 전문 연구자들도 별로 관심을 두지 않고 있다. 그러나 필사한 소설을 제작해서 빌려주고, 또 목판인쇄로 소설을 찍어내는 과정에서, 한글소설 제작자들이 한글 표기의 일정한 규범을 필요로 했음은 분명하다. 현재 남아 있는 세책과 방각본 한글소설에 대한 분석을 통해 한글소설 제작자들이 어떤 규범을 만들었는지 연구할 필요가 있다. 그리고 이 규범이 20세기 근대적인 한글맞춤법과 어떻게 연결되는지도 살펴보아야 할 것이다.

조선시대 소설을 표기 문자에 따라 분류하면 한자로 표기한 소설과 한글로 표기한 소설, 두 가지로 나눌 수 있다. 그리고 한문소설과 한글소설을 다음과 같이 각각 세 가지로 나눌 수 있을 것이다.

한문소설 ① 중국에서 들어온 것 : 전등신화, 삼국지연의, 수호전 등

② 조선에서 창작한 것 : 금오신화, 운영전 등

③ 조선의 한글소설을 번역한 것 : 춘향전 등

한글소설 ④ 중국소설을 번역한 것 : 삼국지, 수호전 등

⑤ 조선에서 창작한 한문소설을 번역한 것 : 구운몽, 창선 감의록 등

⑥ 조선에서 창작한 것 : 춘향전, 홍길동전, 조웅전 등

① 중국에서 들어온 한문소설

조선은 중국과 붙어 있을 뿐 아니라 일 년에 몇 차례 사신이
왕래했기 때문에 중국에서 간행된 서적 가운데 필요한 것은 언
제든지 구입해서 가져올 수 있었다. 소설도 예외가 아니어서 중
국에서 유행하는 소설은 바로 조선으로 들어왔다. 『전등신화』
나 『요재지이』같은 문어체 소설이나 『삼국지연의』나 『수호전』
같은 구어체 소설이 모두 조선에 들어왔다.

② 조선에서 창작한 한문소설

조선시대의 공식 문자는 중국의 한자였으므로 상층부의 지
식인들은 모두 한자로 글을 썼고 공적인 문서는 모두 한문으로
되어 있다. 소설도 한문으로 쓴 것이 많이 있는데, 김시습의 『금
오신화』나 임제의 『원생몽유록』처럼 작자가 알려진 것도 있고,
『운영전』같이 작자가 알려지지 않은 작품도 있다.

③ 조선의 한글소설을 번역한 한문소설

한글소설을 한문으로 번역한 것이 많이 있는데, 대체로 직역
을 했다. 그러나 『춘향전』처럼 유명한 작품은 다양한 한문 번역
본이 있어서, 거의 새롭게 쓴 것이라고 보아야 할 정도로 번역
자가 창작 능력을 발휘한 것도 있다.

④ 중국소설을 번역한 한글소설

『삼국지연의』나『수호전』같은 중국의 구어체 소설은 물론이고『전등신화』나『요재지이』같은 문어체 소설도 조선에서 번역이 되었다. 중국에서 나온 구어체 소설 가운데 중요한 작품은 대부분 번역했다고 볼 수 있다.

⑤ 조선에서 창작한 한문소설을 번역한 한글소설

조선에서 창작한 한문소설 가운데 재미있는 작품은 한글로 번역했는데,『구운몽』처럼 한글본과 한문본이 함께 읽힌 작품도 많다. 연구자들은『구운몽』,『창선감의록』등의 소설은 원래 한문으로 쓴 것을 한글로 번역한 것으로 본다. 한글본과 한문본 가운데 어떤 것이 먼저인지 분명치 않은 작품도 있다.

⑥ 조선에서 창작한 한글소설

『춘향전』,『홍길동전』,『조웅전』등등 우리가 잘 알고 있는 대부분의 고소설은 조선에서 창작한 한글소설이다. 고소설의 주류는 이 조선에서 창작한 한글소설이다. 한두 권으로 된 짧은 것에서 백 권이 넘는 장편소설까지 다양한 종류의 소설이 있다.

이렇게 여섯 가지로 나눈 것 가운데 한글로 표기된 ④, ⑤, ⑥을 한국소설의 주류라고 보아야 할 것이다. 중국소설의 수용과 모방에서 시작된 조선시대 한글소설은 번역을 거치면서 창작의 단계에 이르게 된다. ⑥의 조선에서 창작한 한글소설이 나오면서 비로소 독자적인 소설의 시대가 열리고, 이후에 소설은 한글로 쓴 것이라는 생각이 보편적으로 자리 잡는다.

상당한 양의 한글소설이 조선시대에 만들어졌고, 또 활발하게 유통되었음에도 불구하고, 조선시대 공식적인 문서에서 한글소설에 관한 기록은 찾아볼 수 없다. 많은 한글소설이 창작되어 읽혔지만, 한글소설을 저급한 오락물로 생각했으므로 지식인들은 이를 논의의 대상으로 삼지 않았다. 현재는 하위문화에 대해서도 연구자들이 관심을 갖고 논의하지만, 조선시대 지식인들은 한글소설을 외면했으므로 한글소설에 관한 기록은 거의 없다. 지식인들의 무관심으로 한글소설은 실제로는 존재했지만 기록상으로는 거의 없는 것과 마찬가지가 되었다. 조선시대 한글소설을 이해하기 위해서는 이러한 조선시대 지식인의 소설에 대한 생각을 잘 알아둘 필요가 있다.

지식인들은 한글소설을 외면했지만, 중국에서 수입한 중국소설은 즐겨 읽었을 뿐 아니라 그에 관한 기록을 꽤 많이 남겼다. 대부분의 한문소설(중국에서 수입한 것이거나 조선에서 창작한 것을 막론하고)은 한글로 번역되었으므로, 한문을 모르는 독자도 번역된 한문소설을 읽고 그 내용을 알 수 있었다. 이렇게 같은 내용의 소설이지만, 문자가 한자냐 한글이냐에 따라 독자가 나뉘었던 것이다. 한자를 '진서(眞書)'라 칭하고 한글을 '언문(諺文)'이라고 낮추어 부르던 시대에 한자는 공식적인 문자로서 권위를 가진다. 이런 한자의 권위는 대상이 비록 소설이라 하더라도 달라지지 않았을 것이므로, 한문소설을 읽는다는 사실 자체가 지적 만족감을 주었을 것이다. 그리고 한문 문장에 익숙한 지식인들에게는 한자 텍스트가 한글 텍스트보다 이해하기 쉽고 더 재미있었음에 틀림없다.

중국소설은 조선에서도 인쇄된 책으로 읽혔기 때문에 필사본이 거의 없다. 그리고 조선 사람이 창작한 한문소설은 필사본으로 유통되었지만 이본에 따른 내용상의 차이가 별로 없다. 이처럼 한문소설은 대체로 같은 내용의 텍스트가 읽혔다. 그러나 한글소설은 같은 제목의 소설이라도 내용이 상당히 다른 다양한 이본이 있다. 이는 한문소설의 독자는 문자 그대로 독자였던 데 비하여 한글소설의 독자는 독자이면서 이야기의 변개를 시도해보려는 작자이기도 했기 때문이다. 한문소설의 경우 한자의 권위 때문에 필사하는 과정에서 필사자가 내용을 마음대로 바꾼다는 생각을 하기 어려웠을지도 모른다. 물론 여기에는 한문을 자유롭게 구사하기 어렵다는 문제도 있었을 것이다. 그러나 한자에 비해 한글은 익히기도 쉽고, 또 생각나는 것을 그대로 쓰면 되기 때문에 한글소설의 필사자는 내용을 바꾸고 싶다는 의지가 있다면 쉽게 바꿀 수 있었을 것이다. 이와 같이 한글소설은 인쇄본이 아닌 필사본으로 유통되었기 때문에 옮겨 쓰는 과정에서 다양한 이본이 생겨났다.

3 ── 소설의 상업출판

중국이나 일본에서는 일찍부터 상업출판이 성행하여 다양한 서적이 출판되었는데, 조선에서는 18세기까지 상업출판이 거의 나타나지 않았다. 18세기까지 조선에서 간행되던 책은 관청에서 간행한 관판본이 중심이었다. 그때까지는 관판본만으로도 서적의 수요를 충당할 수 있었으나, 1800년 무렵에 새로운 책에 대한 수요가 생겨나면서 '방각본'이 출현한다. 방각본은 한문서적과 한글서적 모두 간행되는데, 한문방각본은 대개 교양과 지식을 위한 서적이었고, 한글방각본은 주로 오락물이었다. 민간에서 이익을 목적으로 한 상업출판물을 간행하고 이를 소비하기 시작했다는 것은 조선의 서적문화가 새로운 단계에 들어섰음을 보여준다. 현재 한국의 방각본 연구는 초기 단계이므로, 앞으로 여기에 대한 많은 연구가 필요하다.

방각본과 함께 조선에서 상업출판이라고 부를 만한 것으로 '세책'이 있다. 책을 빌려주는 영업을 하는 세책집이 서울에 나타난 시기는 18세기 중반 무렵이다. 세책집은 1990년대 전국적으로 유행한 도서대여점과 거의 같은 것으로, 책을 빌려주고 돈을 벌 수 있다는 생각을 한 사람이 창업한 것이다. 그런데 세책집에서 빌려주던 책은 거의 한글소설이었고, 방각본 가운데 한글방각본도 대부분 소설이었다. 조선의 상업출판 역사에서 한글소설은 그 중심에 있었던 것이다. 세책과 방각본을 중심으로 한글소설의 상업적 성격을 살펴보기로 하자.

세책은 도서대여점에서 빌려주던 책을 말하는데, 조선에서는 이 도서대여점을 '세책집'이라고 불렀다. 도서대여점은 조선에만 있던 것은 아니다. 대체로 17세기 즈음에는 많은 나라에서 책을 빌려주는 영업이 생겨난다. 도서대여점은 도시의 발달과 더불어 생겨난 영업의 하나로, 특히 소설의 발달과 관련이 있다. 왜냐하면 도서대여점에서 빌려주던 책은 대부분 소설이었기 때문이다. 영국과 프랑스 같은 유럽의 선진 자본주의 국가에서는 18, 19세기에 이 도서대여점이 번성했고, 같은 시기에 일본에서도 성행했는데 중국에서는 별로 유행하지 않았다. 조선에서 세책집이 생겨난 시기는 18세기 중반으로, 이 시기에 소설이 새로운 오락으로 대중의 관심을 끌기 시작했다. 그 당시 서울에 세책집이 몇 군데나 있었으며, 어떤 책을 빌려주었는지, 그리고 세책을 빌려 보던 사람들이 어떤 계층이었는지는 정확히 알 수 없다. 그러나 유럽이나 일본의 도시에 비해 규모도 작고, 산업화된 도시도 아닌 서울에서 세책집이 생겨났다는 것은 소설의 유통이나 독자 연구의 관점에서 볼 때 매우 흥미로운 현상이다.

서양이나 일본의 도서대여점에서는 인쇄본을 빌려주었는

데, 조선에서는 붓으로 쓴 필사본을 빌려주었다. 서양이나 일본에서는 조선보다 도서대여점이 일찍 생겨났고 또 전국적으로 분포되어 있었으나, 조선에서는 서울 이외의 지역에는 세책집이 없었다. 이처럼 조선의 세책집은 외국의 도서대여점에 비해 출현도 늦고 규모도 작았는데, 또 한 가지 근본적인 차이가 있다. 조선의 세책집은 단지 책을 빌려주는 것만이 아니라 책을 제작하는 일도 했다는 점이다. 그리고 단순히 물질로서의 책을 제작하는 것만이 아니라 소설 창작과 같은 콘텐츠의 제작도 이들 세책집을 중심으로 이루어졌다.

언제부터 서울에 세책집이 생겨났는지 정확하게 알 수 있는 자료는 없으나, 다음의 두 가지 글을 통해서 대략 18세기 중반에는 세책집이 나타났다고 볼 수 있다. 하나는 1770년대에 이덕무(李德懋, 1741~1793)가 쓴 『사소절』에 들어 있는 내용이다.

한글소설을 읽는 것에 빠져서는 안 된다. 집안일을 내버려두고 길쌈도 게을리하며, 돈을 주고 소설을 빌려 보는 것에 정신이 팔려 집안의 재산을 기울이는 사람까지도 있다. 그 이야기는 모두 투기와 음란한 내용이므로, 부인의 방탕함과 방자함이 혹 여기서 비롯되기도 한다. 그러니 어찌 간교한 무리들이 연애 이야기나 기이한 일을 늘어놓아 그런 것을 부러워하는 마음을 부추기는 것이 아니겠는가?

『사소절』은 선비·부녀자·아동이 일상생활에서 지켜야 할 일에 관해서 쓴 책인데, 이 가운데 부녀자가 지켜야 할 행실 가운데 하나로 소설을 빌려 읽지 말라는 내용이 들어 있다.

또 하나의 자료는 당대의 뛰어난 재상이었던 채제공(蔡濟恭, 1720~1799)이 쓴 글이다.

요즈음 부녀자들이 잘하는 일이란 오직 소설 읽는 것이다. 소설을 좋아하니 날이 갈수록 그 숫자가 늘어나고 그 종류도 매우 많아졌다. 장사꾼들은 이것을 깨끗이 베껴서, 빌려보는 사람에게 그 값을 받아서 이익을 얻는다. 부녀자들은 생각이 없어서 비녀나 팔찌를 팔거나 혹은 빚을 내서라도 다투어 빌려가서 그것으로 긴 하루를 보낸다. 음식 만들고 옷감 짜는 여자의 할 일도 잊어버린 채 이러기 일쑤이다. 그런데 부인은 홀로 습속이 변해가는 것을 탐탁지 않게 여겨 여자로서 해야 하는 일을 하고 틈틈이 책을 읽었는데, 오직 『여사서』만이 규방의 부녀자들에게 모범이 될 뿐이라고 생각했다.

이 글은 채제공이 젊은 나이에 죽은 아내 오씨(1723~1751)의 책상에서 한글로 필사하다 중간에 그만둔 『여사서(女四書)』를 발견했던 지난날을 회상하며 부인을 추모하여 쓴 글의 일부이다. 『여사서』는 중국에서 나온 부녀자의 교훈서인데, 1737년에 이를 번역한 책이 간행되었다. 오씨는 당대의 부녀자들처럼 소설책을 빌려 읽지 않고, 부녀자들에게 교훈이 되는 내용을 모아놓은 책 『여사서』를 좋아했다는 내용이다.

위의 자료는 둘 다 부녀자가 소설을 빌려 읽어서는 안 된다는 것을 강조하는 내용인데, 이를 통해서 1750년대에 세책집에서 소설을 빌려 읽는 일이 상류층 부녀자들 사이에서 유행이었음을 알 수 있다.

세책집에서는 고객을 계속 유치하기 위해 새로운 소설이 필요했을 텐데, 그러려면 새로운 이야기를 만들어내는 작가가 필요했을 것이다. 현재 남아 있는 대부분의 고소설은 바로 이 세책집에 소설을 공급하던 사람들이 쓴 작품이라고 필자는 보고 있다. 또 세책집 주인은 자기 가게의 평판을 높이기 위해서는 다른 세책집에 없는 작품을 구하지 않으면 안 되었을 것이다. 이것은 현대의 출판사들이 인기 작가의 작품을 간행하려고 노력하는 것과 같은 양상이라고 하겠다. 출판사가 돈을 벌기 위해서는 잘 팔리는 책을 많이 내야 하는데, 이를 위해서 출판사는 작가와 좋은 관계를 유지해야 한다. 이와 마찬가지로 조선시대 세책집도 재미있는 소설을 공급하는 소설가와 어떤 식으로든 관계를 맺고 있었을 것이다. 필자는 세책집에 소설을 공급하던 인물, 즉 고소설 작가는 세책집의 주인이거나 세책집과 긴밀한 관계를 맺고 있던 인물이라고 추정한다.

세책집에서 빌려주던 소설 가운데 재미있는 것은 방각본으로도 간행되는데, 방각본은 세책의 줄거리는 그대로 유지하지만 분량이 훨씬 적다. 방각본은 책이 시장에서 상품으로 팔리게 되는 시대의 산물이다. 방각본이 나오기 이전이라고 해서 책이 상품으로 거래되지 않은 것은 아니다. 그 전에도 책을 구해서 읽기 위해서는 돈이 들었지만, 책을 인쇄해서 불특정 다수에게 판매하는 상업출판이 본격적으로 나타나지는 않았다. 조선은 중국의 문물을 상당히 빨리 받아들였는데, 방각본만은 중국에서 나타난 뒤로 오랜 시간이 흐를 때까지 조선에서 나오지 않았다. 중국은 일찍이 송나라 때부터 상업출판물인 방각본이 시작되었고, 그 가운데에는 훌륭한 내용의 책도 많다. 조선시대에 중국에서 수입한 책은 대부분 방각본으로, 이 가운데 어떤 책은 조선에서 관판본으로 간행되기도 했다. 조선에서 방각본이 1800년 무렵에야 나오게 된 이유는 경제 규모와 관련이 있을 것이다. 필자는 조선의 방각본 업자들이 대체로 1인 사업자였던 것으로 보고 있다. 원고를 만들어 목판에 새기고, 이를 인쇄하여 판매하는 전 과정을 한 사람이 담당했던 것으로 본다. 이를 잘 보여주는 방각본 업자가 「대동여지도」의 제작자 김정호이다. 그가 제작한 지도는 모두 판매용이었고, 그는 지도의 제작과 판매에 관한 일을 모두 혼자 했던 것으로 보인다.

조선시대 방각본으로 간행된 서적의 분량은 대부분 한두 권 정도이고, 다섯 권이 넘는 것은 거의 없다. 규모가 이렇게 작은 이유는 방각업자가 이를 넘어서는 규모의 책을 간행할 수 있는 경제적 능력이 없었기 때문일 것이다. 즉, 조선후기 사회의 경제적 조건이 그 정도 규모 이상의 방각본을 공급하고 소비할 수 없었다고 보아야 한다. 그러나 상업출판이 나타날 수 있는 조건을 오로지 경제적 조건만으로 설명하기는 어렵다. 각 사회가 갖고 있는 특수한 문화적 배경에 따라 또 다른 조건이 있을 수 있다. 한문방각본의 출현은 기존의 지식 체계와는 다른 형태의 지식을 요구하는 독서 계층이 새롭게 출현했기 때문이고, 한글방각본은 세책을 축약한 소설이다. 이처럼 조선의 방각본은 기존 서적의 내용을 축약한 것이라는 특징이 있는데, 이런 특징이 계속되다보니 큰 규모의 서적을 간행해낼 수 없는 구조로 고착되었는지도 모른다.

조선시대 방각본이 나타난 지역과 시기를 보면, 19세기 초 서울, 19세기 중반 전주, 19세기 말 안성과 대구이다. 이들 지역 외에서는 방각본이 간행되지 않았다. 이 가운데 가장 중요한 지역은 서울로, 제작된 방각본의 종류가 가장 많았고, 서울의 방각본이 지방에 영향을 주었다. 방각본은 제작된 지역 밖으로까지 판로를 확장할 수 있었던 것은 아니다. 서울의 경판본과 전주의 완판본이 팔릴 수 있는 지역은 각각 서울과 전주 부근 정도이다. 한문방각본은 서울과 전주 이외의 지역까지 전해질 가능성이 있었으나, 한글방각본의 판매 범위는 두 지역을 넘어서지 않았다.

이제까지 고소설 연구자들은 방각본 한글소설을 고소설의 원본으로 생각해서, 방각본 사이의 비교를 통해 원본을 찾으려는 시도를 했다. 그러나 근래에 방각본 고소설은 세책을 축약해서 간행한 것이라는 사실이 밝혀지면서, 방각본 소설은 더 이상 원본으로서의 지위를 가질 수 없게 되었다. 『홍길동전』연구에서도 방각본 가운데 하나를 원본이라고 생각하고, 이 방각본의 내용을 바탕으로 작자의 의도를 파악하는 연구가 많이 있었다. 그러나 방각본 『홍길동전』은 세책을 축약한 것임이 밝혀졌으므로, 원본이 아니다. 그렇다고 방각본 소설이 아무런 의미도 없는 것은 아니다. 한글방각본은 서민 독자의 요구에 부응하여 탄생한 것이므로, 이야기를 면밀하게 분석함으로써 독자의 요구와 개작자의 개작 양상을 밝혀낼 수 있을 것이다. 아직까지 이 방면의 연구가 활성화되지는 않았지만, 방각본 소설은 조선후기 대중문화의 소비와 공급이라는 차원에서 접근할 필요가 있다.

방각본 연구는 한글소설이 중심이고, 한문방각본은 거의 다루지 않았다. 한문방각본은 수준이 높지 않은 책이기 때문에 연구자들이 관심을 기울이지 않았지만, 조선후기 대중문화를 이야기할 때 빼놓을 수 없는 중요한 자료이다. 한문방각본이나 한글방각본은 기존의 상층 지식인이 독점하던 서적을 중하층으로 보급했다는 점에서 의미가 크다. 지금까지 조선시대 문화에 대한 연구는 최상층 지식인에만 초점을 맞춰서 진행되었는데, 이래서는 조선시대에 대한 균형 잡힌 이해가 어렵다.

조선시대 상업출판의 중심에는 세책과 방각본이 있다. 세책집 주인과 방각본 업자는 돈을 벌기 위해 세책과 방각본을 제작해서 독자에게 빌려주거나 판매했다. 이는 출판의 역사에서 매우 중요한 일임에도 불구하고 연구자들이 여기에 별로 관심을 기울이지 않았다. 지금까지 고려나 조선시대 출판에 관한 연구는 대부분 금속활자나, 금속활자로 인쇄한 한문책에 대한 것이다. 조선시대 상업출판물은 양과 질에서 보잘것없다고 생각했기 때문에 연구자들이 다루지 않았고, 그래서 일반인들에게는 거의 알려지지 않았다. 이제 세상은 변해서 절대적 가치를 찾는 것만이 중요한 시대가 아니다. 조선시대에는 하찮은 것으로 여겨졌고, 또 지금까지도 연구자들이 잘 다루지 않은 조선시대 상업출판물에 대한 연구가 필요한 시대가 되었다. 조선시대 상업출판을 주도한 세책과 방각본에서 한글소설이 차지하는 위치를 정확하게 짚어내는 일은, 당시 대중문화를 제대로 이해하기 위한 첫걸음이라고 할 수 있다.

4 ___ 조선시대 한글소설의 특징

조선시대 한글소설의 특징으로 거론되는 것은 다음과 같은 세 가지이다.

첫째, 내용이 비현실적이고 행복한 결말로 마무리된다.
둘째, 사건에 우연성이 많고 권선징악적이다.
셋째, 인물의 성격이 획일적이고 중국을 배경으로 한 작품이 많다.

그러나 이는 동서양 대부분의 소설들에 해당하는 것으로, 과거의 소설뿐 아니라 요즈음 소설들도 이런 성격을 대체로 갖고 있다. 그러므로 조선시대 한글소설의 특징으로 거론되는 것은, 사실상 소설이라는 장르의 일반적인 성격이다.

『홍길동전』을 이광수의 『무정』이나 조정래의 『태백산맥』과 비교했을 때 어떤 점이 다른가, 또는 『홍길동전』을 19세기 영국의 찰스 디킨스의 『크리스마스 캐럴』과 비교했을 때 어떤 특이한 점이 있는가를 소설의 내용 면에서 찾아낼 수 있다. 그러나 이와 같은 비교를 통해 찾아낸 서로 다른 점이라는 것은 보는 사람의 시각에 따라 편차가 있을 수 있으므로, 그것을 조선시대 한글소설의 특징이라고 단정 지어 말하기는 어렵다. 조선시대 한글소설의 특징을 파악하려면 소설의 내용이나 구성에서만 찾기보다는 작자와 독자, 그리고 유통구조 등에서 어떠한 특징을 갖고 있는가를 살펴볼 필요가 있다. 필자는 조선시대 한글소설의 특징을 다음의 몇 가지로 정리하고 있다.

첫째, 작자를 알 수 없다.
둘째, 주로 필사본으로 읽혔다.
셋째, 다양한 이본이 있다.
넷째, 저작권과 검열이 없었다.

이런 문제에 대해서는 그동안 고소설 연구자들도 별로 관심을 갖지 않았기 때문에, 대학이나 중등학교에서 이 방면의 지식을 학생들에게 제대로 전달해주지 못했다. 그러나 고소설을 가르칠 때 교사가 학생들에게 알려주어야 할 지식은 이런 것이라고 필자는 생각한다. 『홍길동전』을 가르칠 때, '주제를 무엇이라고 생각하는가', '등장 인물의 성격은 어떠한가' 등등의 질문을 할 수는 있지만, 여기에는 하나의 정해진 답이 있는 것은 아니다. 소설의 주제를 파악하는 것은 외운 답을 말하는 것이 아니라, 학생 개개인이 자기 나름대로 소설을 읽고 이해한 다음 자신의 생각을 이야기하는 것이기 때문이다. 그러므로 교사가 조선시대 한글소설에 관한 지식을 알려주어야 한다면, 소설의 주제나 인물의 성격에 관한 것이 아니라, 앞에서 이야기한 것 같은 특징을 전달해주어야 할 것이다. 현재 중등학교에서『홍길동전』을 가르치는 내용을 보면, 주로 주제나 구성 등을 가르치고 있다. 이 주제도 교사 자신이『홍길동전』을 읽고 생각한 것이 아니라, 참고서나 수업지도서에 나와 있는 내용을 따르는 경우가 많다. 그러므로 교사가 가르쳐야 할 지식은 소설의 주제가 무엇인가가 아니라, '주제'의 의미가 무엇이고, 주제를 파악하는 일은 왜 필요한가이다. 여기에 더해서 앞에서 제시한 한글 고소설의 몇 가지 특징도 알려주어야 한다. 이 특징들은『홍길동전』도 그대로 갖고 있는데, 그에 대해 조금 더 자세히 알아보기로 한다.

　① 작자를 알 수 없다

　이제까지 고소설 연구자들이 밝혀낸 한글 고소설의 작자는 두 사람인데, 한 사람은 허균이고 또 한 사람은 김만중이다. 두 사람 모두 당대는 물론이고 현재까지도 잘 알려진 저명한 인물이다. 허균은『홍길동전』의 작자로, 김만중은『구운몽』과『사씨남정기』의 작자로 알려졌다. 허균이『홍길동전』의 작자가 아니라는 것은 앞에서 자세히 이야기했으므로, 김만중이 쓴 것으로 알려진 두 작품에 대해서 간단히 살펴보기로 한다.

　1970년대까지『구운몽』은 김만중이 한글로 쓴 소설이라고 알려져 있었다. 그러나 『구운몽』에 대한 연구가 본격적으로 시작되면서, 이 작품의 원본이 한글이 아니라 한문으로 쓴 것이라는 주장이 나왔다. 현재 연구자들의 대체적인 의견은 『구운몽』의 원본은 한문이라는 것이다. 『사씨남정기』에 대해서는 김만중이 한글로 쓴 것을 김춘택이 한문으로 번역했다는 기록이 있으므로 한글로 창작했다고 말하고 있다. 그러나 김만중이 『구운몽』은 한문으로 쓰고 『사씨남정기』는 한글로 쓴 이유를 잘 설명해내지는 못하고 있으므로, 『사씨남정기』의 원본이 한글이라는 학계의 통설이 정확하다고 말하기는 어렵다. 현재 전해지는 수많은 『구운몽』과 『사씨남정기』의 이본 가운데 어떤 것이 원본인지 전문 연구자들 사이에서도 이견이 있다. 만약 김만중이 스스로 두 작품에 대해서 자신이 썼다는 말을 했으면 좋았겠지만, 김만중이 남긴 글 어디에도 자신이 『구운몽』이나 『사씨남정기』를 썼다는 말은 없다. 김만중이 썼다고 말하는 근거는 김만중의 사후에 나온 몇 가지 기록에 따른 것이다.

이처럼 김만중이 썼다고 알려진 『구운몽』과 『사씨남정기』는 원본이 한문본인지 한글본인지 분명하지 않은 것과 달리 『홍길동전』은 명백하게 한글로 창작한 소설이다. 그러므로 한글소설의 작자는 허균 한 사람만이 남게 되는데, 허균은 한글소설 『홍길동전』의 작자가 아니다. 조선시대 한문소설 가운데에는 작자가 알려진 작품이 여러 편 있지만, 한글소설의 작자로 분명하게 말할 수 있는 사람은 없다. 그 이유는 무엇일까?

이 문제는 두 측면에서 검토해볼 수 있다. 하나는 작자이고, 다른 하나는 독자이다. 한글소설 작자의 이름이 남아 있지 않은 것은, 그가 자신의 이름이 드러나는 것을 원하지 않았기 때문이다. 그리고 독자도 자신이 읽고 있는 한글소설의 작자가 누구인지 알고 싶어하지 않았기 때문이다. 현재는 베스트셀러 작가가 되면 저작권료로 꽤 많은 돈을 벌 수 있고, 사회적인 명성도 함께 얻을 수 있다. 그러나 조선시대 소설 작가는 그런 가능성을 생각하지 않았을 뿐만 아니라, 현실적으로 그런 일이 일어나지도 않았다. 독자들도 자신이 읽는 소설을 누가 쓴 것인지에는 관심을 두지 않고, 그저 이야기의 내용에만 관심이 있었을 뿐이다. 만약 지식인 작자가 한글소설을 쓰고 지식인 독자가 한글소설을 읽었다면, 이런 일은 일어날 수 없었을 것이다. 이를 통해 한글소설은 조선사회의 중심과는 아무런 관련도 없는 변두리 문화 현상이었음을 알 수 있다.

② 주로 필사본으로 읽혔다

소설은 긴 이야기를 읽을 수 있는 여유가 생긴 독서 계층이 나타나면서 생겨난 장르이다. 그렇기 때문에 동서양을 막론하고 소설은 인쇄된 책의 형태로 독자들의 손에 들어왔다. 구텐베르크의 활자 발명 이후 서양에서는 모든 책이 활판인쇄로 제작되었으므로 소설도 당연히 이 인쇄 방식으로 제작되었고, 중국과 일본의 소설은 목판인쇄로 만들어졌다. 활판인쇄와 목판인쇄는 방식은 다르더라도 인쇄한 것이라는 면에서는 같다. 인쇄한 책으로 된 소설을 읽는 독자들은 모두 같은 내용의 소설을 읽게 된다. 그러나 조선시대 한글소설은 주로 종이에 붓으로 직접 쓴 필사본으로 읽혔다. 한글소설의 독자들은 소설가가 붓으로 쓴 것이나, 이 원본을 다시 베낀 것을 읽은 것이다. 이렇게 원본을 계속 베껴나가는 과정에서 필사자의 의도와는 관계없이 오류가 생기기도 하고, 또 어떤 때에는 의도적으로 내용의 변개가 이루어지기도 했다. 결과적으로 같은 제목의 소설이라도 내용이 각기 다른 여러 가지 이본이 생겨나서, 원본이 무엇인지 알 수 없게 되는 경우가 많다.

한편 도서대여점은 소설의 발달과 깊은 연관을 갖고 있다. 18~19세기에 서양이나 일본에서 도서대여점은 전국적으로 크게 번성했는데, 빌려주는 책 가운데 소설이 큰 비중을 차지했다. 18세기 중반 서울에 도서대여점(세책집)이 생겼을 때, 세책집에서 빌려주던 책은 거의 소설이었다. 1900년 무렵에 서울에 30집 이상의 세책집이 있었고, 규모가 큰 세책집은 수천 권의 책을 갖고 있었다. 그런데 서울의 세책집에서 빌려주던 소설은 모두 필사본이었다. 서양과 일본의 도서대여점에서 빌려주던 책은 모두 인쇄된 것인데, 조선시대 세책집에서 빌려주던 책은 모두 필사본이었다는 것은 흥미로운 점이다.

조선시대에 모든 소설이 필사본만으로 유통된 것은 아니다. 목판본으로 인쇄한 소설, 즉 방각본도 있는데, 이는 세책집에서 빌려주던 필사본을 축약한 것이다. 방각본으로 간행된 것은 아주 짧은 소설뿐이었으므로, 조금 긴 소설은 필사본으로만 읽을 수 있었다. 이와 같이 필사본 위주로 소설이 유통된 가장 큰 이유는 소설 시장의 규모가 작았기 때문일 것이다. 중국이나 일본처럼 장편소설도 목판인쇄로 간행해서 이익을 얻을 수 있었다면, 조선에서도 당연히 장편소설이 목판인쇄로 나왔을 것이다. 그러나 시장 규모는 작은 데 비해 장편소설을 목판인쇄로 만들려면 비용이 많이 들기 때문에, 결국 장편소설은 필사본으로 읽힐 수밖에 없었다. 장편 한글소설이 인쇄되어 시장에 나오는 때는 1912년 이후인데, 이때가 되면 인쇄한 책자를 만드는 비용이 저렴해지기 때문이다. 1912년이 되면 조선시대 한글소설도 인쇄본으로 간행된다.

③ 다양한 이본이 있다

조선시대 한글소설은 제목과 줄거리는 같더라도, 각기 다른 버전의 수많은 이본이 있다. 한문소설은 필사본이라 하더라도 내용에 큰 차이가 없는 데 비해, 한글소설은 이본에 따라 전혀 다른 내용이 들어 있는 경우도 많다. 『홍길동전』처럼 한글로 창작된 소설은 이본에 따라 분량이 많은 것은 적은 것의 두세 배 정도가 되기도 한다. 『홍길동전』에서 내용상의 변이가 가장 큰 대목은 율도국 부분인데, 분량이 많은 것은 적은 이본의 20배 정도이다. 이렇게 같은 줄거리를 갖고 있으면서도 분량에서 차이가 나는 것은 축약을 했거나 확대했음을 보여주는 것이지만, 다른 이본에서는 전혀 볼 수 없는 내용이 들어 있는 것도 여러 가지 있다. 몇 가지 예를 『홍길동전』을 통해 보기로 한다.

전주의 완판본에는 다른 계열의 이본에는 없는 불교를 비난하는 내용이 들어 있는데, 길동이 왕에게 불교를 없애야 한다고 말하는 것이 한 예이다. 이렇게 불교를 비난할 뿐 아니라, 불교에 관계되는 내용은 일체 언급하지 않고 있다. 길동이 아버지의 죽음을 알고 조선으로 갈 때 승려의 모양을 하고 가는 것도 완판본에서는 삭제했다. 또 86장본에는 길동이 집안의 천대를 견디지 못하고 집을 나갔다가 다시 돌아오는 것으로 되어 있는데, 이 대목에서, 길동이 여러 장사꾼들과 주점에서 묵을 때 꾀를 써서 장사꾼들이 도적에게 재물을 빼앗기지 않도록 해준다는 에피소드가 들어 있다. 이렇게 간단한 에피소드 추가나 내용의 변개가 아니라, 기본 줄거리는 대체로 일치하지만 세부적인 내용에서 다른 이본에서 볼 수 없는 다양한 에피소드가 들어 있는 완전히 다른 이야기도 있다. 55장본이 이런 이본인데, 포도대장을 속이는 대목에 그 아버지가 등장한다든가, 망당산 요괴 퇴치 대목이 없고, 길동이 결혼하는 대목에서는 어떤 사람이 길동의 부인이 될 사람을 업고 온 것으로 되어 있다. 그리고 율도국 대목도 다른 이본과는 완전히 다른 내용이어서, 처음부터 끝까지 도술로 겨룬다.

이처럼 이본에 따라 다양한 내용이 들어 있는 것은, 한글소설이 필사본으로 유통되었기 때문에 일어난 일이다. 다른 나라처럼 인쇄된 소설이 유통되었다면 임의로 내용을 덧붙이거나 뺄 수가 없지만, 조선에서는 필사자들이 마음대로 이야기를 덧붙이고 뺄 수 있었으므로 다양한 이본이 생겨나게 되었다.

④ 저작권과 검열이 없었다

조선시대 한글소설에 저작권이 있었는지 없었는지 알 수 있는 자료가 없기 때문에 이 문제에 대해서는 현재 남아 있는 한글소설 이본을 통해 추정해볼 수밖에 없다. 또 한글소설에 대한 검열에 관해서도 마찬가지로 자료가 없으므로 소설의 내용을 바탕으로 이 문제를 검토해보기로 한다.

역사상 가장 유명한 서적 검열은 아마도 진시황의 '분서갱유'일 것이다. 몇 가지 실용적인 책을 제외한 나머지 거의 모든 책을 불태워버리고, 유학자를 산 채로 매장시킨 이 사건은 정권에 위험이 되는 책에 대한 검열의 극단적인 형태라고 할 수 있다. 구텐베르크의 활자 발명 이후 출판이 활발해진 서양에서, 서적 검열의 필요성을 가장 크게 느끼고 적극적으로 대처한 곳은 가톨릭교회였다. 역사적으로 가톨릭교회의 금서목록은 검열의 대명사처럼 알려졌다. 소설이라는 문학 장르가 나타나고 독자가 많아지면서, 소설이 발달한 대부분의 나라에서 내용 검열이 있었다. 이 검열은 제도적으로 이루어지기도 하지만, 출판업자가 자체적으로 만든 조직에서 책에 들어가서는 안 되는 내용을 정하기도 했다.

조선시대 서적의 출판은 관청에서 간행한 관판본이 중심이었으므로, 군이 검열 제도를 만들 필요가 없었던 것으로 보인다. 그러나 이렇게 제도적으로 검열이 없었다 하더라도, 천주교의 탄압이나 문체반정에서 볼 수 있는 것처럼 왕의 판단에 의해서 특정한 내용의 책을 엄격하게 통제하기도 했다. 이러한 통제는 한문서적에 국한된 것으로 보인다. 조선후기 한글소설의 내용이나 유통에 대해 정부가 통제했음을 증명하는 기록은 아직까지 발견되지 않았다. 서울의 세책집이나 서울과 전주의 방각본 출판업자에 관한 기록이 전혀 없는 것은, 정부가 한글소설의 생산과 유통에 관심을 갖지 않았음을 보여준다. 이처럼 한글소설에 대한 검열이나 통제가 없었던 이유는, 그것이 조선왕조에 위해를 가하지 않는다는 판단이 섰기 때문일 것이다. 『홍길동전』은 시대적 배경을 세종 시대로 삼고 있으므로, 홍길동이 마음대로 농락하는 임금은 세종이 될 수밖에 없다. 만약 검열이 있었다면 이런 대목은 문제가 되었을 가능성이 크다.

조선시대 한글소설의 작자가 알려지지 않았다는 것은, 작자가 자신의 작품에 대한 권리를 주장하지 않았음을 증명하는 것이라고 보아도 무방하다. 한글소설은 저작권이 없었을 뿐 아니라, 저작권에 대한 개념조차 없었던 것으로 보인다. 개인이 한글소설을 필사하는 일은 저작권과 상관없이 자유롭게 할 수 있었을 것이다. 그러나 어떤 작품을 처음으로 빌려주기 시작한 세책집의 작품을 다른 세책집에서 베껴서 빌려주더라도 아무 문제가 없었는지에 대해서는 생각해볼 필요가 있다. 한 방각업자가 출판한 책을 다른 방각업자가 축약하거나 그대로 찍어내어도 아무 문제가 없었는지에 대해서도 마찬가지이다. 세책집이나 방각본 출판사는 이윤을 목표로 하는 영업인데, 자신의 상품을 다른 가게에서 무단히 사용하더라도 괜찮았을 것이라고 생각하기는 어렵다. 이 문제에 관해서는 참고할 만한 자료가 발굴되기를 기다려보는 수밖에는 없다.

소설의 독자는 이야기를 즐기기 위해 읽는 것이므로, 소설은 평범한 이야기가 아니라 무언가 비일상적인 특이한 내용이 대부분이다. 한글 고소설도 이러한 소설의 기본적인 속성을 모두 갖추고 있다. 기존에 고소설의 특징이라고 말해온 것은 소설의 일반적인 속성이므로, 필자가 앞에서 이야기한 몇 가지를 고소설의 특징으로 드는 편이 나을 것이다.

이와 같은 조선시대 한글소설의 특징은 소설 연구에서 중요하게 다뤄야 할 주제들이다. 그리고 이런 것이야말로 조선시대 한글소설이 다른 나라의 소설과 다른 특별한 점이다. 다른 나라의 소설보다 훌륭한 내용의 소설이 있다는 것을 증명하기 위해서 한글 고소설을 연구하는 것은 아니다. 마찬가지로 고소설의 뛰어난 점을 알기 위해서 고소설을 읽거나 배우는 것은 아니다. 과거를 이해하기 위한 여러 가지 길 가운데 하나로 고소설을 연구하고 배울 수도 있고, 새로운 이야기를 만들어내기 위해 과거의 이야기를 검토해볼 수도 있다. 이런 효용을 위한 것이 아니라, 단순히 과거에 대한 호기심으로 고소설을 읽어볼 수도 있다. 그 목적이 무엇이든지 간에 연구의 대상을 정확히 파악하고 이를 잘 분석해내는 일은 반드시 필요하다.

이미지로 보는 한글소설

조선시대 대부분의 한글소설은 작자와 창작시기를 알 수 없다. 상당수 한글소설은 세책집에서 만든 것으로 보이는데, 세책집 운영자들은 이름을 남길 만한 신분이 아니었으므로 작자들의 이름도 후대에 전해지지 않게 되었다. 세책집에서 빌려주던 『홍길동전』은 두 종이 남아 있는데, 하나는 충남대학교 중앙도서관에, 또 하나는 일본 동양문고에 있다.

세책 『홍길동전』 첫 장(동양문고 소장, 고려대학교 해외한국학자료센터 제공)

세책 『홍길동전』 첫 장 및 낙서(충남대학교 소장)

동양문고는 일본 도쿄에 있는 세계적인 동양학 도서관이다. 여기에는 한국의 고서도 많은데, 1920년대 서울에서 폐업한 세책집의 책을 300권가량 구입해 보관하고 있다. 이것은 현재 세계에서 가장 큰 조선시대 세책 컬렉션이다.

충남대학교 소장본 『홍길동전』은 원본에 가장 가까운 것인데, 아쉽게도 전반부 두 권만 남아 있다. 국내의 유일한 세책 『홍길동전』이므로 중요한 책이다.

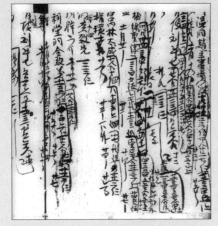

세책집에서 빌려주던 책은 뒷면에 못 쓰는 종이를 덧대 쉽게 찢어지지 않게 만들었다. 이 덧댄 종이 중에 폐기한 대출장부가 발견되었다. 빌려간 책의 제목, 빌려간 사람의 이름, 담보로 맡긴 물건, 대여 권수 등이 적혀 있다. 고소설 유통의 현황을 파악할 수 있는 자료이다.

『당진연의』에서 발견된 세책 대출장부(동양문고 소장)

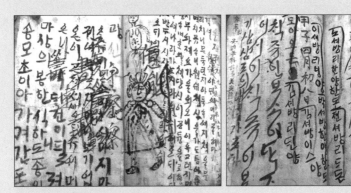

『조웅전』의 낙서(단국대학교 율곡기념도서관 소장)

세책에는 빌려본 사람들이 쓴 낙서가 많이 남아 있다. 한시나 노래가사, 책의 내용을 옮겨 적은 것이 있는가 하면, 소설에 대한 나름대로의 비평, 빌려보는 값이 비싸다는 불만, 세책집 주인을 향한 욕설 등이 있다. 그림도 있는데 남녀의 성기를 그린 외설스러운 것, 동식물, 인물 등 내용이 다양하다. 세책의 낙서를 통해 조선후기 서민의 생활상을 엿볼 수 있다.

방각본 『홍길동전』 경판 24장본
(국립중앙도서관 소장)

방각본은 목판인쇄로 찍은 판매용 책이다. 서울에서 나온 방각본을 경판본이라고 하는데, 경판본은 세책집에서 빌려주던 책의 내용을 축약해서 제작한 것이다. 경판본 『홍길동전』은 여러 가지가 있는데, 위의 사진은 그 가운데 24장짜리이다

방각본 『홍길동전』 완판 36장본
(국립중앙도서관 소장)

전주에서 간행된 방각본은 완판본이라고 부른다. 완판 36장본 『홍길동전』도 서울의 세책집에서 빌려주던 것을 축약해서 만든 것이다. 그러나 제작자가 세책에 없는 내용도 만들어 넣었기 때문에, 세책이나 경판본과는 다른 내용들이 들어 있다.

인쇄를 위한 목판(국립중앙도서관 소장)

목판인쇄는 판화를 생각하면 쉽게 이해할 수 있다. 글자를 거꾸로 새긴 나무 판에 먹물을 묻힌 다음 종이에 찍어낸다. 왼쪽의 사진은 『둔촌잡영』이라는 책을 인쇄하기 위해 제작한 목판이다. 경판본이나 완판본 『홍길동전』도 이와 같은 모양의 목판을 만들어 인쇄했다.

119

3부

원본
『홍길동전』

1 ___ 원본의 복원 과정

이제『홍길동전』의 작자가 허균이 아니라는 것이 밝혀졌으므로, 작품을 이야기할 때 허균의 사상과 연관시켜서 해석할 필요는 없다. 그런데『홍길동전』을 감상하거나 해석하기에 앞서 또 하나의 커다란 문제가 있는데, 바로 어떤『홍길동전』을 읽어야 할까 하는 것이다. 고소설을 연구하면서 필자가 연구 자료로 다룬『홍길동전』이본은 30종이 넘는데, 이들 모두는 내용이 다르다. 또 인터넷 서점에서 '홍길동전'을 검색해보면 150종이 넘는 각양각색의『홍길동전』이 나온다. 이 많은『홍길동전』가운데 어떤 것을 읽어야 할까? 작자가 쓴 원본이 있다면 이런 문제는 일어나지 않겠지만, 대부분의 조선시대 한글소설과 마찬가지로『홍길동전』의 원본도 사라진 지 이미 오래되었다. 그렇다면 이 많은 책 가운데 어떤 것이 원본에 가장 가까운『홍길동전』일까?

앞에서 이야기한 것처럼 조선시대 한글소설의 특징 가운데 하나는 다양한 이본이 있다는 점인데, 이 가운데 최초에 쓴 원본을 찾아내는 일은 결코 쉽지 않다. 왜냐하면 조선시대 한글소설은 인쇄된 책이 아니라 붓으로 쓴 필사본으로 읽혔기 때문이다. 특히 원본이 나온 후 시간이 지남에 따라 필사가 거듭되는 과정을 거치다보니, 최초의 원본과는 상당히 달라진 내용을 읽게 되는 경우가 많다. 여기에 더해서 원본을 축약한 방각본이 나오고, 이 방각본을 필사한 책도 나타나면서 같은 제목의 서로 다른 내용의 소설이 독자의 손에 들어가게 된다.

1870년쯤에 경판 30장본 『홍길동전』을 읽은 독자는, 같은 시기에 세책집에서 빌려주던 책에 비해 분량이 반도 되지 않는 작품을 읽은 것이다. 경판 30장본은 세책집에서 빌려주던 책의 내용을 대폭 줄여서 만든 것이므로, 비록 줄거리는 크게 다르지 않다 하더라도 세책에 들어 있던 세밀한 묘사나 풍부한 대사가 간략해졌다. 그런데 전주에서 간행된 완판 36장본 『홍길동전』을 1910년에 읽은 독자라면, 서울의 세책이나 경판본과는 또 다른 내용의 『홍길동전』을 읽은 것이다. 왜냐하면 완판 36장본을 제작한 사람은 서울의 『홍길동전』의 뼈대는 그대로 두었지만, 상당히 많은 부분에서 작품의 내용을 바꿨기 때문이다. 전문 연구자에게는 이들 여러 이본 각각이 나름대로의 의미가 있다. 그러나 일반 독자가 『홍길동전』을 읽는다면, 원본 또는 적어도 원본에 가까운 것을 찾아서 읽을 필요가 있다. 고소설 연구자들이 원본에 관한 연구를 하는 이유 가운데 하나가 바로 이 원본을 찾아서 현대 독자에게 제공하는 것이다.

그렇다면 최초의 『홍길동전』은 어떤 모습이었을까?

현재 남아 있는 30여 종의 『홍길동전』 이본 가운데 원본이 있으면 좋겠지만, 모두 원본에서 거리가 있는 것들이다. 『홍길동전』 원본을 찾는 작업은 두 가지가 있을 수 있다. 하나는 현재 남아 있는 것 가운데 원본에 가장 가까운 것을 확정하는 것이고, 다른 하나는 남아 있는 여러 이본에서 원본의 흔적을 찾아내어 이를 모아서 원본을 복원하는 것이다. 두 가지 방법 모두 작자가 쓴 바로 그 원본을 찾아내는 것은 아니지만, 원본이 없는 상황에서 원본에 가까운 이본을 확정한다든가 복원한 결정본을 만들어내는 것은 반드시 필요한 일이다. 그런데 이 작업을 위해서는 『홍길동전』에 대한 고도의 지식이 필요하므로, 이 일은 전문 연구자에 의해서만 가능하다.

  몇몇 연구자들이 원본을 찾는 연구를 했는데, 연구의 초기 단계인 1960년대에는 경판 24장본을 원본에 가장 가까운 이본이라고 생각했다. 이때는 방각본이 세책을 축약한 것이라든지, 경판 24장본은 경판 30장본을 또다시 축약한 것이라는 사실을 잘 몰랐기 때문에 방각본을 원본이라고 말했다. 그 후에 완판 36장본이 알려지면서, 이를 원본으로 보는 연구자도 있었다. 그러나 완판 36장본도 경판 24장본과 마찬가지로 방각본이므로, 그 기본적인 성격은 서울의 세책을 적당히 줄인 것이다. 완판 방각본 소설이 서울의 방각본과 다른 점은, 경판은 단순한 축약인 데 비해서 완판은 자신만의 독특한 내용을 더 집어넣었다는 점이다. 이렇게 방각본으로 간행된 경판본이나 완판본은 모두 원본과는 거리가 먼 이본들이다. 필자는 『홍길동전』을 연구하면서 다양한 이본을 다뤄왔는데, 1997년에 그동안의 이본 연구를 종합한 책 『홍길동전 연구』를 펴낸 바 있다. 이 책에서 필자는 단국대학교 율곡기념도서관에 소장된 필사본 89장본이 원본에 가장 가까운 이본이라는 결론을 얻었다. 20년이 지난 현재도 이 생각은 변함이 없다.

필자의 이와 같은 연구 결과를 토대로 필사본 89장본을 번역한 『홍길동전』이 외국에서 간행되었는데, 그 가운데 주목할 만한 것으로 『The Story of Hong Gildong』(2016, Penguin Books)이 있다. 이 책은 펭귄 클래식 시리즈에 처음 들어간 한국 책으로, 미국 미주리대학 역사학과의 강민수 교수가 89장본을 번역한 것이다. 그리고 일본 오사카시립대학의 노자키 미쓰히코(野崎充彦) 교수도 89장본을 일본에서 번역하여 출판했다.

이와 같이 『홍길동전』을 외국에서 번역한다면, 그에 가장 적합한 이본은 필사본 89장본이다. 그러나 89장본을 『홍길동전』의 원본이라고 말하기에는 약간의 문제가 있다. 89장본은 후반부의 율도국을 빼앗는 전쟁 대목이 매우 간략한데, 이와 같이 전쟁 대목을 간략하게 처리한 이본이 원본에 가까운 것이라고 보기는 어렵기 때문이다. 현대 독자가 보기에 매우 지루한 장면이지만, 조선시대 한글소설에는 매우 긴 전쟁 장면이 들어 있는 작품이 많다. 그리고 이 장면은 대부분의 작품에서 거의 비슷하다. 즉, 전쟁 장면은 특정한 시기에 나온 작품에는 상투적으로 들어가는 내용이었다. 그런데 89장본에서는 전쟁 장면이 매우 간략해졌다. 아마도 반복되는 장황한 장면을 필사자가 과감하게 축약하여 이 대목이 짧아졌을 것이다. 30종이 넘는 이본 가운데 원본에 가장 가까운 것 하나를 선택해야 한다면, 89장본이 될 것이다. 그러나 89장본에서 축약된 전쟁 장면을 복원할 수 있다면, 원본에 좀 더 가까운 것을 만들어볼 수 있다. 그래서이 책에서는 원본을 복원한 『홍길동전』을 싣기로 했다.

　최초의 『홍길동전』은 세책집에서 빌려주기 위해서 창작한 것이다. 그러므로 『홍길동전』 원본은 세책집에서 빌려주던 것이고, 훗날 이것을 축약한 서울의 경판 방각본이 나오게 된다. 만약 19세기 중반 이전에 세책집에서 빌려주던 『홍길동전』이 남아 있다면, 『홍길동전』의 원본을 확정짓는 일은 간단히 해결될 수 있다. 그러나 이처럼 오래된 세책은 남아 있는 것이 없다. 왜냐하면 세책집에서 빌려주는 책은 20년 정도 지나면 더 이상 빌려주기 어려울 정도로 낡기 때문이다. 그러므로 최초에 세책집에서 빌려주던 것이라든가, 초기에 빌려주던 책이 남아 있을 가능성은 없다. 현재 세책집에서 빌려주던 『홍길동전』은 두 가지가 남아 있다. 하나는 일본 동양문고(東洋文庫)에서 소장하고 있는 것인데, 서울의 사직동에 있던 세책집에서 빌려주던 것으로 전체는 세 권이다. 또 하나는 충남대학교 중앙도서관에 소장된 것으로, 앞의 두 권만 남아 있다. 둘 다 20세기에 들어와서 필사한 것이지만, 세책으로 유통되던 것이므로 이 두 종의 세책에서 『홍길동전』 원본의 모습을 찾아낼 수 있다.

먼저 충남대본을 검토해보기로 한다. 충남대본은 현재 제1 권과 제2권 두 권만 남아 있기 때문에 전체가 몇 권이었는지 알수 없다. 이 문제를 해결하기 위해 세책을 축약한 경판 30장본과 충남대본을 비교해보았다. 둘의 내용을 비교해보니, 충남대본 제2권의 마지막 대목은 경판 30장본의 절반에 해당되는 제15장에 들어 있는 대목이다. 이를 통해 충남대본은 원래 네 권이었는데, 현재 두 권만 남아 있다는 것을 알 수 있었고, 경판 30장본이 축약의 대본으로 삼은 것은 바로 충남대본과 같은 내용이라는 것도 아울러 알게 되었다. 만약 충남대본의 전체가 다남아 있다면, 이것을 『홍길동전』의 원본으로 삼는 데 아무런 문제가 없을 것이다. 그러므로 충남대본의 제1권과 제2권은 복원할 『홍길동전』의 전반부에 그대로 쓸 수 있다.

다음으로 동양문고본을 보기로 한다. 동양문고본은 전체 3권인데, 제1권과 제2권은 경판 30장본과 거의 같은 내용이고, 제3권의 내용은 율도국과의 전쟁 대목 부분이다. 그런데 89장본이나 경판 30장본에서는 간략하게 나오는 전쟁 장면이 동양문고본에는 매우 길게 서술되어 있다. 『홍길동전』의 원본에는 길게 서술되어 있을 것이라고 예상했던 바로 그 내용이 동양문고본의 제3권에 들어 있는 것이다. 이 제3권을 복원할 『홍길동전』의 마지막 부분에 쓸 수 있다. 이와 같이 충남대본 제1권과 제2권, 그리고 동양문고본 제3권을 통해 원본의 앞뒤를 복원하고, 중간 부분은 89장본을 사용하면 하나의 완성된 『홍길동전』

이 탄생하게 된다.

이 책에 실린 『홍길동전』은 이렇게 몇 개의 이본에서 원본의 모습을 찾아내어 원본을 복원한 것이다. 앞부분은 충남대본 제1권과 제2권, 중간 부분은 89장본, 그리고 마지막 부분은 동양문고본 제3권을 조합하여, 아쉬운 대로 『홍길동전』의 최초의 모습을 재현해낼 수 있었다. 그러나 세 종의 이본에서 가져온 것을 그대로 붙이기만 해서는 원본의 모습을 재현할 수 없으므로, 다시 여러 이본을 참고하여 세밀하게 수정을 했다. 여기에는 경판 30장본, 정명기 교수 소장 77장본, 박순호 교수 소장 86장본, 정우락 교수 소장본 등이 더 동원되었다. 적어도 이 원본의 복원 작업에는 필자가 임의로 첨가한 내용은 없다. 여러 이본에 남아 있는 원본의 흔적을 모아서 하나의 『홍길동전』을 복원한 것이다. 이와 같은 원전 복원은 옛날부터 해오던 방법이고, 현재도 여러 이본을 참고하여 하나의 결정판을 제작하는 일은 흔히 볼 수 있다.

상당수의 조선시대 한글소설은 세책집에서 빌려주기 위해 창작한 것이고, 이 세책집에서 빌려주던 것이 원본이라는 필자의 주장을 구체적으로 확인해보기로 한다. 오랫동안 『홍길동전』의 원본이라고 알려진 경판 24장본과, 필자가 원본으로 추정하는 세책의 한 대목을 비교하면 다음과 같다. 길동이 집을 나와 도둑의 소굴에 도착하는 대목이다.

1 — 원본의 복원 과정

각설. 길동이 부모를 이별하고 한번 집 문을 나매, 비록 집이 있으나 들어가지 못하고 부모가 계시나 능히 의탁지 못하는지라. 어찌 슬프지 않으리오. 일신이 표박하여 사해로 집을 삼고 부운의 객이 되어 지향 없이 묘묘망망히 행하여 한 곳에 이르니, 산이 높고 물이 맑아 경개 가장 절승한지라. 길동이 산로로 말미암아 점점 들어가며 좌우를 살펴보니, 청계벽담에 간수는 잔잔하고 층암절벽에 녹죽은 의의한데, 기화요초와 산금야수는 객을 보고 반겨 길을 인도하는 듯하더라. 길동이 풍경의 가려함을 사랑하여 점점 들어가니 경개 더욱 절승한지라. 나아가고자 하나 길이 끊어지고 물러오고자 하나 또한 어려운지라. 정히 주저할 즈음에 홀연 난데없는 표자 하나가 물에 떠내려오거늘, 마음에 혜오되, '이런 심산유곡에 어찌 인가가 있으리오. 반드시 절이나 도관이나 있도다' 하고, 시내를 좇아 수 리를 들어가니 큰 바위 밑에 석문이 은은히 닫혔거늘, 길동이 나아가 돌문을 열고 들어가니 천지 명랑하고 평원광야에 일망무제라. 산천이 험난하니 별유천지요 비인간이러라. 수백 호 인가가 즐비하고 기중에 일좌 대각이 있거늘, 그 집을 향하여 들어가니, 여러 사람이 모여 바야흐로 대연을 배설하고 주준을 서로 날리며 무슨 공론이 분분하니, 원래 이 산중은 도적의 굴혈이라.

(충남대학교 소장본, 세책)

　각설. 길동이 부모를 이별하고 문을 나매 일신이 표박하여 정처 없이 행하더니, 한 곳에 다다르니 경개 절승한지라. 인가를 찾아 점점 들어가니 큰 바위 밑에 석문이 닫혔거늘, 가만히 그 문을 열고 들어가니 평원광야에 수백 호 인가가 즐비하고, 여러 사람이 모여 잔치하며 즐기니, 이곳은 도적의 굴혈이라.

(경판 24장본, 방각본)

세책에 밑줄 그은 부분을 이어서 읽으면 경판 24장본과 거의 같은 내용이 된다는 것을 알 수 있다. 다시 말해, 경판 24장본의 내용에 살을 붙여 분량을 늘려 세책을 만든 것이 아니라, 세책의 내용을 줄여서 경판 24장본을 제작한 것이다. 이와 같이 서울의 방각본 한글소설은 세책을 축약한 것인데, 전라도 전주에서 만든 방각본 한글소설도 마찬가지이다. 완판 36장본의 같은 대목의 내용은 다음과 같다.

이때에 길동이 집을 떠나 사방으로 주유하더니, 일일은 한 곳에 이르니 만첩청산이 하늘에 닿은 듯하고, 초목이 무성하여 동서를 분별치 못하는 중에 햇빛은 석양이 되고 인가 또한 없으니 진퇴유곡이라. 바야흐로 주저하더니, 한 곳을 바라보니 괴이한 표자 시냇물을 좇아 떠오거늘, 인가 있는 줄 짐작하고 시냇물을 좇아 수 리를 들어가니, 산천이 열린 곳에 수백 인가 즐비하거늘, 길동이 그 촌중에 들어가니 한 곳에 수백 인이 모여 잔치를 배설하고 배반이 낭자한데 공론이 분운하더라. 원래 차촌은 적굴이라.

(완판 36장본, 방각본)

완판본도 경판본과 마찬가지로 세책의 내용을 바탕으로 축약한 것임을 알 수 있다. 다만 축약의 방식은 다르다. 경판본은 세책의 내용 가운데 필요한 부분을 뽑아 연결하여 축약한 데 비해, 완판본은 단어나 문장을 조금씩 수정하면서 축약했다.

길동이 도둑의 소굴에 도착하는 대목에서, 경판본은 "인가를 찾아 점점 들어가니 큰 바위 밑에 석문이 닫혔거늘"이라고 하여 간단히 사실만 적어놓았다. 완판본은 "한 곳을 바라보니 괴이한 표자 시냇물을 좇아 떠오거늘, 인가 있는 줄 짐작하고 시냇물을 좇아 수 리를 들어가니"라고 하여 물 위에 표자(표주박)가 떠내려오는 것을 보고 인가가 있을 것이라고 짐작한다고 했다. 방각본을 세책과 비교해보면, 경판본에는 표자가 떠내려온다는 내용이 없고, 완판본에는 석문을 열고 들어간다는 내용이 없다. 세책에서는 길동이 도적의 소굴에 이르게 되는 과정을 묘사한 부분에서 매우 풍부한 문학적 표현이 들어 있다. 단순히 도적의 소굴로 갔다는 사실만이 아니라, 가는 도중의 풍경이라든가 길동의 심리상태 등을 서술했다. 방각본에서는 세책에 있는 문학적 서술이 모두 사라졌다.

경판본과 완판본 모두 세책을 바탕으로 제작한 축약본이므로 방각본으로는 『홍길동전』의 본래 모습을 볼 수 없다. 방각본은 세책의 내용을 줄여서 줄거리 위주로 만든 것이다. 소설에서 줄거리를 파악하는 일은 중요하지만, 그것만으로는 소설을 제대로 이해했다고 말하기 어렵고 소설 읽는 재미를 얻을 수도 없다. 만약 『홍길동전』에 대한 글을 쓴다면, 방각본보다는 세책을 분석의 대본으로 쓰는 것이 훨씬 나을 것이다.

앞에서 한 대목을 예로 들었지만, 세책과 방각본을 비교해보면 이와 같은 현상이 전반적으로 나타난다. 『홍길동전』뿐만 아니라 다른 여러 작품들도 방각본은 세책을 축약한 것이다. 그렇기 때문에 조선시대 한글소설을 읽을 때는 반드시 원본을 찾아서 읽어야 하고, 작품의 분석은 원본을 바탕으로 하는 것이 좋다. 『홍길동전』처럼 원본이 전하지 않는 작품의 경우, 원본을 복원해서 독자들에게 제공해야 할 필요성이 여기에 있다.

2 —— 원본『홍길동전』

화설.[1] 조선국 세종 시절에 서울에 한 재상이 있으니, 성은 '홍'이고 이름은 '모'라고 했다. 대대로 크게 번창하고 맑은 덕을 지닌 집안으로, 공(公)의 사람됨이 공손하고 정직하여 세상에서 뛰어난 군자였다. 일찍이 과거에 급제하여 벼슬이 재상에 이르렀고, 명망이 높으며 충효를 함께 갖추었으므로, 모든 사람들이 우러러 받들고 왕이 또한 소중하게 대접하니, 이름이 온 나라에 떨쳤다. 공이 두 아들을 두었는데, 큰아들의 이름은 인형이니 정실 유부인의 소생으로 젊어서 과거에 급제하여 벼슬이 이조좌랑에 이르렀고, 둘째 아들의 이름은 길동이니 여종 춘섬의 소생이었다.

공이 길동을 낳을 때에, 바야흐로 화창한 봄날을 당하여 홀연 몸이 피곤하여 화원의 난간을 의지하여 잠깐 졸았다. 문득 한 곳에 들어가니 청산은 첩첩하고 녹수는 잔잔한데, 황금 같은 꾀꼬리는 버드나무 가지 사이를 왕래하여 춘흥을 돋우니, 경치가 빼어나 자못 아름다웠다. 공이 봄 경치에 끌리어 점점 나아

1   화설(話說) : 이야기를 시작한다는 의미

가니, 길이 끊어지고 층층이 쌓여 있는 바위 절벽은 하늘에 닿았는데, 흐르는 폭포는 백룡이 뛰노는 듯하고, 만 길이나 되는 깊은 못에는 꽃구름이 어려 있었다. 공이 춘흥을 이기지 못하여 바위 위에 올라가 걸터앉아 고요히 두 손으로 맑은 물을 움키며 물장난을 하는데, 갑자기 번개가 치고 천둥소리에 천지가 진동하며 물결이 솟구치더니, 한바탕 맑은 바람이 일어나며 오색 꽃구름이 일어나는 곳에 청룡이 수염을 거스르고 눈을 부릅뜨고 주홍 같은 큰 입을 벌리고 공을 향하여 바로 달려들었다. 공이 혼비백산하여 어찌할 줄 모르고 정신이 없어 몸을 급히 피하다가 문득 깨어나보니 남가일몽[2]이었다.

마음속으로 자못 의혹하다가 또한 크게 기뻐하여, 즉시 일어나 바로 안방으로 들어가니 부인이 일어나 맞이하였다. 피차에 자리를 정한 후에 공이 만면에 희색을 띠고 부인의 고운 손을 잡고 관계를 맺으려고 하니, 부인이 손을 떨치고 정색하고 말했다.

"상공의 체면과 지위는 높고도 귀할 뿐 아니라 또한 지금은 젊은 때처럼 호방한 기운이 있는 것이 아니십니다. 하물며 여종들이 안방을 엿보는 것을 생각하지 않고, 백주에 체면을 잃으시고 경박한 젊은 사람의 엉큼하고 비루한 행실을 본받고자 하시니, 제가 깊이 상공을 생각하여 따르지 않겠나이다."

말을 마치며 발끈 성을 내어 불쾌한 빛을 얼굴에 드러내고,

2   남가일몽(南柯一夢) : 덧없는 꿈

차갑게 말하며 손을 뿌리치고 즉시 몸을 일으켜 방문을 열고 밖으로 나갔다. 공이 크게 부끄러워 꿈 이야기를 할까 생각했으나, 천기를 누설할 수는 없었다. 분하고 답답함을 참지 못하여 성낸 기색을 띠고 외당으로 나와 부인의 헤아림이 없음을 홀로 한탄해 마지않더니, 마침 여종 춘섬이 차를 받들어 올렸다. 공이 차를 받아놓은 후, 좌우가 고요함을 인하여 춘섬의 손을 이끌어 곁방에 들어가 바로 관계를 맺으니, 이때 춘섬은 나이 열여덟의 어린 종이었다. 비록 천한 종의 일을 하나 천성이 온순하고 처신과 행실이 규중의 처녀나 다름이 없으며, 얼굴이 약간 예뻤다.

공이 불시에 위력으로 은근한 정을 베푸니 춘섬이 감히 항거하지 못하여 드디어 공의 뜻을 따라 몸을 허락한 후에는, 이날부터 문밖에 나가지 않고 다시 다른 장부를 취할 뜻이 없으니, 공이 그 절개를 기특히 여겨 첩을 삼았다. 춘섬이 그달부터 잉태하여 열 달 만에 옥동자 하나를 낳으니, 그 아이의 눈같이 흰 피부의 윤택함은 백설이 엉긴 듯하고, 옥으로 깎은 듯한 얼굴과 가을 달 같은 풍채는 짐짓 일대영웅의 기상이었다. 공이 한 번 보고 크게 기뻐하며 이름을 길동이라고 했다.

그 아이가 점점 자라나매 기골이 더욱 비범하여, 하나를 들으면 열을 알고, 열을 들으면 백 가지에 다 능통하여 만사를 모르는 것이 없었다. 또한 총명함이 다른 사람보다 뛰어나서, 한 번 눈으로 보고 귀로 들으면 잊지 않았다. 공이 길동의 기이함을

알고 가만히 탄식하기를,

"하늘이 무심하도다. 이러한 영걸을 어찌 나의 부인에게서 낳게 아니하고 천한 종 춘섬에게서 낳게 했는고?"

라고 하였다.

길동의 나이 다섯 살 때, 하루는 공이 길동의 손을 이끌어 앞에 앉히고 길이 탄식하여 말하기를,

"부인은 내 말을 들으소서. 이 아이 비록 영걸이나 천한 종에게서 태어났으니 쓸데없는지라. 원통하구려, 부인이 고집을 부린 탓이오."

하니, 부인이 웃으며 그 연고를 물었다. 공이 눈썹을 찡그리고 길게 탄식하며 말하기를,

"전일에 부인이 내 말을 들었더라면 이 아이는 반드시 부인의 뱃속에서 탄생했을 것이오."

하고 그때 꿈 이야기를 하나하나 이르니, 부인이 공의 말씀을 듣고 그제야 내심에 비록 안타까워하나 어찌할 수가 없었다. 다만 웃고 대답하기를,

"모두 하늘의 뜻이니 어찌하리오."

라고 했다.

세월이 물 흐르듯 하여 길동의 나이 여덟 살이 되니, 풍채와 용모가 더욱 준수해져서 모든 집안사람이 다 더욱 귀중히 여기었다. 공이 또한 크게 사랑하나, 본디 천비의 소생이라 하여 부

친을 '아버지'라고 부르면 바로 회초리로 때리고, 형을 '형'이라 부르면 눈을 부릅뜨고 부르지 못하게 했다. 길동의 나이 열 살이 넘도록 아버지와 형을 입으로 감히 부르지 못하고, 집안에서 천대를 받으니 스스로 슬퍼해 마지않았다.

어느 가을의 9월 보름이었다. 밝은 달은 가을 하늘을 밝게 비추고 맑은 바람은 비단 창문에 쓸쓸히 불어, 즐거운 사람의 흥치를 돕고 근심 있는 사람의 슬픈 회포를 자아내게 했다. 길동이 고요히 서당에 앉아 글을 읽다가 책상을 밀치고 스스로 탄식했다.

"대장부가 세상에 처하여 공자나 맹자 같은 도덕군자가 못 될진대, 차라리 다 떨치고 출장입상(出將入相)하여, 전장에 나아가게 되면 달처럼 둥근 발병부 주머니를 허리에 비껴 차고 장수의 지휘대에 높이 앉아 손오의 병서[3]를 외워 천병만마(千兵萬馬)를 휘하에 거느리고 군사를 훈련시켜 동서로 정벌하여 나라에 큰 공을 세워 이름을 후세에 전하며, 들어와서는 일인지하요 만인지상의 재상이 되어 이음양순사시[4]하여 나라를 어질게 돕고 백성을 공평하게 다스려 기특한 이름을 후세에 전하고, 얼굴을 기린각[5]에 그려 빛냄이 장부의 쾌한 일이라. 옛사람이 말

---

3 손오(孫吳)의 병서 : 중국의 손무(孫武)와 오기(吳起)가 지었다고 하는 병법서(兵法書)
4 이음양순사시(理陰陽順四時) : 재상이 해야 하는 일로, 음양을 다스리고 사시를 순조롭게 함.
5 기린각(麒麟閣) : 중국 한(漢)나라 때 나라에 큰 공로를 세운 신하의 초상을 그려 걸어놓았던 집

하기를, '왕후장상[6]이 어찌 씨가 있단 말인가?' 하였으니, 이것은 누구를 두고 한 말인가? 세상 사람이 다 부형을 부르되 나는 어찌하여 홀로 아버지를 아버지라 못 하고 형을 형이라 못 하는고?"

말을 마치며 슬픔을 이기지 못하여 뜰에 내려와 달그림자를 희롱하며 칼춤을 추었다. 이때 공이 가을 달이 밝음을 사랑하여 창문을 밀치고 월색을 구경하고 있었는데, 길동이 처음에는 뜰에서 칼춤을 추다가 창문 여는 소리를 듣고는 제 방 쪽으로 가서 칼춤을 추었다. 공이 종을 시켜 길동을 부르니, 길동이 즉시 칼을 던지고 대서헌에 들어가 절하고 뵈었다. 공이 반가워하며 묻기를,

"밤이 이미 깊었는데 무슨 홍이 있어서 달빛 아래 배회하느냐?"

하니, 길동이 엎드려 대답했다.

"소인이 마침 달빛을 사랑하여 잠깐 홍치가 있기로 배회하였나이다."

공이 서글프게 한숨을 쉬고 탄식하며 말하기를,

"너 같은 어린아이가 무슨 즐거운 홍이 있으리오."

하니, 길동이 공손히 대답하였다.

"하늘이 만물을 내시매 오직 사람이 귀하다 하오니, 세상에

---

6   왕후장상(王侯將相) : 왕, 귀족, 장군, 재상

생겨나서 사람이 되는 것이 첫 번째 행운이고, 사람이 되매 남자가 됨이 행운이며, 남자 되매 몸이 또한 도성에서 태어남이 행운이라 하오니, 소인이 대감의 정기를 타고나 세 가지 행운을 얻어 당당한 남자 되고, 평소 사랑하심이 지극하오니 무슨 한이 있사오리까. 다만 평생 설워하는 바는, 소인의 몸에 대감의 큰 덕이 넘치지만, 오직 하늘을 우러러보지 못함이로소이다."

말을 하며 두 줄 눈물이 붉은 뺨을 적시었다. 공이 들으매 마음속으로 비록 측은하나, 10세 소아가 평생의 고락을 짐작하여 윗사람의 마음을 헤아리니, 만일 그 뜻을 위로하면 더욱 마음이 방탕하고 법이 제대로 서지 못할 것이라고 생각하여, 이에 일부러 크게 꾸짖기를,

"재상 집안에 천비의 소생이 비단 너 하나뿐이 아니라. 네 어찌 조그마한 아이가 교만하고 방자함이 이러하냐. 차후에 만일 다시 이런 말이 있으면 내 눈앞에 용납하지 않으리라."

하니, 길동이 공의 책망을 들으매 다만 눈물만 흘리고 난간에 엎드려 있었다. 잠시 후에 공이 명하여 물러가라 하니, 길동이 침실로 돌아가 슬퍼해 마지않았다.

이럭저럭 몇 달이 지난 후, 하루는 길동이 대서헌에 들어가니 공이 홀로 앉아 좌우가 고요하였다. 길동이 엎드려 아뢰었다.

"소인이 감히 묻사옵나니, 비록 천생(賤生)이나 문과에 급제하면 정승까지 이를 수 있고, 무과에 급제하면 능히 대장까지 할 수 있사오리까."

공이 이 말을 듣고 어이없어 크게 꾸짖기를,

"내 몇 달 전에 경계하되, 다시 방자한 말이 들리지 않게 하라 하였거늘, 네 어찌 또 이렇듯 하느냐?"

하고 물러가라 했다.

길동이 제 어미 침실에 돌아와 그 어미더러 이르되,

"내가 모친으로 더불어 전생의 인연이 무거워 금세에 모자가 되었사오니, 낳아서 길러주신 은혜를 생각하오면 하늘처럼 넓고 끝이 없는지라. 남아가 세상에 처하오매, 출세하여 이름을 드날리고 부모님의 이름을 세상에 드러내며, 조상의 제사를 받들고 부모님의 낳아 길러주신 은혜를 갚는 것이 당연한지라. 나의 팔자가 기구하여 마을 사람들이 다 업신여기고, 친척이 천대하니, 가슴속의 깊은 한을 하늘과 땅은 아실지라. 대장부가 어찌 근본만을 지키어 남의 휘하가 되어 그 지휘를 받으리오. 당당히 조선국 병조판서의 임명장을 받아 상장군이 되지 못할진대, 차라리 몸을 세상 밖에 던져 더러운 이름을 영원히 남길지라. 바라건대 모친은 이런저런 사정을 마음에 담지 마시고 일신을 보전하여 소자가 찾을 때를 기다리옵소서."

하니, 그 어미가 듣기를 다하고 크게 놀라 말했다.

"재상 집안의 천생이 너뿐이 아닌데, 무슨 일로 고까운 마음을 드러내어 어미의 간장을 태우느냐? 장래 장성하면 반드시 상공의 처분이 계실 것이니, 아직 어미를 생각하여 천대를 감수하라."

길동이 대답하기를,

"상공의 천대는 마음속에 다른 생각이 없으나, 온 집안의 종들이 다 업신여겨 말할 때마다 '아무개의 천한 첩의 자식'이라 지목하니, 생각하면 한이 골수에 사무치는지라. 옛날 장충의 아들 길산은 천한 종에게서 태어났으나, 13세에 그 어미를 이별하고 운봉산에 들어가 도를 닦아 아름다운 이름을 후세에 전하되, 그 처음과 끝을 알 사람이 없사옵니다. 소자도 또한 그런 사람을 본받아서 세상을 벗어나려 하오니, 엎드려 바라건대, 모친은 자식이 있다 마시고 세월을 보내면, 후일에 서로 찾아 모자의 정을 이을 날이 있으리이다. 요사이 곡산 어미의 행색을 보니, 상공의 총애를 잃을까 두려워하여, 우리 모자를 원수같이 여겨 장차 해할 뜻을 두니, 오래지 않아 큰 화를 입을까 하나이다. 소자가 집을 떠날지라도 모친은 불효자를 생각하지 마시고, 경계하고 잘 살펴서 스스로 화를 취하지 마소서."

하니, 그 어미가 어루만지며 말했다.

"네 말이 비록 사리에 맞는 말이지만, 곡산 어미는 인후한 여자다. 어찌 그처럼 요악하리오."

길동이 대답하기를,

"세상의 인심은 가히 헤아릴 수 없으니, 모친은 소자가 헛되이 말하는 것으로 듣지 마시고, 장래를 보아가며 잘 처치하소서."

라고 했다. 춘섬이 길동의 허다한 이야기를 들으매 비회를 이기지 못하여 모자가 서로 위로하였다.

　본래 공의 큰 첩 이름은 초란으로 곡산의 기생이었는데, 공이 첩으로 삼아 가장 총애하니 부귀와 사랑이 집안에서 제일이었다. 각 읍에서 보내오는 물건과 맛있는 음식을 공이 모두 초란에게 주니, 마음이 스스로 방자하고 뜻이 교만하여 집안에서 혹 마음에 맞지 않는 일이 있으면 공에게 헐뜯는 말을 하여 사람들 사이에 불화가 번번이 일어났다. 이러므로 집안의 권세가 다 초란에게 돌아갔다. 남이 만일 천하게 되면 좋아하고, 귀하게 되면 원수같이 여겨 마음이 아파 견디지 못했다. 공이 용꿈을 꾸고 길동을 나으매, 인물이 비범하므로 공이 극히 사랑하시니, 초란이 행여 저의 은총을 춘섬에게 빼앗길까 하여 춘섬을 미워하였다. 또 공이 종종 웃으면서 말하되,
　"너도 길동 같은 아들을 낳아 나에게 만년 영화를 뵈게 하라."
　하니, 초란이 마음에 불만을 갖고 토라져 매일 아들 낳기를 바라나 종시 일점혈육이 없으니, 더욱 길동을 미워하여 날마다 살해할 마음을 두었다.
　이러구러 길동이 점점 자라나매 그 재주의 민첩함이 어른보다 뛰어나고, 풍채와 태도, 그리고 인물이 옛날 이백이나 두보보다 훌륭하므로 칭찬하지 않는 사람이 없었다. 초란이 더욱 시기하여 금은을 많이 뿌려서 요사스럽고 간악한 무당과 관상 보는 여자 등과 어울려 길동 해칠 계교를 상의하면서 말하기를,

"이 아이를 없애지 않으면 나의 일생이 불편하리니, 그대들이 길동을 없애 내 마음을 편케 하여주면 그 은혜를 후히 갚아 평생을 잘살게 하리라."

하니, 관상녀와 무당 등이 재물을 탐내어 흉한 계교를 생각하여 초란에게 말했다.

"상공은 충효의 군자이므로 천한 자식을 위하여 나라를 저버리지 않을지라. 지금 동대문 밖에 관상을 아주 잘 보는 여자가 있어, 사람의 얼굴을 한 번 보면 전후 길흉을 반드시 판단한다 하오니, 이 사람을 청하여 친절하게 대접한 후에 소원과 계교를 다 자세히 이르고, 상공께 천거하여 전후사를 본 듯이 고하면 상공이 마침내 크게 의혹하여 길동을 반드시 죽일 것이니, 그때를 타 낭자가 이러이러하게 하시면 가히 큰일을 이루리이다."

초란이 이 말을 듣고 크게 기뻐하여 말하기를,

"이 계교는 과연 신통하고 묘하니, 그 사람을 급히 청하라. 내 그와 더불어 서로 의논하리라."

하고, 즉시 은돈 오십 냥을 내어주며 청하여 오라 했다. 무당이 초란을 하직하고 바로 동대문 밖 관상녀의 집에 가서 홍승상의 첩 초란이 하고자 하는 일을 다 말하고, 그 가져온 은돈을 내어주었다. 이 사람은 본디 욕심이 많으므로 오십 냥 은돈을 보고 불같은 욕심이 일어나 마음이 검어지니, 어찌 사람 목숨 중한 것을 돌아보리오. 생사를 돌아보지 아니하고 즉시 무당을 따라 홍승상의 집에 이르렀다. 초란이 불러 곁방에서 만나보고,

일을 이룬 후에 평생이 유족하도록 은혜를 갚을 것을 다 말했다. 그리고 술과 안주를 내어 대접하며 비단을 주어 그 마음을 기쁘게 하고 서로 은밀히 의논하니, 관상녀가 흔연히 진심으로 허락하며 계교를 정하고 돌아갔다.

이튿날 공이 부인으로 더불어 길동을 칭찬하여 말하였다.

"이 아이 풍채가 뛰어난 대장부이므로 장래에 큰 그릇이 되련마는, 다만 천생이라 그를 한하노라."

부인이 바로 공의 말씀에 대답하려고 하는데, 문득 한 여자가 밖으로부터 들어와 대청 아래에서 절을 했다. 모두 보니, 그 여자의 태도가 비범하고 용모가 기이하였다. 공이 묻기를,

"그대는 어떠한 여자인데 무슨 일로 들어왔는가?"

하니, 그 여자가 머리를 조아리고 말했다.

"소인은 동대문 밖에서 삽니다. 팔자가 기박하여 여덟 살에 부모를 잃고, 한 몸을 의지할 곳이 없어 천지로 집을 삼고 사방으로 돌아다니다가, 마침 한 신통력 있는 사람을 만나 관상 보는 술법을 배워 사람의 얼굴을 한 번 살피면 전후 길흉화복을 능히 판단합니다. 그래서 상공의 집에 이르러 첩의 배운 바 재주를 시험하고자 왔나이다."

부인이 그 여자의 용모가 곱고 또 품은 재주가 있다 함을 듣고, 그 술법을 보고자 하여 마루 끝에 자리를 주며 술과 과일을 내어 친절하게 대접하였다. 공이 웃으며 말하기를,

"네가 관상을 잘 본다 하니, 우리 집안의 사람들 얼굴을 보아

차례로 평론하라."

하니, 그 여자가 마음속으로 저의 계교가 이루어짐을 크게 기뻐하여 공에서부터 집안 상하노소의 관상을 한 번 살펴보고 일일이 평론하되, 앞뒤 일을 본 듯이 명백히 이르니, 꼭 들어맞아서 반점도 어김이 없었다. 공과 부인이 칭찬해 마지않으며, '과연 묘한 술법이라.' 하고, 여종으로 하여금 길동을 부르라 하였다. 길동이 앞에 이르매 그 여자에게 보이며 말하기를,

"우리 늦게야 이 아이를 얻으매 사랑이 비길 데 없으니, 네 이 아이 관상을 자세히 보아 장래의 일을 명백히 이르라."

한대, 관상녀가 길동의 얼굴을 이윽히 보다가, 문득 일어나 절하고 말했다.

"이 공자를 보니 천고의 영웅이요, 일대의 영걸입니다. 그러나 다만 애달픈 바는 지체가 조금 부족하니, 자세히 모르겠으나, 감히 여쭤보겠는데 부인께서 낳으신 바입니까?"

공이 머리를 끄덕이고 말하기를,

"아니다. 과연 천비의 소생이라. 그 사람됨이 순후하므로 내 지극히 사랑하노라."

하니, 그 여자가 또다시 오래 보다가 문득 거짓 놀라는 체하고 자못 주저하거늘, 공이 괴이히 여겨 물었다.

"무슨 괴이한 일이 있어 놀라는가? 무슨 부족함이 있느뇨? 너는 모름지기 숨기지 말고 모두 말하라."

관상녀가 주저하는 체하다가 이어 말했다.

"소첩이 서울의 수많은 집에 다니며 재상 집안의 귀공자 관상을 많이 보았으되, 일찍이 이런 기이한 상은 보지 못하였사옵니다. 만일 실상을 똑바로 고하면 상공께 책망을 들을까 하나이다."

부인이 말했다.

"그대의 관상 보는 술법이 아주 신이하니 어찌 그릇 봄이 있으리오. 그대는 사실로써 자세히 이르고 추호도 꺼리지 말지어다. 우리가 무슨 일에 허물할 바가 있으리오."

그 여자가 여러 사람이 모인 자리의 번거로움을 꺼리는 체하고 종시 말하지 않았다. 공이 이에 몸을 일으켜 곁방으로 들어가 자리를 잡고 관상녀를 청하여 따져 물으니, 그 여자가 가만히 말하기를,

"아까 공자의 상을 잠깐 보오니 만고영웅이라. 흉중에 천지조화를 품었고, 두 눈썹 사이에 강산의 정기가 영롱하니, 이는 진실로 기이한 상이매 감히 바로 고하지 못하였나이다. 우리 조선은 본래 작은 나라이므로 왕이 될 사람의 기상이 쓸데없고, 만일 장성하여 기상이 나타나서 거리낌 없이 방탕하면 장차 멸문지화[7]를 당할 것이니 상공은 잘 방비하소서."

공이 듣고 크게 놀라 한참 동안 묵묵히 있다가 다시 물었다.

"만일 그대 말 같을진대 불길한 상이로다. 그러나 제가 본디 천비의 소생이므로 용맹이 아무리 있으나 선비의 무리에 참여

---

7   멸문지화(滅門之禍) : 집안이 없어지는 커다란 재앙

하지 못할 것이요, 또한 오십이 넘도록 임의로 출입을 못 하게 하면, 제 비록 제갈공명의 재주와 약간 활달한 기운이 있은들 어찌 능히 변란을 일으키리오."

그 여자가 웃고 말했다.

"옛사람이 말하기를, '왕후장상이 어찌 씨가 있는 것인가?'라고 하였으니, 이 일은 인력으로 못 할 바입니다."

공이 탄식하고 은돈 오십 냥을 내어 관상녀를 주며 말하기를, "이 일은 내가 통제하기에 달린 것이니, 너는 돌아가 행여 타인에게 누설치 말지어다. 만일 이런 말을 퍼뜨리면 그 죄를 면치 못하리니 삼가고 조심하라."

하니, 관상녀가 머리를 숙여 사례하고, 돈을 받아 하직하고 돌아갔다.

이날부터 공이 길동을 더욱 엄하게 타이르며 하나하나의 움직임을 자세히 살피고 글을 가르치면서 충효를 권장하나, 매사를 살펴 문밖에 나가지 못하게 하는 것이 갈수록 심해졌다. 길동이 후원의 별당에 갇혀 지기를 펴지 못하니, 서러운 눈물은 솟아나 두 줄기로 흐르고, 울적한 회포는 태산을 찌르는 듯했다. 그러던 중에 마음을 돌려 군사 관련 책을 열심히 읽고, 『육도』와 『삼략』[8] 같은 병법서와 하늘과 땅의 이치에 관한 책, 그리고 몸을 숨기고 변화시키는 술법을 깊이 연구하여 정통치 못

---

8 『육도』(六韜)는 강태공(姜太公)이 지은 병법서이고, 『삼략』(三略)은 황석공(黃石公)이 지은 병법서

한 것이 없었다.

공이 길동의 공부함을 탐지하여 알고 크게 근심하여, '이놈이 본디 기상과 재주가 평범한 부류와 다른지라. 만일 범람한 뜻을 내어 두 마음을 품을진대, 우리 집이 선대로부터 충성을 다하여 나라에 보답하던 충성스럽고 선량한 집안인데, 하루아침에 이놈 때문에 멸문지화를 당하게 되리니 어찌 애달프고 한스럽지 아니하리오. 저를 일찍이 없애서 한 집안의 화를 면함만 같지 못하다.' 하고, 한집안 사람을 모아 이 일의 내용을 밝혀 말하고 가만히 길동을 죽여 후환을 없애고자 하다가, 자연히 천륜이 중하매 차마 행치 못하고 세월을 보내었다.

이때 초란이 무당과 관상녀로 하여금 공의 천륜의 정을 돌이켜 길동을 의심하게 하고, 죽일 계책을 날마다 꾸미더니, 무당이 이르되,

"특재라 하는 자객이 있어 재주가 비상하다 하오니 그 사람을 청하여 의논하옵소서."

한대, 초란이 크게 기뻐하여 무당으로 하여금 특재를 청하여 돈을 많이 주고, 길동의 관상 본 말과 상공이 의심하여 죽이고자 하되 차마 인륜 때문에 죽이지 못한 말을 일일이 이야기했다. 그리고 '다시 명령을 내릴 것이니 이 일을 행하라.' 하고 돌려보냈다.

하루는 초란이 공께 길동을 헐뜯어 말했다.

"천첩이 잠깐 듣사오니 관상하는 계집이 길동의 상을 보고

왕의 기상이라 하니, 그윽이 염려하건대 마침내 멸문지화를 당할까 두렵나이다."

공이 크게 놀라 물었다.

"이 말이 자못 중대하거늘, 네 어찌 이런 말을 입 밖에 내어 큰 화를 스스로 취하려 하느냐?"

초란이 몸가짐을 바로하고 대답했다.

"속담에 이르기를, '낮말은 새가 듣고 밤말은 쥐가 듣는다.' 하오니, 만일 이 말이 점점 퍼져서 조정에 미치면, 상공 댁 한 집 안을 보전치 못하리니, 천첩의 어리석은 소견에는 일찍이 저를 없애서 후환을 끊는 것만 같지 못할까 하나이다."

공이 눈썹을 찡그리며 말하기를,

"네 말이 옳은 듯하나, 이는 나의 처분에 있는 일이니 너희들은 부디 누설치 말라."

하니, 초란이 황공하여 다시 헐뜯지 못하고 물러났다.

공이 이로 인하여 심사가 자연히 좋지 않아 밤낮으로 번뇌하나 부자의 천륜의 정 때문에 길동을 차마 죽이지 못하고, 후원 별당을 수리하여 치우고 길동을 가두어 출입을 못 하도록 금하였다. 길동이 초란의 헐뜯음으로 인하여 엄한 책망을 듣고 출입도 임의로 못 하매 한이 골수에 사무쳐 밤에 능히 잠을 이루지 못하니, 책상 앞에 앉아 『주역』을 공부하여 64패와 귀신을 부리는 술법이며 바람과 비를 부르는 법을 모르는 것이 없이 정통했다.

공이 비록 길동의 풍채와 재주가 비범함을 사랑하나, 관상녀의 말을 들은 후로 자연 마음이 비감하여 자세히 생각하되, '내 충성을 다하여 나라를 받들거늘, 불초한 자식 길동으로 말미암아 죽을 곳에 빠져 치욕이 조상에 미치고 재앙이 삼족에 미칠 것이니, 차라리 저를 죽여 후환을 없애고자 한즉 부자의 정리에 이 일은 차마 행치 못할 바라. 이 일을 장차 어찌하리오?' 하고, 마음이 괴로워서 밥을 먹어도 맛을 알지 못하고, 자리에 누워도 편안치 않아 형용이 날로 초췌하여 드디어 병이 되었다.

부인과 큰아들 인형이 크게 근심하여 가만히 의논하되, '길동으로 말미암아 부친이 병환이 나신 것이니, 인정에 차마 행치 못할 바나 길동을 죽여 없애 아버지의 마음을 위로하고, 선조들이 쌓아놓은 고결한 덕행을 무너뜨리지 않을 것이요, 또한 홍씨 일문의 큰 화를 면할 것이다. 그러나 사람 목숨에 관한 중요한 일은 쉽게 할 수 없으니, 어찌하면 좋을꼬?' 하였다. 마침 초란이 나아와 고하여 말했다.

"상공의 병환이 길동 때문에 날로 위태로운지라. 길동을 두고자 한즉 후환이 두렵고, 죽이고자 한즉 인정에 차마 못 할 일이오매 미루면서 결정을 못 하고 있습니다. 첩의 소견에는 먼저 길동을 죽인 후 그 연유를 상공께 고하면, 병환이 무거우신 중에 이 말씀을 듣고 슬퍼하시겠으나, 염려하던 것을 마음에서 내려놓으면 자연 회춘하실 것입니다."

부인이,

"네 말이 비록 이치에 맞으나 죽일 계교가 없어 주저하노라."

라고 하니, 초란이 마음속으로 기뻐하며 대답했다.

"천첩이 들으니 동리에 특재라 하는 자객이 있는데 용맹이 다른 사람보다 뛰어나서 날아가는 제비라도 잡는다 하니, 이제 사람을 시켜 그를 불러 천금을 주고 밤을 타서 자취 없이 죽이면 매우 다행일까 하나이다."

부인과 인형이 눈물을 흘려 말하기를,

"이 일이 인정에 차마 못 할 바로되, 그 근본 대의는 국가를 위함이요, 또한 문호를 보전하며 상공을 위함이니, 어찌하겠는가."

하고, 바삐 계교를 행하라 하였다. 초란이 크게 기뻐하여 침방에 돌아와 즉시 사람을 시켜 특재를 불러 술을 권하고 전후의 일을 자세히 이르며 말하기를,

"이는 소상공과 부인의 명령이시니, 오늘 밤 4경에 가만히 후원 별당에 들어가 길동을 죽이되 자취 없이 하라."

하고, 말을 마치며 즉시 은돈 백 냥을 먼저 후히 주고, 이날 밤을 기다려 일을 행하라 하였다. 특재가 크게 기뻐하여 돈을 받아가지고 말하기를,

"이는 어린아이라. 무슨 근심이 있으리오."

하고, 돌아가 밤을 기다렸다.

차설.[9] 초란이 특재를 보내고 내당에 들어가 이 연유를 자세히 고하고, 오늘 밤에 일을 행하려 함을 자세히 아뢰니, 부인이

2 — 원본 『홍길동전』

9 '차설(且說)'과 '각설(却說)'은 소설에서 화제를 바꿀 때 쓰이는 말

탄식하여 말하기를,

"내 저를 꺼려서 죽임이 아니요, 형편이 마지못하여 행함이나, 어찌 자손에게 해 없으리오."

하며 하염없이 눈물을 흘리니, 인형이 위로하기를,

"모친은 너무 염려하지 마옵소서. 일이 이미 이에 이르렀으니 후회막급이라. 길동의 시신이나 비단옷을 입혀 조촐하게 안장하고, 제 어미를 후히 대접하면 부친이 아실지라도 지나간 일이라 하릴없는지라. 자연히 심려가 풀리시면 회춘하시리니, 모친은 대의를 생각하시어 과도하게 슬퍼 마옵소서."

라고 했다. 부인이 밤새도록 마음속으로 번뇌하여 능히 잠을 이루지 못하고 슬퍼하며 가엾게 여기었다.

이날 길동이 밤이 깊으매 초당에 외로이 앉아 촛불을 밝히고 『주역』에 깊이 빠졌는데, 때가 바로 3경에 이르렀다. 밤이 깊었음을 깨달아 바야흐로 책상을 물리치고 자리에 나아가 자고자 하는데, 문득 창밖에서 까마귀가 세 번 울고 북쪽으로 날아갔다. 길동이 까마귀 우는 소리를 듣고 혼자 말하기를, '이 짐승은 본디 밤을 꺼리는 짐승이라. 밤이 깊은데 남으로부터 날아와서 북으로 가며 우는 소리 괴이하도다.' 하고, 이에 글자를 풀어 점을 쳐본즉, '까마귀 소리에 자객이 온다.'고 하였다. 길동이 '알지 못하겠다. 어떤 사람이 무고히 나를 해치려 하는고?' 하고, 소매 안에서 한 점괘를 뽑으니 자못 좋지 않았다. 마음속으로 생각하되, '내 어쨌거나 미리 적을 막을 준비를 하리라.' 하고, 방 안에 귀신을 부르는 술법을 베풀어 남방(南方)은 이허중(離虛中)을 응하여 북방(北方)에 붙이고, 북방은 감중련(坎中連)을 응하여 남방에 붙이고, 동방(東方)은 진하련(震下連)을 응하여 서방(西方)에 붙이고, 서방은 태상절(兌上絶)을 응하여 동방에 붙이고, 건방(乾方)의 건괘(乾卦)는 손방(巽方)에 옮기고, 손방의 손괘(巽卦)는 건방에 붙이고, 간방(艮方)의 간괘(艮卦)는 곤방(坤方)에 붙이고, 곤방의 곤괘(坤卦)는 간방에 붙이고, 동서남북 각각 방위를 바꾸어 여러 신을 가운데 두고 때를 기다려 응하게 하니, 이는 몸을 감추고 변하게 하는 술법이었다.[10]

이날 특재가 3경이 되기를 기다려 손에 비수를 들고 몸을 날려 공중에 솟아 홍승상 집 후원 담을 넘어 길동의 처소에 나아가 엿보니, 창문에 촛불이 희미하고 사람의 자취가 없었다. 길동이 잠들기를 기다려 죽이고자 하더니, 문득 남쪽에서 까마귀가 날아와 길동이 있는 방 앞에서 세 번 울고 북쪽으로 날아갔다. 특재가 마음속으로 놀라고 의아하여, '길동은 반드시 범상한 사람이 아니로다. 저 짐승이 무슨 알음이 있어 천기를 누설하는고? 만일 길동이 까마귀 소리를 알아듣는 능력이 있을진대 나의 일이 그릇되리로다. 그러나 어린아이가 무슨 지식이 뛰어

---

10 8괘는 각기 방향이 정해져 있는데, 동은 진(震), 서는 태(兌), 남은 리(離), 북은 감(坎) 등이다. 이 대목은 길동이 이 8괘의 방향을 바꾸는 술법을 썼다는 내용이다.

나 능히 알리오.' 하고, 즉시 몸을 날려 방 안으로 들어가니, 한 옥동자가 책상 앞에 앉아 촛불을 밝히고 8괘를 응하여 주문을 외우고 있었다.

문득 음산한 바람이 문밖에서 쓸쓸히 불며 정신이 산란하였다. 특재가 자못 괴이히 여겨 칼을 안고 마음속으로 탄식하여 생각하기를, '내 일찍이 이런 큰일을 당하여도 겁냄이 없더니, 오늘은 마음에 놀라서 심장이 뛰니 크게 괴이하도다.' 하고 돌아가고자 하다가, 다시 생각하되, '내 평생에 사방으로 돌아다니며 이런 큰일에 한 번도 실수함이 없더니, 어찌 오늘 조그마한 아이가 두려워 그저 돌아가리오.' 하고, 손에 비수를 들고 천천히 나아가 바로 길동을 죽이고자 하였다.

갑자기 길동은 간데없고, 홀연 한바탕 음산한 바람이 쓸쓸히 일어나며 번개와 천둥소리에 천지가 진동하더니, 문득 방 안이 변하여 아득히 넓은 들이 되어 돌이 무수하고 살기가 하늘을 찔렀다. 그러다가 청산에 초목이 무성하고 골짜기의 물은 잔잔하며, 낙락장송은 하늘을 가리고 푸르른 대나무는 사면을 두르는 아름다운 풍경이 되었다. 특재가 정신을 겨우 수습하여 생각하되, '내가 아까 길동을 해치러 방 안에 들어왔거늘 어찌 이런 산골짜기가 되었는고?' 하고, 몸을 돌이켜 나가고자 하나, 아무 데로 향할 줄을 몰라 엎어지고 고꾸라지며 동서를 분간할 수 없었다. 겨우 한 시냇가에 이르러 탄식하기를, '내가 남을 가볍게 여기다가 이런 환난을 당하니 누구를 원망하며 누구를 탓하리오.

이것이 반드시 길동의 조화로다.' 하고, 비수를 감추고 시내를 따라 나아갔다.

한 곳에 다다르니 길이 끊어지고 층암절벽이 공중에 솟았으니 진퇴양난이었다. 특재가 큰 바위 위에 올라앉아 사면을 돌아보니, 홀연 바람결에 처량한 옥피리 소리가 들렸다. 괴이히 여겨 다시 살펴보니 한 아이가 검은 두건에 검은 허리띠를 매고 나귀를 타고 옥피리를 슬피 불며 오고 있었다. 특재가 몸을 바위틈에 감추어 피하고자 할 즈음에, 그 소년이 옥피리를 그치고 특재를 향하여 꾸짖어 말했다.

"무지한 필부여, 나의 말을 들으라. 성인이 이르시되, '나무를 깎아 사람을 만들어 죽여도 또한 악한 짓을 한 것이라 하여 그 벌이 있다.' 하였거늘, 이제 너는 어떤 사람이관데 금은을 탐내어 무죄한 사람을 해하려 하는가? 내 비록 어린아이지만 어찌 너 같은 놈에게 몸을 마치리오. 옛날 초패왕[11]의 굳센 힘으로도 강동을 못 건너고 오강에서 자살하였으며, 형경[12]의 날랜 칼이 쓸 곳이 전혀 없어 역수에서 울었거늘, 너 같은 하찮은 필부야 더욱 일러 무엇 하리오. 비록 그러하나 네가 화를 스스로 취하니 어찌 죽기를 면하리오. 높고 높으신 하늘이 두렵지 않으냐?"

특재가 어리둥절하여 눈을 들어 보니, 이는 곧 길동이었다. 생각하되, '내 저로 인하여 평생 힘을 다 허비하는지라. 대장부

11　초패왕(楚霸王) : 초나라의 항우로, 마지막 싸움에서 유방에게 패하여 자살했다.

12　형경(荊卿) : 진시황을 암살하려다 실패한 자객 형가(荊軻)

가 차라리 죽을지언정 어찌 저 어린아이에게 굴복하리오.' 하
고, 정신을 가다듬어 길동을 크게 꾸짖기를,

"내 일찍이 검술을 배워 사방을 거리낌 없이 돌아다녔으나
조선에는 나의 적수가 없고, 내가 또한 네 부형의 명을 받아 이
곳에 이르러 너를 죽이려 하니, 너는 지금 죽는다 하여도 나를
원망하지 말고 네 부형의 명을 따르라."

하고, 말을 마치고 비수를 춤추며 달려들었다. 길동이 크게
화가 나서 즉시 특재를 죽이고자 하나 손에 작은 무기도 없으므
로, 이에 몸을 날려 공중에 올라 바람에 싸이어 입으로 주문을
외우니, 문득 한바탕 검은 구름이 일어나며 큰비가 퍼붓듯이 오
고, 대풍이 부는 곳에 모래와 돌이 날리었다. 특재가 눈을 뜨지
못하고 겨우 정신을 수습하여 바위를 의지하여 보니 길동이 간
데없었다. 마음으로 그 재주를 탄복하고 바로 도망코자 하나 갈
바를 알지 못하였다. 문득 길동이 크게 외치기를,

"너는 돈을 탐내어 불의를 행하니, 하늘이 어찌 그저 두시리
오. 화를 스스로 만들었으니 누구를 원망하며 누구를 탓하리오.
다만 안타까운 바는 동대문 밖에 사는 관상녀에게 속았도다."

하고, 공중에서 내려와 앉으며 또 꾸짖어 말하기를,

"내가 너로 더불어 본디 원수가 아니거늘, 무슨 뜻으로 나를
해치려 하느냐?"

하니, 특재가 그제야 길동의 재주가 신기함을 보고 항복하여
이에 애걸하였다.

"이는 진실로 소인의 죄가 아니라. 상공 댁 소낭자 초란이 무당과 관상녀를 결연하여 승상께 헐뜯어 말하고, 소인으로 하여금 '공자를 죽이라.' 하며 '천금의 상을 주마.' 하니, 무지하고 천한 놈이 물욕을 탐내어 여기에 왔는데, 하늘이 공자를 도우시어 일이 탄로가 났사오니 공자는 소인의 죄를 용서하심을 바라옵나이다."

길동이 분기를 참지 못하여 특재의 칼을 빼앗아 손에 들고 소리 높여 크게 꾸짖기를,

"네가 재물을 탐내어 사람 죽이기를 좋아하니, 이런 무리를 그저 두면 반드시 후환이 되리로다."

하고, 말을 마치며 칼을 춤추어 나아가 친히 특재의 머리를 베니, 한 줄 무지개 일어나며 특재의 머리 방중에 떨어졌다.

길동이 칼을 들고 뜰에 내려와 하늘을 보니, 은하수는 서쪽으로 기울었고 희미한 달빛이 몽롱하여 근심하는 사람의 수회를 돕는 듯하였다. 길동이 오히려 분한 기운이 없지 않아 생각하되, '관상 보는 계집을 어찌 그저 두리오.' 하고, 바로 동대문 밖 관상녀의 집에 이르러 입으로 주문을 외워 바람의 신을 부르니, 문득 음산한 바람이 크게 일어나며 벽력소리에 천지가 진동하였다. 관상녀를 잡아내어 풍운 가운데 넣어 몰다가 특재 죽인 방 안에 던져 넣고 꾸짖어 말했다.

"네가 능히 나를 알쏘냐? 나는 곧 홍상공 댁 공자라. 내가 너로 더불어 본디 원한이 없거늘, 무슨 까닭으로 요망한 말을 꾸

며 상공께 고하여 부자 사이의 인륜을 끊게 하고 일가를 화목하지 못하게 하니, 그 무슨 일인가? 어찌 네 죄를 용서하리오."

이때에 관상녀가 첫잠이 몽롱하여 마침 자고 있더니, 문득 몸이 풍운에 싸이어 느릿느릿 불려 가매, 혼백이 날아가서 아무 곳에 가는 줄 모르고 정신을 차리지 못했다. 길동의 책망하는 말을 들으매, 그제야 지옥이 아니요 인간인 줄 짐작하고 애걸했다.

"이 일은 다 소낭자 초란의 모해함이요, 천첩이 자행한 죄가 아니오니, 바라건대 공자는 천첩이 스스로 지은 잘못이 아님을 살피시어 죄를 용서하시고 잔명을 살리심을 바라옵나이다."

길동이 성을 내어 크게 꾸짖기를,

"초란은 상공이 총애하는 사람이요, 또한 나의 어미라. 네 감히 요괴스러운 말을 하여 죄 위에 죄를 더하리오. 너는 일개 요물로 대신을 농락하고 인명을 살해하기를 쉽게 하였으니, 하늘이 너의 악한 일을 밉게 여기시어 나로 하여금 너 같은 요물을 없애어 후환을 끊게 하심이니, 너는 죽더라도 감히 나를 원망하지 말라."

하고, 말을 마치며 칼을 들어 관상녀의 머리를 베어 두 조각을 내었다. 가련하다! 돈을 탐내어 불의한 일을 행하다가 한 목숨을 마치고 천추에 부끄러운 이름을 면치 못하니, 어찌 안타깝지 아니하리오.

이때 길동이 특재와 관상녀를 죽이고 오히려 분한 기운을 이기지 못하여 바로 내당에 들어가 초란을 죽이고자 하다가, 다시 돌이켜 생각하되, '옛사람이 말하기를, 차라리 다른 사람이 나를 저버릴지언정 나는 남을 저버리지 않으리라 하였으니, 제가 나를 저버릴지언정 내 어찌 저를 저버리리오. 이미 두 사람을 죽임도 마지못하여 행함이라. 내 차라리 멀리 도망쳐서 살기를 도모하고, 세상을 하직하여 몸을 산간에 부쳐 뜬구름같이 세월을 보내리라.' 하고, 이렇듯이 뜻을 정한 후, 표연히 상공 침소에 나아가 하직하고자 하였다.

이때 공이 잠을 깨어 창밖에 인적이 있음에 놀라고 의아하여 창을 열치고 보니, 길동이 층계 아래에 엎드려 울고 있었다. 공이 자못 괴이히 여겨 묻기를,

"금일 밤이 깊어 거의 새벽종이 울릴 때가 되었거늘, 네 어찌 지금 잠을 자지 아니하고 이렇듯 하느냐?"

하니, 길동이 다시 일어나 절하고 아뢰었다.

"소인 길동이 상공의 정기를 받아 사람이 되어 세상에 태어났으니, 낳아주신 은혜는 하늘처럼 다함이 없습니다. 몸이 마치도록 아버님이 낳아주시고 어머님이 길러주신 은혜를 만분지일이나 갚을까 하였더니, 집안에 불의한 사람이 있어 상공의 마음을 의혹케 하고, 소인을 또한 해하려다가 일이 누설되어 성공하지 못하였습니다. 오늘 밤에 집안에 큰 변이 있어 소인이 겨우 목숨을 보존하였으나, 소인이 집안에 있다가는 반드시 목숨을 보전치 못할지라. 일의 형편이 이와 같은 고로 마지못하여

목숨을 도망코자 하오매, 한번 집을 떠나오매 부자 형제 다시 모일 기약이 묘연한지라. 금일 상공을 뵈어 슬하에 하직을 고하오니, 엎드려 바라건대 상공은 귀한 몸을 소중히 하시어 만수무강하옵소서."

공이 뜻밖에 길동의 말을 듣고 크게 놀라,

"네 이 어인 말인가? 오늘 집안에 무슨 변고가 있관데, 어린아이가 불시에 집을 버리고 어디를 지향 없이 가려 하느냐?"

하니, 길동이 땅에 엎드려 대답하였다.

"날이 밝으면 자연히 아실 일이 있사옵니다. 상공은 불효자 길동을 마음에 두지 마시고 집안일을 잘 처치하소서."

공이 길동의 말을 들으매, 마음에 생각하되, '내 짐작하건대 이 아이는 평범한 부류가 아니라. 만류하여도 제 필연 듣지 아니하리라.' 하고, 길동에게 물었다.

"너 이제 집을 떠나면 어디로 향하여 가려 하느냐?"

길동이 여쭈기를,

"소인의 신세는 뜬구름 같사오니, 하늘과 땅으로 집을 삼아 거칠 것이 없나이다."

하니, 공이 한참 동안 아무 말이 없다가 위로하여 말하였다.

"너는 내가 낳은 자식이라. 비록 사방으로 돌아다닐지라도 분수에 넘치는 마음을 두지 말고, 가문에 화를 끼치지 말라. 만일 불미스러운 일이 있으면 우리 여러 대에 걸쳐 충성스러운 집안이 그릇되리니 어찌 애달프지 아니하리오. 너는 조심하라."

162

길동이 절하며 감사하여 말하기를,

"소인의 마음속에 하늘에 사무치는 큰 한이 있으니, 나이 십여 세 되도록 아비를 아비라 부르지 못하고, 형을 형으로 부르지 못함입니다. 지금 원망이 골수에 깊이 맺혀 세상에 나갈 길이 없으니, 어찌 애달프지 아니하리까."

한대, 공이 위로하여 말하기를,

"네 소원이 그러하니 오늘부터 너의 소원을 풀어줄 것이니, 조심하고 공손하여 가문에 욕이 미치지 않게 하라."

하니, 길동이 다시 절하고 말했다.

"아버님께서는 천한 자식을 생각지 마시고, 어미를 가엾고 불쌍히 여기어 홀로 빈방을 지키고 있는 한이 없게 하소서."

공이 흔연히 허락하고, 길동의 손을 이끌어 쓰다듬으며 사랑함이 세 살 어린아이나 다름이 없더니, 이윽고 공이 다시 경계하여 말하기를,

"너는 부디 마음을 좋게 먹으라."

하고 여러 번 일컬으니, 길동이 이 말을 듣고 아뢰기를,

"소자 평생의 한 조각 한을 오늘에야 쾌히 풀었사오니, 이제 죽어도 여한이 없습니다."

하고, 말을 마치며 두 번 절하여 하직하고 몸을 돌이켜 밖으로 나갔다. 공이 마음에 측은히 여기나, 무슨 까닭인지 알지 못하니 자못 번뇌하였다.

이때 길동이 아버지를 하직하고 드디어 어미 침소에 들어가

이별을 고하면서 말했다.

"소자가 금일 죽을죄를 짓고 도주하여 천 리나 먼 곳까지 갈 길이 아득한지라. 바라건대 모친은 불효자를 생각하지 마시고 귀한 몸을 잘 보호하여 소자가 돌아오기를 기다리소서."

그 어미 이 말을 듣고 길동의 손을 잡고 크게 통곡하며 말하기를,

"어린아이 어찌 갑자기 집을 떠날 생각을 하며, 네가 만일 한번 집 문을 나서면 지향이 없을 것이니, 우리 모자가 서로 만날 기약이 묘연할지라. 내 아들은 어미의 외로운 정리를 생각하여 일찍이 돌아옴을 바라노라."

하고, 모자가 서로 눈물을 흘려 슬피 울었다. 길동이 일어나 두 번 절하고 하직하니, 모자가 서로 붙들고 눈물을 흘리며 차마 떠나지 못하였다. 닭이 울어 새벽을 알리거늘, 각각 눈물을 거두고 모자가 겨우 이별하였다.

길동이 모친을 이별하고 문을 나가니, 구름 낀 산은 첩첩하고 바닷물은 한없이 넓은데, 주인 없는 객이요 지향 없는 손이라. 천지가 비록 광대하나 한 몸을 둘 곳이 없어 정처 없이 행하니 어찌 가련하지 않으리오. 보는 자가 슬퍼하더라.

화설. 이때 초란이 특재를 길동의 방에 보내고, 소식이 없음을 매우 의아하고 괴이하게 여겨 즉시 심복 한 사람을 보내어 가만히 알아오라 했다. 초란의 심복이 급히 돌아와 알리되,

"길동의 침소에 가 엿보니, 길동은 간데없고 특재의 목 없는

시신이 거꾸러져 있고, 또 살펴보니 한 계집의 시신이 있더이다."

하니, 초란이 이 말을 듣고 혼비백산하여 급히 내당에 들어가 부인께 알렸다. 부인이 또한 크게 놀라 얼굴빛이 하얗게 질려서 인형을 불러 이 연유를 이르고, 길동을 찾으나 종적이 없었다. 놀라고 의아해 마지아니하여 공께 나아가 아뢰기를,

"길동이 간밤에 사람을 죽이고 도주하였나이다."

하니, 공이 듣고 놀라 말했다.

"밤에 길동이 와 하직을 고하고 자못 슬퍼하거늘, 내 괴이하게 여겼더니, 이런 일이 있도다."

큰아들 인형이 감히 감추어 숨기지 못하여 사실대로 말했다.

"아버님은 번뇌치 마소서. 아버님이 길동으로 심려를 지나치게 하시어 병환이 가볍지 않기로 초란과 의논하온즉, 초란이 또한 깊이 염려하여 가만히 자객을 보내어 길동을 죽여 후환을 없앤 후에 아버님께 연유를 고하려 하였더니, 도리어 길동의 해를 입었나 하나이다."

공이 이 말을 듣고 크게 꾸짖기를,

"네 저런 좁은 소견으로 어찌 조정에 참여하리오. 내 초란을 죽여 한을 풀리라."

하고, 한편 집안사람을 엄하게 경계하여, '이 일을 만일 누설하면 죽기를 면치 못하리라.' 하고, 초란을 잡아내어 죽이려 하다가, 다시 생각하되, '만일 이 말이 새어나가 다른 사람이 알면

길동 어미가 살인죄를 면치 못하리니, 가만히 추방하여 자취를 없이함만 같지 못하다.' 하고, 초란을 꾸짖기를,

"너를 죽여 분함을 풀 것이로되 생각하는 일이 있어 죽이지 아니하고 그저 내치거니와, 만일 이 말을 누설하면 천 리 밖에 있어도 잡아다 죽일 것이니 삼가 조심하라."

하며, 심복 종 하나로 하여금 '초란을 데리고 먼 곳에 가서 버리고 오라.' 하고, 시신을 치우고 집안을 단단히 타일러서 이런 말이 밖에 나가지 않게 하라고 했다.

이때 동대문 밖 관상하는 계집의 부모와 자식들이 하룻밤 사이에 자다가 어미와 자식을 잃고 사방으로 찾으나 종적이 없었다. 동네 사람들이 다 말하기를, '그날 밤에 바람과 비가 크게 일어나며 풍우에 싸이어 승천하였다.'고 했다.

각설. 길동이 부모를 이별하고 한번 집 문을 나매, 비록 집이 있으나 들어가지 못하고, 부모가 계시나 능히 의탁하지 못하니 어찌 슬프지 않으리오. 일신이 정처 없이 떠돌면서 온 세상으로 집을 삼고 뜬구름 같은 나그네가 되어 지향 없이 아득히 행하여 한 곳에 이르니, 산이 높고 물이 맑아 경치가 자못 뛰어났다. 길동이 산길을 따라 점점 들어가며 좌우를 살펴보니, 맑은 시내와 깊은 못에 골짜기 물은 잔잔하고, 험한 바위가 층층이 쌓인 절벽에 푸른 대나무는 무성한데, 아름답고 고운 꽃과 풀, 산새와 짐승은 나그네를 보고 반겨 길을 인도하는 듯했다.

길동이 풍경의 아름다움을 사랑하여 점점 들어가니 경치는 더욱 뛰어난데, 나아가고자 하나 길이 끊어지고, 물러오고자 하나 또한 어려웠다. 주저하고 있을 때에, 홀연 난데없는 표주박 하나가 물에 떠내려왔다. 마음속으로 생각하되, '이런 깊은 산속의 으슥한 골짜기에 어찌 인가가 있으리오. 반드시 절이나 도사의 집이 있도다.' 하고, 시내를 따라 몇 리를 들어가니, 큰 바위 밑에 석문이 은은히 닫혀 있었다. 길동이 나아가 석문을 열고 들어가니, 천지는 명랑하고 평원광야가 끝없이 넓은데, 산과 강으로 막혀 있어 인간이 사는 세상 같지 않은 별천지였다. 수백 호 인가가 즐비하고 그 가운데 큰 집이 있는데, 그 집을 향하여 들어가니 여러 사람이 모여 바야흐로 큰 잔치를 배설하고 술잔을 서로 날리며 무슨 공론이 분분하였다. 원래 이 산중은 도적의 소굴이었다.

길동이 좌석의 끝에 나가 드니, 저희 서로 우두머리를 다투어 정하지 못하고 있었다. 길동이 가만히 생각하되, '내 도망 다니는 사람으로서 마침 의탁할 곳이 없더니, 하늘이 도우시어 오늘날 나로 하여금 이곳에 이르게 하시니, 가히 영웅의 지기를 펼 때로다.' 하고, 천천히 좌중에 나아가 허리를 굽혀 절하고 말했다.

"나는 서울 홍승상의 천첩 소생 길동이라. 집안의 천대를 받지 아니하려고 스스로 집을 버리고 도주하여 사해 팔방으로 정처 없이 두루 돌아다니더니, 금일 하늘이 길을 인도하여 이곳에 이르렀으니, 내 비록 연소하고 재주 없으나, 원컨대 모든 호걸의 으뜸 장수가 되어 사생고락을 함께함이 어떠하냐?"

모든 사람이 서로 보며 말이 없더니, 그중 한 사람이 말했다.

"내 그대의 기상을 보니 진실로 영웅준걸이라. 그러나 여기 두 가지 일이 있으니, 그대 능히 행할쏘냐?"

길동이,

"감히 묻나니, 그 두 가지 일을 듣고자 하노라."

하니, 그 사람이 말했다.

"그 하나는 이 앞에 소부석이란 돌이 있으니 그 무게 천 근이라. 능히 그 돌을 들면 그 용력을 가히 알 것이오. 그 둘째는 경상도 합천 해인사를 쳐 그 재물을 탈취하고자 하나, 그 절에 있는 중의 숫자가 수천 명이라. 재물이 매우 많으나 감히 칠 모책이 없으니, 그대 능히 이 두 가지를 행할진대 오늘부터 우리들의 우두머리를 삼으리라."

길동이 이 말을 듣고 크게 웃으며 말했다.

"남아가 세상에 처하매, 위로 하늘의 이치 살피고 아래로 음양의 술법과 손자·오자의 병법에 능통하여, 나가면 군대의 장수가 되고 들어오면 모든 벼슬아치의 으뜸인 재상이 되어, 초상화를 기린각에 걸어놓고 이름을 역사에 실어 후세에 전하면 이 어찌 대장부의 쾌한 일이 아니리오. 나는 운명이 불행하고 팔자가 기구하여 능히 선비의 무리에 참여하지 못하니 평생에 한하는 바라. 어찌 이 두 가지를 근심하리오."

여러 사람이 크게 기뻐하며 이르되,

"만일 이러하면 당당히 시험하리라."

하고, 말을 마치며 길동을 데리고 소부석 있는 곳으로 나아가니, 길동이 소매를 걷고 그 돌을 들어 팔 위에 놓고 일어나 수십 보를 가다가 공중에 던졌다. 모든 사람이 보고 놀라 일시에 엎드려 절하며 말하기를,

"과연 장사로다. 우리 수천 명 중에 일찍이 이 돌을 드는 자가 없더니, 오늘 하늘이 도우시어 장군을 보내어 우리 대장을 정하게 하시니 어찌 즐겁고 다행치 않으리오."

하고, 이어서 길동을 상좌에 앉히고 술을 내어 차례로 절하여 뵈고, 모든 군사의 이름을 적은 명부와 창고 문서를 일일이 봉하여 올렸다. 길동이 받아 세세히 살핀 후에 군사를 명하여 즉시 백마를 잡아 피를 가져오라 하고, 모든 사람을 대하여 맹세하였다.

"지금부터 이후에는 우리 여러 사람이 마음을 한가지로 하고 힘을 다하여 물과 불이라도 피하지 말고, 사생고락을 또한 한가지로 하며 마음을 같이하여 힘을 모은다. 만약 언약을 저버리고 마음을 바꾸는 자가 있으면 하늘이 큰 벌을 내려 죽기를 면치 못하리라."

모두가 일시에 응낙하여 말하기를,

"우리 중에 어찌 장군의 명령을 털끝만큼이나 거역할 자가 있으리오."

하니, 길동이 크게 기뻐하여 이날부터 날마다 잔치를 벌이며 즐겼다.

이후로 길동이 여러 사람과 더불어 병법서를 공부하고 무예를 연습하며, 진세(陣勢)를 벌여 갖가지 재주를 날마다 익히니, 불과 몇 달 안에 군대의 규율이 정제되었으며 무예가 자못 정숙해졌다.

하루는 길동이 모든 사람을 다 모으고 명령하기를,

"우리 이제 양식과 재물이 부족하니, 내 장차 합천 해인사를 치고자 한다. 만일 명령을 어기는 자가 있으면 군법으로 시행하리라."

하니, 모든 사람이 일시에 머리를 조아리며 명령을 들었다.

길동이 이에 약속을 정하고, 한 필 노새에 수십 명 종자를 데리고 재상가 자제 모양을 하고 바로 합천 해인사로 나아가며 여러 사람을 불러 이르되,

"내가 절에 가 동정을 탐지한 후 즉시 돌아오리니 그대들은 잠깐 기다리라."

하고 푸른 도포에 검은 띠를 띠고 표연히 행하니, 완연한 재상가 자제였다. 모든 사람이 한번 보매 칭찬해 마지않았다.

길동이 노새를 바삐 몰아 해인사 입구로 들어가며 우선 사람을 시켜 먼저 글을 보내어, '서울 홍승상 댁 자제가 글공부하러 온다.' 하니, 그 절 승려들이 모두 이르되,

"우리 절이 본디 큰 절이거늘, 근래에 퍽 피폐하였더니, 이제 재상가 자제들이 글공부하러 오시면 그 힘이 과연 적지 아니하리라."

하고, 수천 명 승려가 길동을 배알하러 일시에 동구 밖에 나아가 맞아 절 안으로 들어와 차례로 합장하고 절하며 먼 길 평안히 행차하심을 치하했다. 길동이 정색을 하고 모든 승려에게 말했다.

"내 들으니 너희 절이 유명한 큰 절이라. 또한 경치가 절승하여 꽤 보암직하다 하기로, 내 한번 구경도 하고 몇 달을 머물러 공부하여 가을 과거를 보려고 내려왔으니, 너희는 절 안에 잡인을 각별히 엄금하고 조용한 처소를 청소하여 머물게 하라."

모든 승려들이 머리를 조아리고 명령을 받들면서 다과를 갖춰서 올리니, 길동이 흔연히 음식을 먹고 몸을 일으켜 법당을 두루 살핀 후, 노승을 불러 이르기를,

"내가 이웃 고을의 관아에 들어가 잠깐 머물고 올 것이니 부디 잡인을 금하고 방을 잘 수리하여 지키라. 내 명일 백미 이십 석을 합천 군수를 통해서 보낼 것이니 이번 달 15일 밤에 술을 많이 갖추어 명령을 기다리라. 내 너희들과 더불어 신분의 차이를 버리고 함께 즐긴 후에 그날부터 공부를 착실히 하리라."

하니, 노승이 합장하며 절하고 칭찬해 마지않았다.

길동이 즉시 승려들과 헤어져 길을 떠나 도둑의 소굴로 돌아오니 모든 도적이 맞아 기뻐하였다. 길동이 이튿날 백미 이십

석을 절로 보내되, '홍승상 댁에서 우리 고을로 연락이 와서 보내는 것이라.' 하니, 모든 승려들이 크게 기뻐하여 백미를 창고 안에 넣고 기약한 날 밤에 술을 갖추어 기다렸다.

이날 길동이 모든 도적에게 분부하기를,

"내 오늘 해인사에 올라가 여차여차하여 모든 중들을 결박하거든, 너희들은 이때를 타 상황에 따라 일을 처리하라."

하니, 모든 도적이 응낙하고 돌아와 명령을 기다렸다.

길동이 수십 명 하인을 거느리고 15일에 바로 해인사에 이르니, 모든 승려가 동구 밖에 나와 기다리다가 영접하여 들어갔다. 길동이 노승을 불러 말했다.

"내 지난번에 백미를 보내어 술과 음식을 갖추라 하였더니 어찌하였느뇨?"

노승이 합장하고 대답했다.

"이미 다 준비하여 상공의 처분을 기다리옵나이다."

길동이 이르기를,

"내 일찍이 들으니 이 절 뒤의 풍경이 아름답다 하니, 너희들과 더불어 한가지로 그곳에서 종일토록 즐기고자 하니, 이 절 중은 하나도 빠지지 말고 일제히 모이라."

하니, 모든 승려가 어찌 대적의 흉계를 알리오. 흔연히 응낙하고, 모든 승려가 감히 거역하지 못하여 상하노소 없이 다 그 절 뒤 맑은 시내에 이르러 차례로 자리를 정하였다.

길동이 상좌에 앉고 그 나머지 모든 승려는 나이 순서로 자리

3부 — 원본 「홍길동전」

를 나누어 앉았다. 밥상을 올리자 길동이 술을 부어 먼저 마시고, 또 술을 부어 차례로 모든 승려들에게 권하니, 모든 승려가 황공함을 못내 일컫고 한 잔씩 먹은 후에 길동이 음식 들기를 기다렸다. 길동이 가만히 소매에서 모래를 내어 입에 넣고 깨무니, 모래 깨어지는 소리에 모든 승려들이 당황하며 사죄하거늘, 길동이 대로하여 눈을 부릅뜨고 크게 꾸짖었다.

"내가 너희들과 더불어 중과 속인 사이의 예의를 버리고 한가지로 즐기고자 하거늘, 너희가 나를 업신여기고 음식을 부정히 함이 이렇듯 하니 어찌 통탄치 않으리오."

말을 마치며 하인에게 분부하기를,

"모든 중들을 결박하라. 내 관아에 들어가 이 연유를 고하고 각별히 무겁게 다스리게 하리라."

하니, 하인이 일시에 명령에 따라 내달아 차례로 결박하여 앉히니, 모든 승려들이 비록 용맹하나 어찌 감히 거역하리오. 혼비백산하여 두려워하며 벌벌 떨 따름이었다.

이때 도적들이 절 입구에 매복하였다가, 모든 승려들을 다 결박하였음을 듣고 일시에 달려들어 절에 있는 재물을 다 빼앗아 가는데, 천천히 제 물건 가져가듯 했다. 모든 승려들이 바야흐로 그 기미를 알고 벗어나고자 하나, 사지를 단단히 결박하였으니 어찌 능히 몸을 요동하리오. 다만 눈으로 보며 입으로 악만 쓸 따름이었다.

이때 절에 있는 불목하니[13]가 주방에서 그릇을 씻다가, 불의에 많은 도적이 갑자기 뛰어들어 소와 말을 가지고 들어와 창고를 열어 재물을 빼앗아 감을 보고, 분기를 참지 못하여 후원 담을 넘어 도망하여 바로 합천 고을에 들어가 이 사연을 관가에 자세히 알렸다. 합천 군수가 이 말을 듣고 크게 놀라 즉시 관군을 모아 도적을 잡으라 하고, 또 고을 백성을 뽑아 수백 장교로 하여금 즉시 뒤를 접응하여 모든 도적을 잡아 오라 하니, 장교들이 관군과 민군을 거느려 기세 좋게 나아갔다. 이때 도적들이 제멋대로 수많은 재물을 찾아내어 우마에 싣고 행하려고 하는데, 문득 멀리 뒤를 바라보니 후면에 티끌이 하늘에 닿았는데, 징과 북 소리가 천지에 진동하며 따르는 군사가 풍우 같았다.

모든 도적이 관군을 보고 잡힐까 두려워 어떻게 할 줄 모르고 도리어 길동을 원망하였다. 길동이 도적들이 놀람을 보고 크게 웃으며 말했다.

"너희 무리는 다 젖내 나는 어린아이라. 어찌 나의 깊은 소견을 알리오. 너희들은 조금도 두려워 말고 절 입구를 지나 남편 대로로 가라. 내 스스로 추격하는 병사를 막아 저 관군으로 하여금 회군하여 북편으로 가게 하리라."

모든 도적이 일시에 우마를 몰아 남편 대로로 향하여 가니, 길동이 즉시 도로 법당으로 치달아 승려의 장삼을 입고 송낙을 쓰고 절 입구에 나와 높은 데에 올라 관군을 기다렸다. 길동이

---

13 불목하니 : 절에서 밥 짓고 물 긷는 일 따위를 하는 사람

관군이 오는 모양을 보고 크게 외치기를,

"관군은 이곳으로 오지 말라. 도적의 무리가 우마를 몰아 북편 소로로 가니 빨리 따르라."

하고, 장삼 소매를 높이 들어 북녘을 가리켰다. 군관 장교들이 풍우같이 몰아오다가, 문득 승려의 가리키는 양을 보고 이르되,

"저 중이 높은 데 올라 도적 가는 곳을 가리키니 우리 수고를 덜겠다."

하고, 남편 대로를 버리고 북편 소로로 성화같이 분주히 따라갔다. 길동이 그제야 도로 내려와 모든 도적들을 인도하여 천천히 행하게 하고, 길동이 가만히 은신법을 행하여 먼저 소굴에 돌아와 남은 도적으로 하여금 술과 음식을 갖추고 도적이 돌아오기를 기다렸다. 황혼 때에 바야흐로 모든 도적이 수천 우마를 거느려 돌아와 길동을 향하여 머리를 조아리고 축하하여 말했다.

"장군의 신기한 술법과 거룩한 재주는 귀신도 헤아리지 못하리로소이다."

길동이 웃으며 말했다.

"대장부가 되어 이만한 재주가 없을진대 그 무엇을 하며, 어찌 여러 사람의 우두머리가 되리오."

모든 도적이 크게 기뻐 잔치를 배설하여 즐긴 후, 빼앗아 온 금은을 내어 조사하여 보니 수만금이었다. 각각 상을 내려주었다.

길동이 이후로는 도적의 이름을 활빈당이라 하여, 조선 팔도로 다니며 만일 불의한 자가 있으면 그 재물을 탈취하고, 가난하여 의지할 곳이 없는 사람이 있으면 문득 재물을 주어 구제하되 성명을 통치 아니하였다.

이때 합천 관군이 도적을 따라 북편 소로로 수십 리를 찾으나, 도적의 자취를 마침내 찾지 못하였다. 하릴없이 돌아와 관가에 이대로 고하니, 합천 군수가 크게 놀라 즉시 임금에게 보고했다. 그 보고서의 내용은,

「난데없는 도적 수만 명이 백주에 해인사를 치고 절에 있는 수많은 재물을 탈취하여 가오매, 관군을 내어 잡으려 하오나 마침내 종적을 찾지 못하였기로 감히 아뢰오니, 엎드려 바라건대 성상은 살피소서.」

라고 하였다. 임금이 보고 크게 근심하여 말하기를,

"팔도에 공문을 보내 잡으라. 만일 이 도적을 잡는 자가 있으면 귀천을 묻지 않고 천금의 상을 주고 높은 벼슬에 봉하리라."

하였다. 공문이 팔도에 내려가매 사방이 물 끓듯 하여 도적을 잡으려 했다.

각설. 길동이 모든 도적과 더불어 의논하기를,

"우리들이 비록 도적의 무리나 본디 나라의 양민이라. 난시를 당하면 화살과 돌을 무릅쓰고 몸을 버려 죽기로써 임금을 섬길 것이로되, 지금은 사해가 태평하고 국가가 무사한 시대라. 우리들이 산림에 자리 잡고 있으면서 백성의 재물을 취하면 나

라의 근본을 해침이니 이는 불의라. 만일 우리 중에 여염집에 작폐하는 자가 있으면 군법을 시행할 것이요, 나라에 진상하는 재물과 상납하는 전곡을 탈취하면 이는 역적이므로 또한 사죄를 면치 못할 것이다. 다만 각 고을의 수령이 불의로 긁어모은 재물을 빼앗아 먹으면 이는 의적이라. 이제 이 일은 우리 활빈당의 큰 법이니, 제군은 마음에 새기고 살펴서 알아두어 불의한 일을 하지 말고, 죄를 짓지 말지어다."

하니, 모든 도적이 일시에 응낙하여 명령을 따르겠다고 했다.

이럭저럭 몇 달이 지나자, 길동이 모든 도적을 불러 모아 분부하기를,

"우리 이제 창고가 비었으니, 내가 함경감영에 들어가 창고의 곡식과 온갖 무기를 탈취코자 한다. 그대들은 각각 한 사람씩 흩어져 성중에 들어가 숨었다가, 아무 날 4경에 남문 밖에 불이 일어난 후에 감사와 관속이며 백성이 성 밖으로 나가거든, 성중이 빈 때를 타 창고의 곡식과 병기를 탈취하되 백성의 재물은 추호도 범하지 말라."

하니, 모든 도적이 일시에 명령을 듣고 물러나왔다.

길동이 또 오륙십 명을 뽑아 변복을 시켜 데리고 길을 떠나 기약한 날 밤 4경에 함경감영 남문 밖에 이르러, 군사 오십 명으로 하여금 마른풀을 많이 실어 날라 쌓고 일시에 불을 질렀다. 잠깐 사이에 불길이 맹렬히 하늘로 솟아오르니, 관가며 백성이 홀연 불길이 급함을 보고 어찌할 줄을 모르고 갈팡질팡하며 분

주하였다. 길동이 급히 성안에 들어가 관문을 두드리며 크게 외치기를,

"선릉에 불이 나 불길이 급하여 참봉과 능을 지키는 군사가 몰사하였으니 빨리 불을 구하소서."

하니, 감사가 잠결에 이 소리를 듣고 혼비백산하여 급히 몸을 일으켜 바라보니, 불빛이 하늘에 닿았으므로 대경실색하였다. 급히 호령하여 관군을 불러 모으고 말하기를,

"이제 선릉에 불이 났으니, 너희들은 급히 구하라."

하고, 급히 지휘하여 성문으로 나갔다. 성중의 백성이 남녀 없이 불의지변을 당하였으므로, 창고 지키는 군사는 하나도 없었다.

이때 길동이 모든 도적을 지휘하여 창고를 열고 군기와 곡식을 탈취하여 소와 말에 싣고, 바로 북문으로 내달아 축지법을 행하여 밤새도록 달려 활빈당 입구에 다다르니 동방이 바야흐로 밝았다. 길동이 모든 도적더러 이르기를,

"우리가 행치 못할 일을 행하였으니 감사가 필연 임금께 보고할 것이요, 보고하면 우리를 잡으라 하리니, 만일 잡지 못하면 그중에 애매한 사람이 그릇 잡혀 죄를 당할 것이니 이 어찌 남에게 악한 일을 하는 것이 아니리오. 이제 함경감영 북문에 방을 써 붙이되, '창고의 곡식과 무기를 도적한 자는 활빈당 우두머리 홍길동이라.' 하리라."

모든 도적이 이 말을 듣고 크게 놀라 일시에 소리를 질러 말

했다.

"이 어인 말씀입니까. 이는 화를 스스로 취하고자 함이로소이다."

길동이 웃으며 말했다.

"너희들은 겁내지 말라. 내 자연 피할 계책이 있으니 잔말 말고 내 지휘대로 거행하라."

모든 도적이 의아해 마지아니하나, 감히 명령을 어기지 못하여 밤들기를 기다려 북문에 방을 붙이고 돌아왔다.

이날 밤에 길동이 풀로 인형 일곱을 만들어 각각 주문을 외워 혼백을 붙이니, 일곱 초인(草人)이 일시에 팔을 뽐내며 크게 소리하고 여덟 길동이 한데 모여 어지럽게 서로 떠드니, 어느 것이 참 길동이고 어느 것이 가짜 길동인지 알 수 없었다. 모든 도적이 이를 보고 일시에 손뼉을 치며 웃고 말했다.

"장군의 신기한 재주는 진실로 귀신도 헤아리지 못하리로소이다."

여덟 길동을 팔도로 분산시켜, 한 도에 길동 하나가 도적 오백 명씩 거느려 가게 했다. 모든 도적들이 각각 행장을 차려 길을 떠나매, 참 길동이 어느 곳에 있는 줄을 저희도 알지 못했다.

이때 함경감사가 불을 구하고 돌아오니, 창고 지키던 군사가 급히 고하되,

"아까 성중이 비었을 때에 홀연 난데없는 무수한 도적이 창고 곡식과 무기를 다 도적하여 갔나이다."

하거늘, 감사 대경실색하여 급히 사면으로 포교를 보내 도적을 잡으라 하되, 마침내 종적을 알지 못하였다. 문득 북문 지키는 군사가 고하되,

"간밤에 여차여차한 방문을 문밖에 붙였나이다."

하거늘, 감사가 떼어 오라 하여 보고, '이는 천고에 괴이한 일이로다.' 하고, 좌우에 물었다.

"함경도 내에 홍길동이란 자가 있느냐?"

좌우가 아뢰되,

"아무도 그 시종을 알 이 없나이다."

감사가 또다시 함경도 내의 각 읍에 공문을 보내어 그 도적을 잡으라 하되 능히 잡지 못하였다. 감사가 하릴없어 이 일로 나라에 보고를 올리니, 임금이 보고 자못 근심하여 가라사대,

"만일 홍길동을 잡아들이는 자가 있으면 포상하리라."

하고, 사방의 문에 방을 붙이니, 서울이 크게 소동하였다.

각설. 길동이 초인 일곱을 만들어 한 도에 하나씩 보내고, 자기는 전라도와 경기 양도에 왕래하며 각 도와 각 읍에서 서울로 보내는 재물을 탈취하였다. 팔도가 소동하여 밤에 능히 잠을 자지 못하고 창고와 병기를 엄히 지키나, 길동의 수단이 바람을 부르며 비를 행하는 술법이 있으므로, 백주에 풍운을 일으키고 모래와 돌을 날려 사람의 눈을 뜨지 못하게 하고, 창고를 열고 곡식과 재물을 탈취하여 종적이 없이 가져갔다. 이로 말미암아 문서를 전하는 말이 도로에 연속하여 팔도의 보고서가 일시에

올라오니, 그 보고서에,

「홍길동이라는 도적이 능히 구름을 일으키며 바람의 신을 부려 구름과 안개 중에 싸이어 다니며, 각 읍 수령의 재물을 탈취하오니 그 형세가 태산 같은지라. 이러므로 잡을 길이 없나이다.」

라고 하였다. 임금이 보기를 마치고 팔도 보고서의 연월일시를 보시니 한날한시거늘, 더욱 크게 놀라 탄식하며 가라사대,

"이놈의 용맹과 술법이 옛날 초패왕 항우와 무향후 제갈공명이라도 미치지 못하리로다. 아무리 신기한들 한 사람이 한날한시에 팔도로 다니며 작란하는고? 이는 심상치 아니한 도적이로다. 누가 능히 이 도적을 잡아 국가의 근심을 덜고 백성의 폐단을 없게 하리오."

임금의 말이 끝나지 않아 문득 반열에서 한 신하가 나와 아뢰기를,

"이는 조그만 도적이라. 비록 약간 술법을 행하여 팔도에 작란하오나 어찌 옥체의 염려하실 바이리까. 신이 비록 재주가 없사오나 약간의 군사를 주시면 홍길동 등 모든 도적을 사로잡아 국가의 큰 환난을 없애고 성상의 염려를 덜겠나이다."

하거늘, 모두 보니 이는 포도대장 이흡이었다.

임금이 기뻐하시어 즉시 정예 군사 수백 명을 주며 말했다.

"과인이 일찍이 경의 지략을 아나니, 족히 근심이 없거니와, 대궐 밖으로 나가서는 경이 임의로 처결하여 도적을 잡으라."

이흡이 드디어 임금을 하직하고 즉일 바로 행군하여 성 밖에 나와 군사를 각각 흩어 보내며 약속을 정하되, '문경으로 모이라.'하고, 홀로 행하여 김포 오십 리를 나와 날이 저물었다. 주점을 찾아 쉬려 하는데, 문득 한 청포(靑袍) 입은 소년이 나귀를 타고 동자를 거느리고 주점에 들어왔다. 이흡이 일어나 인사하고 자리를 정한 후, 청포소년이 문득 한숨지으며 탄식하니, 이흡이 물었다.

"그대 무슨 근심이 있관데 이렇듯 슬퍼하느뇨?"

그 소년이,

"하늘 아래 임금의 땅이 아닌 데가 없고, 모든 영토의 백성은 왕의 신하 아닌 사람이 없다고 하니, 내 비록 시골구석의 유생이나 나라를 위하여 근심하노라."

라고 대답하니, 이흡이 말했다.

"그대 근심하는 일을 잠깐 듣고자 하노라."

그 소년이 이르되,

"이제 홍길동이라는 도적이 팔도로 다니며 작란하되, 술법이 있으니 각 읍 수령이 밤에 잠을 능히 자지 못하고, 임금이 근심하시어 팔도에 공문을 보내 잡는 자가 있으면 중히 쓰리라 하나, 힘이 약하고 잡을 사람이 없으니 이로 근심하노라."

이흡이 이르되,

"그대 기골이 장대하고 말이 충직하니, 내 비록 재주 없으나 그대를 따라 작은 힘이라도 도울 것이니, 그대 나와 더불어 마음과 힘을 합하여 도적을 잡아 국가의 근심을 덜어 어떠하리오."

그 소년이 대답하기를,

"그 도적의 용맹이 과인(過人)하여 혼자서 능히 몇 사람을 당해낼 만한 힘이 있다 하니, 그대가 나와 더불어 마음과 힘을 합하면 잡으려니와, 만일 그러지 아니하면 도리어 우리 화를 스스로 취할까 하노라."

이흡이 이르되,

"대장부가 죽으면 죽을지언정 한번 언약한 후 어찌 신용을 잃으리오."

하니, 그 소년이,

"내가 벌써부터 잡고자 하되 용력 있는 사람을 얻지 못하였더니, 이제 그대를 만났으니 어찌 다행이 아니리오. 그러나 그대 재주를 알지 못하니, 그대가 나를 따르고자 하면, 그윽한 곳에 가 재주를 시험하리라."

하고 몸을 일으켜 밖으로 나갔다. 이흡이 그 소년을 따라 한 곳에 다다르니 그 소년이 높은 바위 위에 앉으며,

"그대 힘을 다하여 나를 발로 차서 언덕 아래로 내리치면 그 용력을 가히 알지라."

하고 자못 높은 바위 끝에 올라앉았다.

이흡이 가만히 생각하되, '제가 비록 산을 뽑을 수 있을 정도

의 힘과, 세상을 덮을 만큼 왕성한 기개가 있은들, 내가 한번 차면 제가 어찌 떨어지지 않으리오.' 하고, 평생 힘을 다하여 두 발로 매우 차니, 그 소년이 문득 몸을 돌려 앉으며,

"그대가 과연 장사로다. 내 여러 사람을 시험하되 일찍이 한 사람도 나를 요동케 하는 자가 없더니, 오늘날 그대에게 차이매 오장이 울리고 참기 꽤 어렵도다. 그대가 나를 쫓아오면 홍길동을 잡을 것이니 내 뒤를 따르라."

하고 첩첩산중으로 들어가니, 산천이 험악하고 수목이 무성하여 동서남북을 능히 분간할 수 없었다.

한 곳에 이르러서 그 소년이 돌아서며 말하되,

"이곳이 홍길동이 있는 소굴이라. 내가 먼저 들어가 탐지하고 나올 것이니 여기서 기다리라."

하니, 이흡이 대답하기를,

"내가 이미 그대로 더불어 사생을 허락하여 이곳에 이르렀거늘, 어찌 나를 이곳에 혼자 두어 승냥이와 이리의 해를 보게 하느뇨?"

그 소년이 웃으며,

"대장부가 어찌 승냥이나 이리를 두려워하리오. 그대가 진실로 겁이 난다면, 먼저 들어가 도적의 종적을 탐지하고 나오라. 내 홀로 이곳에서 기다리리라."

하니, 이흡이 이르되,

"그대 말이 쾌활하니 빨리 들어가 적세를 살피라. 이 도적을

잡아 국가의 근심을 덜고 큰 공을 세우리니, 마땅히 명심하라."

청포소년이 미소만 짓고 대답은 없이 훌쩍 떠나 산골짜기로 들어갔다. 이흡이 홀로 기다리는데, 해는 서쪽으로 넘어가고 달이 동쪽에서 떠오르며, 문득 승냥이와 이리는 전후좌우로 돌아다니니 이흡이 진퇴유곡이었다. 하릴없어 큰 나무를 안고 그 소년 오기를 기다리더니, 홀연 산 위에서 야단스레 떠드는 소리가 요란하며 수십 군졸이 내려왔다. 이흡이 크게 놀라 바라보니 그 군사들의 모양이 매우 흉악하여 바로 몸을 피하려고 하는데, 그 군사들이 전후좌우로 에워싸고 결박하며 꾸짖었다.

"네가 포도대장 이흡인가? 우리들이 저승의 십대명왕[14] 명령을 받아 너를 잡으러 각지를 두루 찾으며 돌아다녔으나 일찍이 잡지 못하였더니, 오늘날 이곳에 와 만날 줄이야 어찌 뜻하였으리오."

말이 끝나자 철사로 목을 옭아 풍우같이 몰아갔다. 이흡이 불의지변을 만나 혼비백산하여 수십 리를 갔다. 한 곳에 다다라 성문을 넘어 들어가니, 천지는 드넓은데 인간이 사는 곳이 아닌 다른 세상이었다. 마음속으로 생각하되, '내 이렇듯 몰리어 이곳에 들어왔으니, 어찌 다시 살아 세상에 돌아가기를 바라리오.' 하고, 정신을 겨우 진정하여 눈을 들어 좌우를 살펴보니, 아름다운 궁궐에 광채가 영롱하고 햇빛에 비쳐 눈부신데, 무수한

---

14 십대명왕(十大明王) : 십대왕, 시왕이라고도 함. 저승에서 죽은 사람을 재판하는 열 명의 대왕.

군졸이 머리에 누런 두건을 쓰고 좌우에 나열하였으니 태도가 자못 엄숙하였다. 또 떠드는 소리가 매우 요란하므로, 이흡이 마음속으로 헤아리기를, '살아 육신이 왔는가, 죽어 혼백이 왔는가?' 하고 다만 엎드려 있었다. 문득 앞에서 큰 소리가 길게 나며 무수한 나졸이 내달아 잡아 층계 아래에 꿇렸다. 이흡이 어떻게 된 줄 몰라 엎드려 명령을 기다리는데, 윗자리에서 한 대왕이 비단 도포에 옥으로 만든 띠를 하고 의자에 높이 앉아 큰 소리로 말하기를,

"그대 조그만 필부로서 감히 외람한 뜻을 내어 홍장군을 잡으려 하매, 팔도의 산신령이 진노하여 십대명왕께 고하여 그대를 잡아 죄를 묻고 지옥에 가두어, 이치에 맞지 않고 도의에 어그러진 말을 한 죄를 다스려 후인을 경계코자 하시니, 지옥으로 가라."

하고, 좌우에 분부하여,

"저 죄인을 지옥에 엄히 가두라."

하니, 말이 끝나지 않아서 수십 군졸이 일시에 소리를 응하여 달려들어 결박했다. 이흡이 난간을 굳게 잡고 크게 외치기를,

"소인은 세상의 하찮은 인간으로 무죄히 잡혀 들어와 죄를 당하오니, 엎드려 빌건대 명부[15]는 굽어살피옵소서."

하고 말을 마치며 크게 울었다.

---

15 명부(冥府) : 명부는 사람이 죽은 뒤 심판을 받는 곳인데, 여기서는 십대명왕을 가리킨다.

좌우가 크게 웃고, 길동이 꾸짖기를,

"이 용렬한 사람아, 세상에 어찌 저승, 시왕전, 십대명왕이 있으리오. 얼굴을 들어 나를 자세히 보라. 나는 다른 사람이 아니요, 이곳 활빈당 행수 홍길동이라. 그대 무식하고 천박한 소견으로 외람한 의사를 내어 나를 잡고자 하매, 그 용맹과 뜻을 알고자 하여 어제 내가 청포소년이 되어 그대를 인도하여 이곳에 이르렀으니, 그대로 하여금 우리의 위엄을 보게 함이라."

하고, 말을 마치며 좌우를 명하여 그 맨 것을 끌러 올려 앉히고, 술을 부어 연하여 사오 배를 권하여 진정시킨 후에 말했다.

"그대 같은 무리는 천 명 만 명이라도 나를 능히 잡거나 막지 못하리니, 내 그대를 죽여 세상을 다시 보지 못하게 할 것으로되, 그대 같은 필부를 죽이고 어디 가서 용납하리오. 그대는 빨리 돌아가라. 그러나 그대가 나를 보았다 하면 반드시 죄에 대한 벌이 있으리니, 이런 말을 일절 내지 말고, 다시 살려준 은혜를 생각하여, 다시 그대 같은 사람이 있거든 경계하여 그대같이 속는 폐단이 없게 하라."

하고, 또 그 종자를 잡아들여 층계 아래에 꿇리고 크게 꾸짖었다.

"너희들은 무지하고 얕은 소견으로 이흡을 좇아 나를 잡으려 하였으니, 내가 너희를 죽여 분을 풀 것이로되, 내 이미 너희 장수를 살려 보내며 너희들을 어찌 해하리오. 너희 다시 외람한 뜻을 품을진대 내 앉아서도 너희를 잡아다가 죽일 것이니, 삼가 조심하라."

즉시 군사를 호령하여 그 맨 것을 끄르고 위로하여 술과 음식을 먹였다. 그리고 이흡을 향하여 말하기를,

"그대를 위하여 우리 한 잔 술로 정을 표하리라."

하고 술을 내오라 하니, 이흡이 바야흐로 놀란 정신을 수습하여 자세히 보니 과연 청포소년이었다. 그제야 속은 줄 알고 머리를 숙이고 감히 한 말도 대답하지 못하고 다만 권하는 술을 감히 사양하지 못해 취하도록 먹었다. 길동이 담소하며 즐기거늘, 이흡이 그 신기함을 마음속으로 못내 탄복하였다.

이럭저럭 취한 술이 깨어 갈증을 건디지 못하여 일어나고자 하니, 홀연 사지가 묶여 움직이지 못하였다. 괴이히 여겨 가만히 정신을 진정하여 살펴보니 가죽부대 속에 들어 있었다. 크게 놀라 허둥지둥 간신히 부대를 뜯고 나와 보니 가죽부대 셋이 일렬로 나무 위에 매어 달려 있는데, 차례로 끌러 내려놓고 보니 처음에 떠날 적에 데리고 가던 하인이었다. 서로 보며 이르되,

"이것이 어인 일인고? 꿈인가 생시인가? 죽어 황천에 돌아갔나, 세상에 살아 있는가? 우리 어제 문경으로 모이자 약속하였더니 어찌하여 이곳에 왔는고?"

하며 정신이 산란하여 두루 살펴보니, 이곳은 다른 곳이 아니라 서울의 북악산이었다.

네 사람이 어이없어 도성 안을 굽어보니 꿈결 같았다. 한참 가만히 있다가 이흡이 이르되,

"나는 청포소년에게 속아 여기에 왔거니와 너희들은 어찌하
여 잡혀 왔는가?"

하니, 세 사람이 아뢰었다.

"소인들이 주점에서 자는데, 한번 천둥소리 나며 풍운에 싸
이어 급히 잡혀가니, 아무 데로 가는 줄 모르옵고 왔거니와, 어
찌 이곳에 온 일을 생각할 수 있으리까."

이흡이 말하기를,

"이 일이 자못 허무맹랑하니 남에게 말을 전하지 말라. 타인
이 들은즉 도리어 화(禍)를 취하리니 너희들은 일절 누설치 말
라. 그러나 길동의 신기한 재주와 교묘한 계책은 귀신도 헤아리
지 못하리니, 어찌 인력으로 잡으리오. 우리들이 이제 들어가
면 죄책이 있으리니 아직 몇 달을 기다려 들어가자."

하고, 네 사람이 내려오더라.

이때에 임금이 팔도에 공문을 보내어 길동을 잡으라 하되, 길
동의 변화가 예측하기 어려워 잡지 못하였다. 길동이 서울의 대
로상에 초헌을 타고 왕래하되 능히 잡을 자가 없고, 혹 각 읍에
도착 예정을 알리는 공문을 보내고 쌍교[16]를 타고 왕래하되 능
히 알 자가 없었다. 길동이 팔도로 다니며 각 읍 수령 중에 만일
어질지 못한 자가 있으면, 길동이 가짜어사가 되어 먼저 처벌하

16 초헌(軺軒)과 쌍교(雙轎)는 높은 벼슬아치가 타던 수레와 가마이다.

고 조정에 보고를 올렸다. 그 보고서에,

「팔도 각 읍 수령 중 혹 공적인 일을 빙자하여 자신의 이익을 노려 백성의 재물을 긁어모으거나 어질지 못한 자는 가어사 홍길동이 먼저 처벌하고 보고하나이다.」

하였다. 임금이 보기를 마치고 크게 노하여 말했다.

"이놈이 각 읍에 다니며 작란함이 이렇듯 한데, 잡지 못하니 어찌하리오."

도승지가 임금 앞으로 나와 팔도 감사의 보고서를 올렸다. 임금이 뜯어보니, 그 보고서에,

「홍길동이라 하는 도적이 고을마다 작란하여 민폐가 적지 아니하오니, 성상은 군사를 뽑아 길동을 잡아 민폐를 덜어주시기를 엎드려 천만 바라옵나이다.」

하였다. 임금이 보기를 마치고 크게 근심하시어 물어 가라사대,

"이놈의 근본이 어디서 난 놈인고? 좌우의 신하 중에 누가 능히 이놈의 근본을 아는 자가 있느뇨?"

하니, 임금의 말씀이 미처 끝나지 않아 한 사람이 반열에서 나와 아뢰었다.

"홍길동은 전임 우승상 홍모의 서자요, 이조좌랑 홍인형의 서제인데, 일찍이 사람을 죽이고 나간 지 수년이라 하옵니다. 이제 홍모와 인형을 왕명으로 불러 물어보시면, 자연히 그 집안의 계통을 아실 듯합니다."

임금이 듣기를 마치고 크게 노하여 가라사대,

"이런 말을 어찌 즉시 알리지 아니하였는가?"

하고, 즉시 금부도사[17]를 불러 가라사대,

"네 이제 급히 가서 전임 우승상 홍모를 잡아 오라."

하고, 또 선전관[18]으로 하여금 인형을 불러오라 하였다.

금부도사와 선전관이 나졸을 거느리고 홍승상 집에 뛰어들어 어명을 전하니, 집안이 물 끓듯 했다. 승상이 또한 어떤 연고인 줄 모르나, 다만 나졸을 따라 감옥으로 들어갔다. 선전관이 홍인형을 잡아와 임금 앞에 꿇리니, 임금이 진노하여 가라사대,

"도적 홍길동이 너의 서제라 하니, 네 이제 길동을 빨리 잡아들여 한 집안의 큰 화를 면하라."

인형이 머리를 조아리며 아뢰었다.

"신의 천한 동생이 불충불효하여 일찍이 사람을 죽이고 도주하매 그 사생을 모른 지 벌써 수년이므로, 늙은 아비가 이로 말미암아 몸에 병이 들어 거의 죽게 되었습니다. 이제 못난 길동이 신의 집안에 죽을죄를 짓고 나라에 죽을죄를 당하였사오니, 신의 부자는 죄가 만 번 죽어도 아까울 것이 없사옵니다. 비록 그러하오나 자식에게는 그른 부모가 없다 하옵니다. 옛날 고수는 어질지 아니하되 착한 아들 순을 두었고, 순 임금은 천하의

17 금부도사(禁府都事) : 임금의 명령으로 중죄인을 조사하던 관리
18 선전관(宣傳官) : 임금을 호위하고 임금의 명령을 전하던 무관

대성인이시되 상균 같은 못난 아들을 두었으며,[19] 유하혜는 천고의 어진 사람으로 공자와 벗을 삼았으나, 그 아우는 어질지 못하여 천하 만민의 괴로움이 된 도척입니다. 도척은 태항산에 웅거하여 적당 수천을 거느리고 사람을 죽여 그 간을 내어 포육(脯肉)을 만들어 먹고, 이르는 곳마다 작은 나라는 능히 대적하지 못하여 성을 버리고 달아나며, 큰 나라는 성을 굳게 지키어 살기를 도모하니, 이는 천하의 괴로움이나 그 형이 유약하여 능히 금하지 못하였사옵니다. 지금 신의 늙은 아비가 신의 아우 천생 길동으로 인하여 병이 되어 거의 죽게 되었사오니, 엎드려 빌건대, 전하는 자비로운 은택을 내리시어 신의 아비 죄를 용서하시어 집에 돌아가 병을 다스리게 하오시면, 신이 죽기로써 길동을 잡아 성상의 근심을 덜겠나이다."

왕이 그 효성스러운 말에 감동하여, 홍모를 풀어주어 다시 우의정으로 복직시키고, 인형으로 경상감사를 제수하여 일 년 기한을 주며 길동을 잡아들이라고 했다. 인형이 임금의 은혜를 감사하며 절하고 하직한 후 잠깐 집에 들어가 부모와 작별인사를 하고, 바로 그날로 떠나서 여러 날 만에 감영에 이르러 부임하고, 드디어 각 읍에 다음과 같은 공문을 보냈다.

「사람이 세상에 나매 오륜이 으뜸이요, 오륜에서 중요한 것은 임금과 아버지라. 임금과 아버지의 명령을 거역하면 이는 불

19 고수(瞽瞍)는 중국의 대표적인 성군 순(舜)임금의 아버지이다. 아들 순을 죽이려고 했으나, 순이 이를 잘 피했다. 한편 순 임금은 아들 상균이 아닌 우에게 왕위를 물려주었다.

충이고 불효니 어찌 세상에 용납하리오. 길동은 오륜을 알거든 형을 찾아와 잡히라. 부친이 너로 말미암아 늘그막에 눈물을 거둘 날이 없고, 음식의 맛을 또한 알지 못하여 아침저녁으로 병환이 더욱 무거워지신다. 네 죄가 무거운 고로 성상이 진노하시어 부친을 감옥에 가두시고 나로 하여금 경상도 관찰사를 제수하시어 너를 잡아 올리라 하시니, 만일 잡지 못하면 왕의 명령을 거역한 죄를 당하여, 홍씨 집안이 오랫동안 쌓아온 덕행이 너 때문에 하루아침에 사라지리니, 어찌 슬프지 않으리오. 바라건대 길동은 부형의 괴로움을 생각하여 일찍이 스스로 나와 일문의 화를 면케 하고, 홍씨 집안이 오랜 세월 쌓은 덕을 욕되게 하지 말라.」

각 읍에서 이 공문을 베껴 방방곡곡에 붙였다. 이때에 길동이 팔도의 길동을 지휘하여 군졸을 활빈당으로 보내고, 팔도 감영에서 서울까지의 원근을 헤아려 감영에 각기 자수하라 하였다.

이때 경상감사가 각 읍에 공문을 보내고 심사가 자연 산란하여 공사를 전폐하고 마음이 답답하여 지내더니, 하루는 문득 남문이 요란하며 군사가 보고하되,

"문밖에 어떤 소년이 나귀를 타고 하인 수십 명을 거느리고 와서 사또께 뵙기를 청하나이다."

하였다. 인형이 괴이히 여겨 들어오라 하며, '알지 못하겠노라. 어떠한 사람인고?' 하는데, 그 소년이 나귀를 타고 천천히 들어와 마루에 올라와 절하고 뵈었다.

인형이 처음에는 어떤 사람인 줄 몰랐는데, 얼마 뒤에 자세히 본즉 이는 곧 길동이었다. 크게 놀라며 기뻐하여 즉시 좌우를 물리치고 손을 잡고 눈물을 흘리며 말했다.

"길동아! 너 한번 문을 나가매 종적을 알지 못하여 부친이 너로 인하여 침식이 편안치 않으시더니 마침내 병이 되어 고치기 어렵게 되었는데, 너는 갈수록 불효를 끼쳐 이렇듯 맑은 세상에 도적의 우두머리가 되어 방탕한 마음을 품어 각 읍에 폐단을 일으키느냐. 성상이 크게 노하여 너를 잡아 올리라고 나를 경상도 관찰사에 임명하시고, 만일 잡지 못하면 역적을 다스리는 법률로 처벌함을 면치 못하리라 하시니, 이 일을 장차 어찌하느냐. 옛말에, '하늘이 만든 재앙은 오히려 피할 수 있으나, 자신이 지은 잘못으로 생긴 재앙에서는 살아날 길이 없다.' 하니, 너는 열번 생각하여 서울에 가서 천명을 따르라. 그러지 아니하면 우리 집이 멸문지화를 면치 못하리라."

이 말을 하면서 눈물이 두 뺨에 비 오듯 흘렀다. 길동이 머리를 숙이고 나직이 말하기를,

"천생이 여기에 온 것은 부형의 위태하심을 구하고자 함이니 어찌 다른 말씀이 있으리오. 당초에 천한 동생으로 하여금 부친을 부친이라 부르게 하고 형을 형이라 부르게 하였으면 어찌 이 지경에 이르렀으리오. 이미 지나간 일을 지금 일러 무엇 하리오. 명일에 소제를 결박하여 나라에 보고하고 보내옵소서."

하고, 다시 말을 아니 하고 입을 봉하고, 그 후로는 묻는 말도

대답하지 않았다.

인형이 이튿날 공문을 올리고, 길동의 목에 칼을 씌우고 발에 쇠사슬을 채워 호송 수레에 싣고 건장한 장교 십여 명을 뽑아 호송하게 하고 밤낮으로 바삐 올려 보냈다. 지나는 길의 각 읍 백성들이 홍길동의 재주를 들었으므로, 잡아 온단 말을 듣고 길이 메이도록 모여 구경하였다.

각설. 이때 팔도의 감사가 다 길동을 잡아 올리는 보고를 하였거늘, 조정과 서울의 인민이 그 까닭을 알지 못하여 어느 것이 진짜 길동인지 몰라 소동이 크게 났다. 며칠 후 팔도의 장교들이 길동의 목에 칼을 씌우고 발에 쇠사슬을 채워 서울에 이르니, 여덟 길동의 형용이 같아서 조금도 다름이 없었다. 여덟 길동을 엄히 가두고 나라에 아뢰니, 임금이 크게 놀라 즉시 승정원에 자리를 잡고 만조백관을 거느려 친히 심문하였다. 금부나졸이 여덟 길동을 잡아 올리니, 저희 서로 다투며 '네가 진짜 길동이요, 나는 아니로다.'라고 했다.

이렇게 다투다가 마지막에 여덟 길동이 한데 어우러져 싸우니, 어느 것이 참 길동인지 몰라 다만 의아할 따름이었다. 임금이 홍승상을 불러,

"자식 알기는 아비밖에 없다 하는데, 들으니 경이 한 길동만 있다 하더니 오늘 보건대 여덟 길동이 되었으니, 어느 것이 경의 자식인가 하나를 가리켜 아뢰라."

하고 엄하게 물으시니, 홍승상이 황공하여 땅에 엎드려 아뢰

었다.

"신의 팔자가 사나워 불충불효한 천한 자식으로 말미암아 이렇게 시끄러우니 신의 죄는 만 번 죽어도 아까울 것이 없사옵니다. 신의 천한 자식 길동은 좌편 다리에 붉은 점이 있사오니, 엎드려 바라옵건대, 전하는 여덟 길동을 벗기옵고 붉은 점을 자세히 살피옵소서."

아뢰기를 마치고, 몸을 돌이켜 여덟 길동을 꾸짖기를,

"네가 아무리 불충불효한 놈이지만, 위로 임금이 계시고 아래로 아비가 있는데, 이렇듯 천고에 없는 죄를 지어 세상을 어지럽게 하니 너는 죽어 귀신이 되더라도 용납지 못할지라."

하고, 말을 마치매 입으로 피를 토하고 엎어져 기절했다. 좌우가 크게 놀라고 임금이 또한 놀라 가까이 있는 신하를 명하여 구하라 하되 살려낼 길이 없었다.

여덟 길동이 이 상황을 보고 눈물을 흘리며 주머니에서 대추 같은 환약 두 개를 내어 갈아 입에 드리니, 얼마 후에 정신을 차려 일어나 앉았다. 길동이 임금께 아뢰기를,

"신의 아비가 나라의 은혜로 부귀영화를 누리니, 신이 어찌 감히 분수에 넘치는 일을 행하오리까. 신이 전생의 죄가 무거워 천한 종의 배를 빌려 세상에 나와 아비를 아비라 못 하옵고 형을 형이라 못 하오니, 평생 한이 골수에 맺혔으므로, 차라리 세상을 버리고 산림에 들어가 늙기를 밤낮으로 원했습니다. 그러나 하늘이 밉게 여기시어 몸이 더러운 데 떨어져 도적의 장수

되었사오나, 일찍이 국가의 전곡과 백성의 재물은 조금도 빼앗지 아니하였고, 각 읍 수령이 백성의 재물을 착취한 것을 탈취했습니다. 임금은 아비와 같다고 하오니, 그 나라의 백성이 되어 그 나라 곡식을 먹사오니 자식이 아비의 것 먹기와 같사옵니다. 이제 삼 년만 되면 조선을 떠나 갈 곳이 있사오니, 엎드려 바라옵건대, 성상은 근심치 마옵고, '길동을 잡으라.' 하신 명령을 거두소서."

말을 마치며 여덟 길동이 일시에 땅에 거꾸러져 죽었다. 좌우가 크게 놀라 죽은 것을 살펴보니 여덟이 다 길동이 아니요, 초인이었다. 임금이 몹시 노해 용상을 치며 가라사대,

"뉘 능히 길동을 잡아 죽일 자가 있으면 제 원대로 벼슬을 주리라."

하되, 만조백관이 길동의 변화가 예측할 수 없음을 아는지라 아무도 감히 대답하지 못하고, 모두 말이 없었다.

이날 오후에 사대문에 방이 붙었는데,

「홍길동은 평생 한을 풀 길이 없사오니, 엎드려 바라옵건대, 성상이 천한 길동에게 병조판서 임명장을 내려주시면 신이 스스로 나아가 잡히리다.」

하였다. 임금이 그 방문을 보고 모든 신하들과 더불어 상의하시니, 모든 신하들의 의견이 분분하다가 아뢰기를,

"방문은 그러하오나 제가 국가에 큰 공이 없고, 또한 큰 공이

있다 하여도 천비의 소생이라 병조판서는 불가하옵니다. 이제 죄악이 있어 잡아 죽이려 하는데, 어찌 제 뜻을 이루게 하여 나라의 체면을 손상하오리까. 만일 길동을 잡는 자가 있으면 적국을 파한 공과 한가지로 쓴다는 명을 내리심이 마땅할까 하나이다."

하니, 임금이 옳다고 여기어 그대로 따랐다.

이때 길동이 서울로 다니며 초헌도 타며 혹 교자도 타고 거드름을 피우며 왕래하되 누가 능히 알 사람이 없었다. 하루는 경상감사가 보고서를 올렸다.

「길동이 관내의 산골짜기에 숨어 지내며 작란하되 인력으로 잡지 못하므로 각 읍 수령이 길에 다닐 수 없고, 무수한 길동이 도처에서 작란이 심하오니, 바라건대 성상은 일등 포수를 골라 빨리 잡게 하소서.」

임금이 백관을 모으시고 가라사대,

"이 반적을 누가 능히 잡아 과인의 분함을 풀리오."

하고, 드디어 경상감사에게 엄한 명령을 내렸다.

"경으로 하여금 경의 천한 동생 길동을 잡아 오라 하였거늘, 초인을 만들어 보내어 국가를 소동케 하니 경의 죄 또한 매우 심한지라. 차후는 거짓 길동은 잡지 말고 진짜 길동을 잡아 올려 삼족의 큰 화를 면케 하라."

인형이 임금의 명령을 받아 보고 송구하여 장차 부하와 함께 돌아다니며 잡으려 하더니, 이날 밤에 선화당(宣化堂) 대들보

위에서 한 소년이 내려와 절하였다. 인형이 크게 놀라 귀신인가 하다가 자세히 살펴보니 이는 곧 길동이었다. 인형이 한참 보다가 꾸짖었다.

"이 괘씸한 아이야! 위로 임금의 명령을 어기고, 아래로 부형의 교훈을 듣지 아니하며, 군신·부자·형제의 원수가 되고자 하느냐? 너로 인하여 한 나라가 소동하여 늙으신 부모가 근심하고, 장차 멸문지화를 입게 하느냐?"

길동이 웃으며 말하기를,

"형님은 조금도 염려하지 마소서. 소제를 결박하여 서울로 잡아 보내되, 부모와 처자가 없는 홀몸의 장교를 호송하는 자로 정하여 보내면, 소제가 자연히 처리할 도리가 있사옵니다."

하니, 인형이 또 초인인가 의혹하여 붉은 점을 자세히 살피고, 사지를 결박하여 죄인 호송하는 수레에 싣고, 제 말대로 홀몸의 장교를 골라 길동을 호송하여 풍우같이 몰아갔다. 길동이 조금도 안색을 변치 아니하고 술만 먹고 수레에 누워 있었다. 보고서가 승정원에 이르니, 승지가 길동 잡아 올림을 아뢰었다. 임금이 명령을 내렸다.

"훈련도감의 포수를 좌우에 매복시켰다가, 길동이 만일 움직이거든 총으로 쏘라."

여러 날 만에 길동이 남대문에 이르자, 좌우에 훈련도감의 포수들이 총에 탄환을 재어 들고 길동을 호위하여 열 겹이나 둘러싸고 들어왔다. 대궐 문에 다다르니 길동이 갑자기 호송 장교를

불러 말하기를,

"내 몸이 이곳까지 평안히 오고, 성상이 또한 나 잡혀 오는 줄 아실지라. 나를 호송하여 온 장교들은 죽어도 나를 원망하지 말라."

하고, 몸을 한번 요동하니 철사가 썩은 줄같이 끊어지고 수레가 일시에 깨어졌다. 길동이 몸을 솟구쳐 삼십여 장(丈)을 올라가니, 좌우의 도감포수가 미처 손을 놀리지 못하고 하늘만 우러러볼 따름이었다. 이러한 뜻으로 임금께 아뢰니, 임금이 진노하여, '우선 호송한 장교를 멀리 귀양 보내라.' 하고, 모든 신하에게 명령하여 길동 잡기를 의논하였다. 모든 관리가 아뢰기를,

"길동의 소원이 '병조판서 벼슬을 내려주시면 조선을 떠난다.' 하오니, 이제 제 소원대로 병조판서 임명장을 내려주어 부르는 것이 마땅할까 하나이다."

임금이 옳다고 여기시어 즉시 홍길동에게 병조판서를 제수하고 사대문에 방을 붙였다. 이때 병조의 하인들이 홍판서를 찾으려고 사방에 흩어져 찾으나 종적이 없더니, 동대문으로부터 한 소년이 사모관대에 서띠[20]를 띠고 초헌에 높이 앉아서 천천히 나오며 병조의 하인을 불러 말하였다.

"임금의 은혜가 한이 없어 나에게 병조판서 벼슬을 내려 부르시니 인사드리러 들어온다."

20   서띠 : 조선시대에 일품 관리가 관복 허리에 두르던 띠. 서대(犀帶).

병조의 하인들이 일시에 맞아 호위하여 대궐로 들어갈새, 모든 관리들이 의논하기를, '길동이 오늘 인사를 하고 나올 것이니, 무장한 군사를 매복시켰다가 나오거든 일시에 쳐 죽이라.' 하고, 약속을 정했다.

길동이 대궐 문에 다다라 초헌에서 내려 대궐에 들어가 왕에게 공손히 절하고 엎드려 아뢰었다.

"불충불효한 소신 홍길동은 국가에 큰 죄를 지어 전하의 근심이 되었사오니 죄는 만 번 죽어도 아까울 것이 없는데, 도리어 임금의 은혜를 입어 평생 품은 원한을 풀어주시니 국은이 망극하온지라. 몸이 마치도록 은혜를 만분지일이나 갚을까 바라오나, 천명을 받아 몸이 갈 곳이 있기로 금일 전하 전에 하직하옵고 조선을 떠나오니, 엎드려 바라옵건대 성상은 만수무강하옵소서."

말을 마치며 몸을 공중에 솟구쳐 구름을 타고 훌쩍 떠나가니, 잠깐 사이에 구름을 헤쳐 가는 곳을 알 수 없었다. 임금이 보시고 칭찬하기를,

"길동의 신기한 재주는 만고에 미칠 사람이 없도다. 어찌 이런 놈을 잡으리오. 죽일 사람이 아니라 의기남자라."

하고, 즉시 팔도에 공문을 보내 길동 잡으라는 명령을 거두고 가라사대,

"제 재주로 충성을 다하여 나라를 도왔으면 족히 나라에 보배가 되리로다."

하고 칭찬해 마지않았다. 모든 신하가 성상의 탄복하심을 한탄하였다. 길동이 임금을 하직하고 나간 후로 팔도에 길동이 작란한단 말이 일절 없었다.

각설. 길동이 임금을 하직하고 저의 소굴로 돌아와 모든 도적에게 분부하되,

"내 잠깐 다녀올 데가 있으니 너희는 밖에 출입 말고 나 돌아오기를 기다리라."

하고, 즉시 구름을 타고 남경으로 향하였다. 한 곳에 이르니 이는 율도국인데, 그 나라 성안에 들어가며 사면을 살펴보니, 산천은 절승하고 인물이 풍성하여 가히 취함직하였다. 마음에 두고 돌아오는 길에 제도라 하는 섬에 들어가 산천을 구경하니 일봉산이 천하명산이었다. 산중에 표시를 해두고 주위를 살펴보니, 사면이 육칠백 리나 되고 물과 땅이 극히 좋아 일신이 편히 머물러 살 만하였다. 길동이 다시 생각하되, '내 다시 조선에는 머물지 못하리니 이곳에 웅거함이 옳다.' 하고, 표연히 돌아왔다.

이때 모든 도적이 장수 오기를 기다리더니, 문득 몇 달 만에 돌아오니, 맞이하여 먼 길 평안히 다녀오심을 치하하였다. 길동이 여러 도적에게 분부하되,

"너희들이 온갖 재료를 가지고 양구 양천²¹에 들어가 수십 척 배를 만들어 모월 모일에 서울 서강으로 대령하라. 내가 나라에

들어가 쌀을 구하여 얻어 올 것이니 기약을 어기지 말라."

하고 문득 간데없었다.

각설. 이때 나라에서 길동이 하직하고 나간 후에 소식을 몰랐다. 삼 년 후 구월 보름에 맑은 바람은 쓸쓸하고 달빛은 명랑한데, 임금이 달빛 아래 환관 수십 명을 데리고 후원을 거닐고 있었다. 홀연 한 소년이 구름 사이로서 내려와 층계 아래에 엎드려 절하니, 임금이 크게 놀라 물었다.

"신선이 어찌 인간 세상에 내려와 무슨 말을 이르고자 하시나이까?"

그 소년이 땅에 엎드려 아뢰었다.

"신은 전임 병조판서 홍길동이로소이다."

임금이 크게 놀라 가라사대,

"어찌 이 심야에 왔는가?"

하니, 소년이 일어나 절하고 아뢰었다.

"신이 전하를 받들어 오랫동안 모실까 항상 소원이로되, 한갓 천비의 소생이라. 신이 재주를 닦아 『육도』와 『삼략』에 능통하여 활 쏘아 무과에 급제를 한다 하여도 병마절도사가 되지 못할 것이요, 경서와 여러 가지 책을 달통하여 문과에 급제를 하여도 홍문관의 벼슬을 할 길이 없는지라. 이러므로 신이 마음을 정하지 못하여 사방을 두루 돌아다니다가, 무뢰배와 함께 떼를

21 양구 양천이 구체적으로 어디를 가리키는지 알 수 없다.

지어 관가에 피해를 입히고 조정을 요란하게 한 것은 신의 이름을 전하께서 알게 하려는 것이었습니다. 국은이 망극하여 신의 죄를 용서하고 소원을 풀어주시니, 몸이 마치도록 충절을 다하여 옛날 용봉과 비간[22]의 충절을 본받아서 국은을 만분지일이나 갚고자 하오나, 신이 본디 천생이라 조정이 받지 아니할 것이요, 또한 이름이 도적에 들어 있으니 어찌 세상에 용납하오리까. 이러하므로 전하 전에 하직하옵고 조선을 떠나오니 어찌 비감치 아니하리오. 엎드려 바라옵건대 성상은 자비로운 마음을 베푸시어 벼 일천 석을 빌려주시어 서강으로 실어다주시면, 수천 명이 전하의 은덕으로 생명을 보존할까 하나이다."

임금이 한참 후에 하교하시되,

"네 말대로 벼 일천 석을 주려니와 어찌 실어 가려 하는가?"

길동이 엎드려 아뢰었다.

"이는 소신의 수단에 있사오니 전하는 조금도 염려하지 마옵소서."

임금이 가라사대,

"과인이 전일에 경의 얼굴을 보지 못하였으니 얼굴을 들라."

길동이 얼굴을 드나 눈을 뜨지 아니하니, 임금이 물었다.

"어찌 눈을 뜨지 아니하느뇨?"

길동이 여쭈되,

---

22 용봉(龍逄)과 비간(比干)은 각각 하나라 걸왕과 상나라 주왕에게 충언을 고했다가 죽임을 당했다.

"신이 눈을 뜨면 전하께서 놀라실까 하여 감히 뜨지 못하나이다."

임금이 또한 억지로 권하지 못하고 물러가라 하시니, 길동이 땅에 엎드려 아뢰기를,

"전하께서 벼 일천 석을 허락하시니 성은이 망극하온지라. 바라옵건대 성상은 만수무강하옵소서."

말을 마치며 몸을 공중에 솟구쳐 한바탕 몰아치는 바람을 타고 옥피리를 불며 흰 구름 사이로 떠나갔다. 임금이 길동의 일을 신기히 여겨 이튿날 선혜낭청에게 명령을 내려, '벼 일천 석을 실어 날라 서강에 쌓으라.' 하시니, 선혜낭청이 즉시 하인을 모으고 벼 일천 석을 실어 내어 서강에 산처럼 쌓았다. 문득 배 수십 척이 와서 그 벼를 싣고 남녀 아동 합하여 육칠천 명이 나와 일시에 배에 실으니, 서강 사람과 선혜청에서 일하는 사람 등이 그 연고를 알지 못하여 물었다. 뱃사람이 대답하기를,

"나라에서 능현군에게 내려주시는 것이라."

하고, 사람과 곡식을 배에다 싣고, 길동이 서울을 향하여 네 번 절하고 말하기를,

"전임 병조판서 홍길동이 성은을 입사와 벼 일천 석을 얻어 수천 명을 구하오니 성은이 망극하여이다."

하고 표연히 떠났다. 선혜낭청이 크게 놀라 그 사연을 임금께 아뢰니, 임금이 웃으며 가라사대,

"과인이 길동에게 사급한 것이니 경들은 놀라지 말라."

하시니, 백관이 어떠한 연고인 줄을 몰랐다.

각설. 길동이 삼천 도적의 무리와 저희 집안 식구와 재산, 그리고 세간살이와 벼 일천 석을 다 싣고 조선을 하직하고 망망대해를 향하여 순풍에 돛을 달고 남경 근처 제도 섬 중에 무사히 들어갔다. 한편으로 집을 지으며 농업을 힘쓰고, 남경에 들어가 장사도 하고, 군기와 화약을 무수히 장만하며 날마다 군법을 연습하였다.

하루는 길동이 모든 도적을 불러 말하기를,

"내 망당산에 들어가 화살촉에 바를 약을 구하여 올 것이니, 너희들은 섬을 잘 지켜 나 돌아오기를 기다리라."

하니, 모든 사람이 쉬이 돌아옴을 당부하였다. 길동이 모든 사람을 이별하고 바다를 건너 육지에 내려 망당산을 향하여 수일 만에 이르렀다.

이때에 낙천현에 한 부자가 있으니, 성은 '백'이고 이름은 '룡'이었다. 일찍이 한 딸을 두었는데 인물이 세상에 비길 데 없이 뛰어나서, 달도 숨고 꽃도 부끄러워할 정도의 아름다움이 있으며, 겸하여 시 짓기와 글씨 쓰기에 능통하고 검술이 유명하였다. 그 부모가 지극히 사랑하여 두목지 같은 풍채와 이적선[23] 같은 문장을 가진 사람을 사위로 얻어 봉황이 짝을 지어 노는 모

23 두목지(杜牧之)는 당나라 시인 두목으로, 매우 미남이었다고 한다. 이적선(李謫仙)은 시인 이백을 말한다.

양을 보고자 하나, 아름답고 재주 있는 남자를 만나지 못하여 백룡 부부가 밤낮으로 탄식하였다. 그럭저럭 소저의 나이가 18세가 되었는데, 하루는 풍우가 크게 일어나며 천지를 분별치 못하더니, 이윽고 천지가 명랑해지며 소저가 간데없었다. 백룡 부부가 지극히 슬퍼하여 사면으로 찾아도 종적이 없으므로, 부부가 식음을 전폐하고 거리로 다니며, '아무라도 내 딸을 찾아 주면 만금 재물을 줄 뿐 아니라 마땅히 사위를 삼으리라.' 하며 슬피 울었다.

길동이 지나다가 이 말을 듣고 마음속으로 측은히 여기나 하릴없어 망당산으로 들어가 약도 캐며 산천도 구경하며 점점 들어가더니, 문득 서산으로 해는 지고 새도 잠자러 숲으로 들어가는데, 갈 길이 희미하여 배회하고 있었다. 문득 사람의 소리가 나며 불빛이 밝게 비쳐서, 길동이 다행히 여겨 나아가 보니, 사람이 아니라 괴물이 무수히 무리를 지어 앉아 서로 떠들고 있었다. 의심하여 가만히 엿보니, 비록 사람의 형용이나 필경 짐승의 무리였다.

원래 이 짐승은 '울동'이란 짐승이니, 여러 해를 산중에 있어서 변화가 무궁하였다. 길동이 생각하되, '내 평생 두루 다니며 보았으나 이 같은 것은 처음이라. 이제 저것을 잡아 세상 사람들이 보게 하리라.' 하고, 몸을 수풀에 감추고 활을 쏘니, 그중 으뜸 놈이 맞았다. 그놈이 소리를 크게 지르고 수백 졸개를 거느리고 달아났다. 길동이 따라가 잡고자 하다가, 밤이 이미 깊고 간 곳을 몰라 큰 나무를 의지하여 밤을 지내고 밝은 후에 내려와 보니, 그놈이 피 흘리고 간 흔적이 있었다. 그 자취를 따라 수십 리를 들어가니 돌로 지은 큰 집이 있어 꽤 웅장하였다.

길동이 석문에 나아가니 문 지키는 울동이 보고 물었다.

"그대는 어떠한 사람인데 이 깊은 산중에 들어왔는고?"

길동이 보니 과연 밤에 보던 무리였다. 마음속으로 생각하되, '어쨌거나 끝을 보리라.' 하고, 이에 말하기를,

"나는 조선 사람으로 의술을 직업으로 삼아 약을 캐려고 이곳에 들어왔더니, 갈 바를 몰라 민망하던 차에 우연히 그대를 만났으니, 청컨대 수고를 아끼지 말고 길을 가르치소서."

하니, 그것이 이 말을 듣고 문득 기쁜 기색이 있어 물었다.

"그대 의술을 한다 하니 상처도 능히 고치느냐?"

길동이 말하기를,

"옛날 화타와 편작[24]의 술법이 내 뱃속에 들었으니 어찌 상처를 근심하리오."

하니, 그것이 길동의 말을 듣고 크게 기뻐하며 말했다.

"하늘이 우리 대왕을 위하여 그대를 보냄이로다."

길동이 짐짓 모르는 체하고 물었다.

"이 어찌된 말이뇨? 그 연고를 듣고자 하노라."

그것이 이르되,

---

24 화타(華陀)와 편작(扁鵲) 모두 중국의 전설적인 의사이다.

"우리가 이 산중에 있은 지 오래인데, 우리 대왕이 새로 부인을 정하고 어젯밤에 잔치하며 즐기더니, 난데없는 화살을 맞아 밤에 잠자리도 못하고 지금 병환이 아주 위태로운지라. 그대 우리를 위하여 좋은 약으로 우리 왕을 살리면 은혜를 중히 갚으리니, 함께 처소에 가서 상처를 봄이 어떠하리까?"

하고 급히 안으로 들어가더니, 이윽고 그것이 다시 나와 청하였다.

길동이 따라 궁전에 들어가 보니 정원에 기화요초가 만발했는데, 한 으뜸 울동이 침상에 누워 신음하는 소리가 있었다. 살펴보니 또 석실에 한 여자가 들보에 목을 매고 죽으려 하되, 그 뒤에 두 여자 있어 못 죽게 붙들고 실랑이하는 형용이 불쌍하였다. 길동이 침상 앞에 나아가니 으뜸 요괴가 길동을 보고 몸을 겨우 움직이며 말했다.

"내가 우연히 무슨 화살을 맞아 죽기에 이르렀는데, 아까 부하의 말을 듣고 그대를 청하였으니, 이는 하늘이 명의를 지시하여 나를 살림이라. 바라나니 그대는 재주를 아끼지 말라."

길동이 상처를 살펴보고 속여 이르되,

"이 상처를 보니 병이 그다지 중하지 아니하니, 먼저 먹는 약을 쓰고 후에 바를 약을 쓰면 불과 삼 일이면 쾌차하리니, 그대는 생각하여 하소서."

울동이 이 말을 듣고 크게 기뻐하며 말했다.

"내가 삼가지 못하여 환(患)을 스스로 만들어 병이 죽을 곳에 미쳤으니 어찌 분하지 아니하리오. 하늘과 신령의 도움으로 그대를 만났으니 나의 병이 장차 회춘하리로다. 바라건대 그대는 좋은 약으로써 급히 살리라."

길동이 즉시 주머니에서 약 한 봉을 내어 물에 타 먹이니, 울동이 이윽고 배를 두드리며 소리를 크게 질러 말하였다.

"내 너로 더불어 전일의 원수 아니거든 무슨 일로 나를 해코자 하여 죽을 약을 먹이느냐?"

그리고 모든 울동을 불러,

"천만 뜻밖에 저 흉적을 만나 내 죽게 되니, 너희들은 저놈을 죽여 내 원수를 갚으라."

하고 죽었다.

모든 울동이 통곡하며 일시에 칼을 들고 내달아 길동을 향하여 꾸짖기를,

"우리 대왕을 해쳐 죽게 한 흉적은 칼을 받으라."

하고 달려드니, 길동이 크게 웃고 가로되,

"내가 어찌 너희 왕을 죽였으리오. 이는 다 천명이라."

하니, 모든 울동이 크게 성내어 달려들었다.

길동이 대적하고자 하나 손에 작은 칼 하나가 없으니 어찌 능히 막으리오. 형세가 자못 급하여 몸을 공중에 날려 달아났다. 모든 울동이 본디 수천 년 도를 닦은 요괴이므로 또한 풍운을 부릴 수 있어서, 길동이 달아남을 보고 일시에 소리치며 바람을 타고 쫓아왔다. 길동이 어쩔 수 없어 주문을 외우니, 문득 공중

에서 무수히 많은 신병이 내달아 모든 울동을 결박하여 층계 아래에 꿇렸다. 길동이 그놈의 칼을 앗아 모든 울동을 베고, 바로 석실로 들어가 그 여자 세 명을 다 죽이려 하니, 그 여자들이 슬피 울며 고하였다.

"첩들은 요괴가 아니요, 인간 사람으로 불행히 요괴에게 잡혀 와 벗어나지 못하므로 죽으려 하더니, 천행으로 장군이 들어와 허다한 요괴를 다 죽여 없앴습니다. 첩들을 요괴로 알지 마시고, 목숨을 구하여 고향에 돌아가게 해주소서."

길동이 문득 생각하고 세 여자를 청하여 거주와 성명을 물으니, 하나는 낙천현 백룡의 딸이고, 하나는 조씨요, 또 하나는 정씨였다. 길동이 들으매 다 양가 여자였다. 길동이 세 여자를 데리고 낙천현에 이르러 백룡을 찾아보고 사연을 이르니, 백룡 부부가 그 딸을 보고 크게 기뻐하여 큰 잔치를 베풀고 모든 친척과 이웃 마을의 많은 사람을 다 청하여 즐겼다. 그리고 길동으로 사위를 삼으니, 그 결혼 잔치를 성대하게 차린 것이 비할 데 없었다.

이튿날 정씨와 조씨 두 사람이 길동을 청하여 감사함을 표하며 말하기를

"우리가 다 죽을 사람이더니 천행으로 장군을 만나 힘입어 세상에 다시 나왔사오니 어찌 다른 데 가리오. 원컨대 장군이 첩들을 버리지 아니하시면 슬하에 있어 은혜를 만분지일이나 갚사오리다."

하거늘, 길동이 마지못하여 두 여자를 첩으로 삼았다. 길동이 나이 이십이 넘도록 원앙의 재미를 모르다가 하루아침에 세명의 아름다운 숙녀를 얻으니 그 살뜰한 정이 비할 데 없었다.

길동이 처갓집 식구를 다 거느리고 제도로 돌아오니, 모든 군사가 강변에 나와 맞아 먼 길에 평안히 다녀옴을 치하하며, 일행을 호위하고 들어가 큰 잔치를 차려놓고 즐겼다.

세월이 여류하여 길동이 제도에 들어온 지 이미 삼 년이었다. 길동이 달빛 아래 배회하다가 하늘의 별을 살펴보고 문득 느껴 눈물을 흘리거늘, 백소저가 묻기를,

"첩이 낭군을 모신 후로 슬퍼하시는 기색을 못 보았는데, 오늘 어찌 저다지 슬퍼하시나이까?"

길동이 탄식하였다.

"나는 천지간에 용납지 못할 불효자라. 내 본디 이곳 사람이 아니라, 조선국 홍정승 댁 천첩 소생이라. 집안의 천대를 면치 못하고, 조정에 참여치 못하매 대장부 지기를 펼 길이 없어 부모를 하직하고 이곳에 몸을 의지하였으니, 밤낮으로 부모의 안부를 하늘의 별로 살피더니, 아까 별을 살펴본즉 아버님이 병환이 들어 오래지 아니하여 세상을 버리실지라. 내 몸이 만 리 밖에 있어 미처 득달치 못하여 부친 생전에 다시 뵈옵지 못할 것이니 이로 인하여 슬퍼하노라."

백소저가 그제야 그 근본을 알고 또한 비감하여, 재삼 위로하

여 말했다.

"도망키 어려운 것은 사람의 팔자오니 슬퍼 마옵소서."

이튿날 길동이 군사를 거느리고 일봉산에 이르러 표시해둔 곳에 무덤 만드는 일을 시작하라 하고, 좌우의 석물은 임금의 능처럼 만들라고 분부했다. 그리고 여러 사람 가운데 지모 있는 자를 불러, '모월 모일에 큰 배를 조선국 서강으로 대령하라.'고 했다. 길동이 백씨와 정·조 양인을 이별하고 작은 배를 타고 길을 떠나면서, 머리를 깎고 승려의 모양으로 조선국으로 향하였다.

각설. 길동이 멀리 간 후로 홍정승이 반점 근심이 없이 지내더니, 나이 팔십에 갑자기 병이 들어 점점 병세가 깊어졌다. 공이 부인과 인형을 불러 이르되,

"내 나이 팔십이라. 이제 죽어도 한이 없거니와, 다만 길동이 천비의 소생이나 재주와 의기가 범인과 다를 뿐 아니라 또한 내가 낳은 자식이라. 한번 문을 나가매 사생을 모르고, 나의 병이 이제 죽게 되었으되 저를 보지 못하고 돌아가니, 이 어찌 또 한이 없으리오. 내가 죽은 후에 길동의 어미를 각별히 후대하여 일생을 편케 하며, 만일 길동이 들어오거든 적서의 차별을 하지 말고 한배에서 낳은 형제같이 우애하라. 부디 아비의 명령을 저버리지 말라."

하고, 또 길동의 어미를 불러 손을 잡고 눈물을 흘리며 말했다.

"내 황천에 돌아가도 눈을 감지 못할 바는 길동을 다시 보지

못하고 죽음이라. 그러나 길동은 본디 녹록한 인물이 아니니, 반드시 너를 저버리지 아니하리라."

말을 마치며 별세하였다. 부인과 춘섬이 애통하여 기절하고, 안팎으로 초상이 난 것을 알리니, 곡성이 진동하였다. 이윽고 정신을 차리고 장사 지내는 모든 격식을 극진히 갖추어 상복을 입고 집 안에 빈소를 차렸다. 그리고 명산에 좋은 산소 자리를 구하여 장사 지내려 하니, 사방의 지관들이 구름 모이듯이 모여 명당자리를 찾았으나 끝내 구하지 못하여 근심하였다.

하루는 하인이 들어와 고하되,

"문밖에 어떤 중이 와서 조문코자 하나이다."

하거늘, 인형이 자못 괴이히 여겨 들어오라 하여 보니, 그 승려가 들어와 상공 영위(靈位) 앞에서 통곡하였다. 남녀 하인들이 서로 이르되,

"상공께옵서 전에 친근한 중이 없건마는 어느 중이관데 저다지 애통하는고?"

하였다. 한참 후에 인형을 보고 일장통곡하다가, 울음을 그치고 말하기를,

"형님은 소제를 모르시나이까?"

하거늘, 그제야 고개를 들고 자세히 보니 곧 아우 길동이었다. 일희일비하여 붙들고 통곡하며 말했다.

"이 무지한 아이야, 그 사이 어디를 갔었느냐? 아버님이 살아서 언제나 너를 생각하고, 임종 시에 유언이 간절하고, 너 때문

에 눈을 감지 못하노라 하시니 어찌 슬프지 아니하리오."

내당으로 들어가자 하여 손을 이끌고 들어가니, 부인이 보고 말하기를,

"너는 어떤 중을 데리고 내당에 들어오느냐?"

하시니, 인형이 가만히 고하였다.

"이는 외부 사람이 아니오라 동생 길동이로소이다."

부인이 들으시고 일희일비하여 말했다.

"너 한번 문을 나가매 소식이 없고, 상공의 병세 점점 깊어져서 필경에 임종 시에 여러 차례 유언 말씀이, 너를 다시 보지 못하고 세상을 이별하니 황천에 돌아가도 눈을 감지 못하고 세상을 버리노라 하시니, 어찌 슬프지 아니하리오."

길동이 통곡하며 말했다.

"불효자 길동이 세상에 머물고 싶은 마음이 없어, 산중에 들어가 머리를 깎고 중이 되어 풍수지리를 공부하였습니다. 부모님이 돌아가신 후에 무덤으로 쓸 자리를 정하여 부모의 태산 같은 은덕을 갚고 불효를 만분지일이나 면할까 하나이다."

부인이 여종을 시켜 길동 어미를 부르니, 춘섬이 길동 왔단 말을 듣고 너무 기뻐서 정신을 잃고 기절하였다. 하인들이 구하여, 한참 후에 인사를 차려 나와 길동을 붙들고 모자 통곡하니, 새로이 초상난 집 같았다. 길동이 울음을 그치고 위로하기를,

"모친은 과히 슬퍼 마옵소서."

하고, 인형에게 고하였다.

"동생이 왔다 하오면 집안에 혹시라도 해로움이 일어날까 하나이다."

인형이 듣고, '그 말이 옳다.' 하고, 길동의 말대로 했다. 길동이 이르되,

"소제가 일찍이 명당자리를 정하였사오니 형님은 소제의 말을 믿으시겠습니까?"

하니, 인형이 대답하기를,

"그곳을 가서 보고 정하리라."

하고, 이튿날 몇 명의 집안사람을 데리고 길동을 따라 한 곳에 다다랐다. 길동이 바위가 뾰족뾰족 내밀고 깎아지른 듯한 절벽에 앉으며 말했다.

"이곳에 정함이 어떠하리까?"

인형이 살펴보니 모두 바위가 뾰족뾰족한 땅이었다. 길동의 지식 없음을 한탄하여 말하기를,

"내 아무리 식견이 없으나, 어찌 이러한 데 부모의 산소를 모시리오."

하거늘, 길동이 거짓 탄식하며,

"형님이 이곳을 알지 못하오니 어찌 애달프지 아니하리오. 소제의 재주를 보소서."

하고, 즉시 쇠몽둥이를 들어 바위를 깨뜨리니 흙빛이 영롱하고, 몇 척을 판즉 붉은 안개가 가득하며 백학 한 쌍이 날아갔다. 인형이 그제야 길동의 손을 잡고 말했다.

"이곳은 이미 깨어진 시루가 되었다. 앞으로는 네 말을 믿을 것이니, 다른 곳을 정함이 어떠하뇨?"

길동이 거짓으로 탄식하며,

"조선에는 다시 이곳 같은 데가 없고, 이곳보다 십 배나 더 나은 데가 있으나 길이 멀어 그것으로 한이로되, 형님의 소견이 어떠하십니까?"

인형이 말하기를,

"네 말을 따를 것이니, 어찌 천 리를 멀다고 하리오."

하였다. 길동이 말했다.

"과연 수백 리를 가면 왕후장상이 대대로 떠나지 아니할 자리가 있사오니, 바라건대 형님은 상여를 모시고 그곳으로 가사이다."

인형이 허락하고 집에 돌아와 그 사연을 부인께 고하니, 부인이 듣고 또한 기특히 여기었다. 이튿날 상여를 모시고 떠나면서, 길동이 부인께 고하기를,

"천한 자식이 어미를 떠난 지 장차 근 십여 년이라. 또 이별하기는 모자의 정리에 차마 어렵사오니, 바라옵건대 어미를 데리고 가서 부친 영위에 아침저녁 상식(上食)을 올리고 장례나 함께 지내면 사리에 마땅할까 하나이다."

하니, 부인이 허락하였다.

길동이 즉일에 부인께 하직하고 상여를 모시고 모친과 인형과 함께 집을 떠나 서강에 이르니, 길동의 여러 장수들이 배를

대기하고 기다렸다. 상여와 일행은 배에 오르고 따라온 노비와 일꾼은 도로 보내고, 망망대해에 배를 띄워 순풍에 돛을 달고 풍우같이 달려가니 그 가는 곳을 알지 못하였다.

수십 일 만에 한 곳에 다다르니 수십 척의 배가 내달아 길동을 맞아 치하하며 음식을 내와 대접하고, 상여 모신 배를 호위하여 한 섬 중에 이르니 무수한 군사가 나와 상여를 모시는데 그 규모가 대단하였다. 인형이 의아하여 그 연고를 물으니, 길동이 그제야 전후사를 일일이 고하였다.

"소제가 돌아다니다 거처할 곳을 찾아내어, 기름진 땅이 넓고 쌓아둔 곡식이 무수히 많으며 처가의 재산이 풍족하니, 어찌 이만한 규모를 많다고 하리오."

이렇게 말하며 산 위로 점점 올라가니 산봉우리가 빼어나 산세가 거룩한데, 한 곳에 다다라 정한 곳을 가리켰다. 인형이 자세히 보니 산의 줄기가 매우 아름다운데, 무덤을 만드는 절차나 그 규모가 임금의 능과 같아서 인형이 크게 놀라 물었다.

"이 일이 어찌 된 일인고?"

길동이 대답했다.

"형님은 조금도 놀라지 마시고 소제가 하는 대로 하소서."

길동이 군사를 호령하고 일을 재촉하여 시간이 벌써 하관할 때가 되었다. 인형과 함께 통곡하고 제물을 올리니, 그 성대하게 차린 것은 헤아릴 수 없을 정도였다. 하관 후에 길동이 승려의 복장을 벗어버리고 상복을 갖추어 입고, 모친과 형과 함께 새로이 애통하고 집으로 돌아왔다. 백씨와 정·조 양인이 대청 마루에 돗자리를 깔고 시어머니와 시아주버니를 맞아 예를 마치고 자리에 앉은 후에, 먼 길을 여행하며 초상을 치른 어려움을 위로하였다. 인형과 춘섬이 반기며 길동의 신기함을 탄복하고 칭찬하였다.

이럭저럭 여러 날이 되니, 인형이 고국에 돌아갈 뜻이 나매 길동에게 말하기를,

"이곳에다 아버지 산소를 모셨으니 어찌 떠나고자 하리오마는, 또한 대부인께서 보내고 기다리심이 간절하시리니 어찌 민망치 아니하리오. 높은 산은 첩첩하고 바다는 한없이 넓은데, 다시 만날 기약이 아득하니 어찌 마음이 슬프지 아니하리오."

하고 눈물이 비 오듯 하니, 길동이 위로하여 말했다.

"형님은 과히 슬퍼 마옵소서. 아버님의 산소는 명당이라 대대로 왕후장상이 떠나지 않을 것이니, 형님은 바삐 고국으로 돌아가소서. 형님은 아버님 생시에 많이 모셨으니, 소제는 아버님 사후에 모셔 제사를 극진히 모실 것이니 조금도 염려하지 마옵소서. 또한 일후에 다시 만날 때 있을 것이니 이제 떠나 대부인의 기다림이 없게 하소서."

인형이 마음을 억제하고 마지못하여 이튿날 떠날새, 부친 산소에 올라가 통곡하고 하직한 후, 춘섬과 길동을 이별하며 탄식하였다.

"기러기 남북에 갈리었으니 어찌 슬프지 아니하리오."

길동이 배에서 절하고 이별하며 말하기를,

"형님은 수만 리를 평안히 득달하시어 대부인을 모시고 내내 편안하시다가 아무 때라도 소제의 청함을 기다리옵소서."

하니, 인형이,

"아우는 형으로 하여금 아버님의 산소를 다시 보게 하라."

하고 눈물을 흘려 서로 이별하니, 눈물이 눈에 가득하여 슬픔이 비할 데 없었다. 금은과 비단을 많이 배에 실어 보냈다.

배를 타고 떠난 지 여러 날 만에 본국에 득달하여 부인을 뵙고 길동의 전후사를 자세히 고하였다. 그리고 좋은 묏자리를 얻어 장사를 잘 지낸 사연을 알리니, 부인이 듣고 더욱 칭찬했다.

각설. 길동이 제도에서 부친 제사를 극진히 모시고, 백씨 등이 시어머니를 정성으로 섬기니, 모든 사람이 탄복하였다.

세월이 흘러 공의 삼년상을 마치매, 길동이 상복을 벗고 평상복을 갖추어 입고 사람들을 거느려 농업을 힘쓰고 무예를 연습하니, 군량이 산처럼 쌓였고 무기가 풍족하매 족히 군사를 일으키기에 염려가 없었다.

원래 제도 근처에 율도국이란 나라가 있으니, 땅이 수천 리요, 도백(道伯)은 11명이었다. 본디 밖에 있어 중국을 섬기지 아니하고 대대로 왕위를 전하여 어진 정치를 행하니, 나라의 살림이 넉넉하고 백성이 평안하였다.

화설. 길동이 큰 뜻을 두고 매일 무예를 익히니, 군대가 잘 정돈되어 마군이 십만이요, 보군이 십만이었다. 일일은 길동이 모든 장수를 모아 물었다.

"우리가 이제 천하에 횡행하여도 대적할 사람이 없을지라. 어찌 조그만 제도를 오래 지키고 있으리오. 내가 들으니, 이 근처에 율도국이 부유하고 나라의 형세가 중국이나 다름이 없다 하니, 제군의 뜻은 어떠하뇨?"

모든 장수들이 바로 대답하기를,

"이는 소장들의 평생소원이로소이다. 대장부가 어찌 이곳에서 구차스럽게 늙으리오. 빨리 출전하여 성공하게 하옵소서."

하며 율도국 치기를 자원하였다. 길동이 이에 허만달과 굴돌통으로 선봉을 삼고, 장길로 참모를 삼고, 길동이 스스로 중군(中軍)이 되어 각각 군사 오백 명을 거느리고, 먼저 선봉 허만달 굴돌통을 보내면서 말했다.

"율도국에 들어가면 자연 좋은 계교가 있으리라. 먼저 그 허실을 탐지하여 밖에서 호응하고 안에서 협력하면 반드시 율도왕을 근심치 아니하여도 성사하리라."

화설. 허만달과 굴돌통이 각 읍으로 두루 돌아 민심을 살펴보고 11주를 다 구경하며 도성에 이르니, 이곳은 가장 아름다운 곳이었다. 의관과 문물이 번화하고 영웅호걸들이 무리 지어 왕래하며, 기생의 풍악으로 곳곳이 번화하였다.

이때 율도왕이 주색에 빠져 정사를 돌아보지 아니하고 후원에 잔치를 배설하여 매일 즐기니, 간신이 틈을 타서 일어나고 조정이 어지러워 백성이 서로 살해하니, 지식 있는 사람은 깊은 산중에 들어가 은거하여 난을 피하였다. 굴돌통이 허만달과 더불어 두루 돌아 민심과 국정을 살피고 돌아오는데, 한 곳에 다다르니 관청의 문 앞에 두 소년이 엎드려 슬피 통곡하며 관리를 잡고 애걸하며 부모를 살려달라 하였다. 관리들이 수군거리며 말하기를,

"원님이 어려우니 어찌 대신함을 바라리오. 일찍이 재물을 바쳐 살기를 구하라."

하니, 두 소년이 슬피 통곡하였다. 만달이 나아가 소년에게 통곡하는 연고를 물으니, 두 사람이 대답했다.

"우리는 이곳 사람으로 아버지가 옥에 갇혔으매 몸으로 대신하고 부친을 구하려 하나, 원님이 뇌물을 바치면 죄를 용서하리라 하오니, 어디 가 돈을 얻으리오. 이러하므로 통곡하나이다."

만달이 듣고 매우 측은히 여겨 즉시 돈을 주니, 관리가 받아가지고 갔다. 그 소년이 붙들고 사례하여 말하되,

"죽어가는 사람을 살리시니 은혜 백골난망이라. 성명을 듣고자 하나이다."

하니, 만달이,

"구태여 우리 성명은 알아 무엇 하리오. 약소한 재물을 주고 과한 사례를 받으리오. 일찍이 바치고 부모를 살리라."

하고, 바삐 돌아가 주점에서 쉬었다.

문득 여남은 사람이 급히 들어오니 이는 저희 군사였다. 만

달 등이 급히 데리고 수풀 속에 들어가니 이들이 돌통에게 말하기를,

"이제 홍장군의 명령이 국정을 살피고 기약을 어기지 말라 하였으니 오래지 않아 대군이 이를지라. 급히 가 대군을 영접하라는 전달을 하러 왔나이다."

하거늘, 굴돌통과 허만달이 날랜 군사 오십 명을 뽑아 귀에 대고 말했다.

"너희들은 태홍현 성중에 들어가 사방에 숨었다가 이리이리 하라. 대군이 이르는 날 성을 취하리라."

약속을 정하여 보내고, 이날 밤에 높은 곳에 올라 멀리 바라보니, 이때는 시월 보름 무렵이었다. 가을바람은 쓸쓸하여 찬기운이 사람을 침노하고, 소상강 떼기러기는 맑은 소리로 북을 향하여 날아가며, 달빛은 동쪽 산마루에서 비치어 바다는 흰 비단을 펼친 듯한데, 서북을 바라보니 홀연 불빛이 하늘에 닿으며 점점 가까이 왔다. 만달이 크게 놀라고 기뻐하며 말하기를,

"이제 대군이 이르니 우리 영접하여 태홍현을 취하리라."

하고, 급히 내려와 배에 머물던 군사를 육지에 내려놓고, 수백 군사를 지휘하여 대군을 영접하게 하고, 삼백 명 정예 병사를 거느려 불 놓을 도구를 가지고 나아갔다. 굴돌통은 수십 명을 데리고 높은 산에 올라가 불을 들어 형세를 도왔다.

길동의 대군이 기세 좋게 행하여 율도국 국경에 이르니 먼저 온 장수가 나아가 영접하였다. 전위장군 장길이 먼저 육지에 내

려 풍우같이 나오고, 만달이 군사를 합쳐서 성 밑에 이르니, 연기와 불길이 하늘을 찌르고 불의 기세가 급하였는데, 문득 성문을 크게 열고 대군을 맞아들였다. 허만달 장길 등이 대군을 몰아 일시에 물밀 듯 들어가니 성중이 크게 어지러웠다. 장길이 말하기를,

"홍장군이 명령을 전하되, '추호도 범하지 말라.'고 했다. 이제 백성이 불의에 변란을 당하여 앞뒤를 모르니, 사방의 문에 방을 붙여 백성을 위로하라."

하고 관아에 들어가니, 김순이 크게 놀라 어떻게 할 줄 모르거늘, 만달이,

"이는 착한 사람이니 죽이지 말라."

한대, 김순을 길동에게 뵈니, 길동이 그 맨 것을 끄르고 위로하여 놀란 것을 진정시킨 후 데리고 성에 들어가 백성을 안무하고 잔치를 배설하여 즐겼다.

수일을 머물러 쉬고 김순으로 참모를 삼고 군사를 세 떼로 나눠 물밀 듯 나아가니, 지나는 바에 대적할 이 없고 각 읍 주현(州縣)에서 보기만 하고도 항복하였다. 선봉장 허만달과 굴돌통이 수천 명을 거느려 나아가더니, 앞에 두 소년이 나아오다가 군사를 보고 피하여 달아나거늘, 군사가 따라가 잡아 오니 이는 다른 사람이 아니라 전일 길에서 구한 최도기 형제였다. 만달이 크게 기뻐하여 길동에게 보이니 길동이 기꺼이 선봉을 삼아 나아갔다.

대군이 여수성에 이르니 산천이 험악하고 성이 높으며 해자가 깊었다. 자사(刺史)가 성을 지키니 성명은 문주적이었다. 수하에 정병 수만 명이 있고 장수가 삼십 명이요, 겸하여 만 사람이라도 당하지 못할 용력이 있었다. 문득 정찰병이 보고하되, '난데없는 도적이 일어나 반달이 못 되어 삼십여 성을 항복받고 지금 성 밑에 이르렀다.' 하거늘, 자사가 크게 놀라 즉시 군사를 일으켜 사방의 문을 굳게 지키고 모든 장수를 모아 의논하였다.

"이제 이름 없는 도적이 일어나 우리나라 국경을 침범하여 반달 내에 삼십여 성을 항복받고 지금 성하에 이르렀으니, 무슨 묘책으로 도적을 파할꼬?"

여러 장수가 말했다.

"도적의 근본과 허실을 알지 못하고 성에 나가 대적하다가 패하면 우리의 날카로운 기세만 꺾일 뿐이오니, 다만 성을 굳게 지키고 밖으로 구원병을 기다려 군사를 합하여 치면 가히 한 북에 파하리라."

문주적이 말하기를,

"이제 도적이 성하에 이르렀거늘, 나가 싸우지 아니하고 성을 지키다가 양식이 다 없어지면 군중이 어지러워지리니 어찌 앉아서 곤궁함에 처하리오. 너희들은 겁나거든 물러가라."

하고, 정병 오천을 거느려 성문을 크게 열고 나는 듯이 나아왔다.

길동이 성 십 리에 영채(營寨)를 세우고 두 선봉에게 치라 했는데, 자사가 군사를 거느려 나옴을 보고 길동이 크게 기뻐하여 갑옷을 입고 말에 올라 깃발 아래 나서니, 자사가 또한 진을 치고 갑옷을 입고 말에 올라 진 앞에 나섰다. 양인이 서로 대하매, 길동은 황금투구에 갑옷을 입고 천리마를 타고 손에 보검을 들었으니, 위풍이 늠름한데 여러 장수들이 좌우로 호위하였다. 자사는 검붉은 투구에 붉은 갑옷을 입고 붉은 빛 도는 말을 타고 손에 긴 창을 들었으니, 위풍이 늠름하고 풍채가 빼어났다. 채를 들어 길동을 가리켜 말했다.

"무명 소적이 감히 국가를 침범하여 삼십여 성을 빼앗고 나의 성하에 이르렀는가? 일찍이 항복하여 죽기를 면하라. 그러지 않으면 너희 목숨을 보전치 못하고 한 명도 남지 못하리라."

길동이 크게 노하여 말하였다.

"어린아이가 맹호를 모르고 감히 큰 말을 하는가? 이제 너희 국왕이 정사가 밝지 못하고 주색에 빠져 충신을 살해하여 백성이 도탄에 빠지니, 내 이제 천명을 받들어 무도하고 어리석은 죄인을 치나니, 일찍이 항복하여 무죄한 생명을 구하라."

자사가 대로하여 좌우를 돌아보며,

"뉘 능히 이 도적을 잡을꼬?"

하니, 말이 끝나지 않아 등 뒤로 좇아 한 장수가 말을 내달리니 이는 손응모였다. 창을 휘두르며 크게 소리치기를,

"누가 나를 대적할까?"

하고, 진 앞에서 앞뒤로 말을 타고 달렸다. 굴돌통과 허만달

이 좌우로 내달아 응모를 취하여 수십 합을 싸우되 승부를 가리지 못하더니, 응모가 기운이 다하여 정신이 어지러워졌다. 자사가 대로하여 장창을 비껴들고 말을 달려 짓쳐 나아가 응모를 구하고 바로 길동과 대적하였다.

길동이 맞아 싸워 오십 합에 이르러 길동이 문득 패하여 본진을 버리고 서쪽으로 행하였다. 만달 등 모든 장수가 일시에 군사를 거느려 급히 달아나니, 자사가 군사를 지휘하여 급히 짓쳐 십여 리를 따라와 일진을 크게 죽이고 돌아갔다. 만달이,

"장군이 패함은 어찌된 일입니까?"

하니, 길동이 웃으며 말했다.

"이는 계교라. 만일 저로 더불어 싸우면 힘만 허비할 따름이요, 성을 파하지 못하리니, 이제 저희 이김을 인하여 오늘 밤에 우리 진을 습격하리니, 모름지기 계교 위에 계교를 써 성을 파하리라."

모든 장수가 그 신기한 지략을 탄복하였다. 이에 길동이 굴돌통 허만달 장길 등 세 장수를 불러 분부하였다.

"그대들은 기병 삼천을 거느려 성 우편에 나아가 산 뒤에 매복하였다가 도적이 지나거든 길을 막고 마주 치라."

세 장수가 명령을 듣고 군사를 거느려 갔다. 또 최도기 최도성 김순을 불러 말하기를,

"그대들은 이곳 군사 일천을 거느려 성중 군사 모양을 하고 성 좌편으로 나아가 수풀이 무성한 곳에 매복하였다가, 자사가

나간 후에 성하에 나아가 여차여차하면 성문을 열어 들일 것이
니, 들어가 대군을 맞아들여 성을 취하라."

또 정찬 정기 정수 세 장수를 불러 말했다.

"너희는 일만 정병을 거느려 성 우편 소로에 매복하였다가,
자사가 성문을 열고 나오거든 김순 등을 응하여 성을 취하되 추
호도 백성을 살해하지 말라."

여러 장수가 각각 명령을 듣고 군을 거느려 물러갔다. 또 허
만대 허만충을 불러,

"너희는 일천 군사를 거느려 영채 밖에 매복하였다가, 적병
이 이르거든 불을 들어 신호를 하고 내달아 습격하여 죽이라."

하고, 이에 명령을 전하여 넓은 들에 거짓 영채를 세우고 날
랜 군사 사백여 명으로 하여금 꽹과리와 북을 울려 도적을 기다
리고, 그 나머지 장수들은 길동이 거느리고 서문 쪽 성 밑으로
나아가 매복하였다.

자사가 첫 싸움을 이기고 돌아오니 제장이 하례하였다.

"장군의 용력은 당할 자가 없을까 하나이다."

자사가,

"이번 싸움에 도적의 장수를 잡을러니, 제 스스로 겁내어 달
아났으니 멀리 아니 갔을지라. 오늘 밤에 따라가 불의에 습격하
면 한 북에 도적을 가히 파하리라."

하고, 일만 정병을 거느려 초경에 밥 먹고 2경에 행군하여 손
응모로 성을 지키게 하고 행하여 갔다.

멀리 바라보니 수 리쯤에 영채를 곳곳에 세우고 꽹과리와 북을 어지러이 울리거늘, 자사가 일군을 지휘하여 일시에 고함하고 짓쳐 들어가니, 문득 사람은 하나도 없고 깃발만 꽂혀 있었다. 그제야 계교를 행한 줄 알고 급히 퇴군하였다. 대포 소리가 한 번 나면서 영채 밖에서 불이 일어나고, 한 무리 날랜 군사가 갑자기 돌진해 오는데, 앞에 선 대장은 허만대와 허만충이었다. 별안간 습격하여 죽이니, 자사가 싸울 마음이 없어 장수들에게 뒤를 막으라 하고 군사를 지휘하여 이끌고 나아가더니, 문득 대포 소리가 한 번 나며 산 위에서 한 무리의 군사가 내달아 길을 막고 크게 소리 지르기를,

"문주적은 달아나지 말라. 허만달 굴돌통 장길이 여기에서 기다린 지 오래니라."

하거늘, 자사가 기운을 내어 싸워 길을 열고 달아났다. 김순이 성하에 숨었다가 자사가 나옴을 보고 군사를 끌고 성하에 나아가 외쳤다.

"문장군이 적병에 싸이었으니 급히 나와 구하라."

성 지킨 군사가 보니 저희 군사와 같으므로 의심하지 않고 손응모가 한 무리의 군사를 거느리고 급히 나아왔다. 최도기의 손이 이르는 곳에 응모의 머리 말 아래 떨어지니 군사가 사방으로 흩어져 달아났다. 정찬 등이 문이 열림을 보고 급히 일만 정병을 거느려 물밀 듯 들어가니 성중이 크게 어지러웠는데, 한편으로 백성을 안무(按撫)하고 성 위에 깃발을 벌여 위엄을 삼았다.

이때 자사가 싼 데를 헤치고 일군을 거느려 달아났다. 다섯 장수가 군사를 합쳐서 일진을 크게 죽이니 주검이 산 같고 피는 흘러 시내가 되었다. 자사가 겨우 수백 기(騎)를 거느려 성하에 이르니 도적이 벌써 성을 취하여 성 위에 깃발을 꽂았거늘, 자사가 하릴없이 철봉산성으로 가리라 하고 오백 기를 거느리고 달아났다. 문득 대포 소리가 한 번 나면서 한 대장이 가는 길을 막고 크게 외치기를,

"자사 문주적은 달아나지 말라. 활빈당 행수 의병장 홍길동이 기다린 지 오래다."

하거늘, 자사가 죽기로 싸워 겨우 난을 벗어나 철봉산성으로 달아났다.

길동이 많은 군사와 말을 거느리고 성에 들어가 큰 잔치를 베풀어 모든 군사를 위로하며 먹이고, 여러 장수들과 더불어 의논하였다.

"이제 칠십여 성을 항복받았으나 앞에 철봉산성이 있으니, 그곳을 취하면 도성은 여반장(如反掌)이라. 무슨 묘책으로 이 성을 취할꼬?"

김순이 대답하였다.

"철봉산성은 산천이 험악하여 쉬이 깨뜨리기 어렵고, 태수 김현충은 문무를 겸전한 장수로 신출귀몰한 재주가 있거늘, 또 문주적이 그곳으로 달아났으니 준비함이 있을지라. 장군이 먼저 격서를 보내고 대군을 세 길로 나누어 나아가면 가히 한 북

에 파하리다."

길동이 옳이 여겨 먼저 격서를 보내고 대군을 세 길로 나눠 나아갔다.

각설. 철봉태수 김현충이 공사를 다스리고 있는데, 홀연 성 중이 요란하며 군사가 급히 들어와 보고하되, '난데없는 도적이 일어나 한 달이 못 하여 네 주현을 파하고 칠십여 성을 항복받아 나아오니, 그 기세가 대나무를 쪼개는 것 같고 태산의 맹호 같아서, 자사가 싸우다가 패하여 이르렀다.' 하거늘, 태수가 크게 놀라 자사를 맞아 들어가 대연을 배설하여 모든 군사를 먹이고, 여러 장수들과 더불어 의논하여 말했다.

"이제 칠십여 성을 적에게 빼앗겼는데, 장군이 적과 더불어 싸웠으니 도적의 허실을 알지라. 무슨 묘책으로 도적을 파하리오."

"이 도적은 타국 도적이라. 적장의 성명은 홍길동이요, 만 사람이 당하지 못할 용맹이 있으며 겸하여 신출귀몰한 재주가 있으니 가히 가볍게 대적하지 못하리라. 성을 굳게 지키고 사람으로 하여금 서울에 보고하여 밖으로 구원병이 오거든 합병하여 치면 가히 도적을 잡으리이다."

태수가, '장군의 말이 옳다.' 하고, 한편으로 율도왕에게 급히 보고한 후, 성중 백성으로 성을 지키고 군사를 일으켜 요해처 (要害處)를 굳게 지키며, 한편으로는 군대를 정비하여 대적코자 하였다.

차시 길동이 네 주현을 항복받고 칠십여 성을 얻으매 위풍과 인덕이 사방에 진동하였다. 자못 의기양양하여 철봉성 밑에 이르러 보니, 성 위에 깃발이 촘촘히 늘어서 있어 성을 굳이 지키고 준비함이 있었다. 길동이 성하에 진세를 이루고 격서를 보내니, 그 글에,

「활빈당 행수 의병장 홍길동은 한 통의 편지를 태수에게 부치나니, 내 천명을 받아 의병을 일으켜 행하는 바에 각 읍 군현이 우리 군사를 보기만 하고도 항복하거늘, 너는 망령되이 나의 군사를 항거하고자 하니 어찌 어리석지 아니하리오. 성을 파하는 날 네 생명을 보전치 못하리니, 너는 모름지기 일찍이 항복하여 백성을 구하고 천명을 따르면 군(君)으로 봉하고 제후를 삼아 부귀를 한가지로 하리라.」

하였다.

태수가 여러 장수로 더불어 도적 칠 일을 의논하더니, 병졸이 보고하되, '홍길동의 격서가 이르렀다.' 하거늘, 태수가 받아 열어 보고 대로하여 격서를 찢어 땅에 던지고,

"무명 소적이 어찌 감히 나에게 욕을 보이리오."

하고, 칼을 들고 일떠서며 꾸짖어 말하기를,

"내 당당히 이 도적을 죽여 분함을 씻으리라."

하니, 좌우에서 말하였다.

"장군은 도적을 가볍게 여기지 마소서. 이제 문장군도 오히려 패하였으니, 어찌 일시 분함을 참지 못하여 나가 싸우리까.

도적의 간계에 빠지면 성을 보전치 못할지니, 이제 구원병을 기다려 치면 도적을 한 북에 파하리이다."

이튿날 해가 뜰 무렵에 태수가 명령을 내렸다.

"나는 본디 시골의 조그만 선비로서 임금의 은혜를 입어, 나로 하여금 이곳 태수를 하게 하였다. 몸이 마치도록 국은을 만분지일이나 갚고자 하나니, 제군이 한가지로 힘을 다하여 도적을 파할진대 나라에 아뢰고 높은 벼슬을 얻어 부귀를 누리게 하리라. 만일 영을 어기는 자가 있으면 군법을 행하리니 삼가고 삼갈지어다."

모든 사람이 일시에 팔을 뽐내어 한번 싸우기를 원하거늘, 태수가 군사들의 마음이 이 같음을 짐작하고 기운을 북돋우기 위해 말했다.

"너희들이 싸우다가 만일 불행함이 있으면 어찌 원통치 아니하리오. 이제 노약자, 부모가 있는 맏아들, 그리고 형제 중 형은 뽑아서 돌려보내리라."

하고 명령을 전하여,

"너희들은 각각 돌아가 부모를 반기며 처자를 반겨 전쟁터에는 오지 말라."

하니, 모든 군사가 태수의 덕을 탄복하여 은혜를 깊이 마음에 새겼다.

태수가 문주적으로 성을 지키게 하고, 정병 수만을 거느려 성 밖에 진을 치고, 이튿날 양군이 서로 진을 치고 접전하였다. 태수가 갑옷을 입고 말에 올라 장창을 들고 깃발 아래 서서 크게 소리쳤다.

"적장은 빨리 나와 내 칼을 받으라."

길동이 여러 장수를 거느리고 깃발 아래로 나오는데, 봉황의 깃을 장식한 황금투구에 용의 비늘 모양으로 꾸민 갑옷을 입고 천리마를 타고 보검을 들었으니 위풍이 늠름하였다. 태수가 채를 들어 길동을 가리키며 말했다.

"무명 소적이 개미 같은 무리를 거느려 감히 우리나라 국경을 침범하느뇨? 일찍이 항복하여 죽기를 면하라. 그러지 않으면 한 명도 돌려보내지 아니하리라."

길동이 대로하여 꾸짖었다.

"너희 국왕이 정사를 다스리지 아니하고 주색에 빠져 충신을 살해하고 백성을 도탄에 빠뜨리니, 이는 나라가 망할 때라. 내 천명을 받아 의병을 일으켜 나아오매, 지나는 곳마다 멀리서 보기만 하고도 복종하여 칠십여 성을 항복받고 이에 이르렀거늘, 감히 큰 말을 하는가. 모름지기 일찍이 귀순하여 죽기를 면하라."

태수가 대로하여 창을 겨누어 들고 말을 타고 달려들었다. 길동이 대로하여 좌우를 돌아보며 말했다.

"뉘 능히 도적을 잡을꼬?"

말이 끝나지 않아서, 한 장수가 크게 소리쳐 말하기를,

"닭 잡는 데 어찌 소 잡는 연장을 쓰리오."

하거늘, 모두 보니 이는 선봉장 굴돌통이었다. 이에 말을 달

려 진 앞으로 나와 크게 꾸짖었다.

"네 천시(天時)를 모르고 망령되이 우리 군사에게 항거코자
하는가? 우리 대장군은 하늘과 백성의 뜻을 따르므로 지나는
고을에서 이름만 듣고도 스스로 항복하는지라. 네 모름지기 하
늘의 명을 따라서 쾌히 나와 항복하여 죽기를 면하라."

태수가 분한 마음이 하늘을 찌를 듯이 솟구쳐 맞아 싸워 이십
여 합에 승부를 가리지 못했다. 태수가 정신을 가다듬어 크게
소리를 지르고 창을 들어 굴돌통의 말 가슴을 찔러 엎어뜨렸다.
이때 길동이 선봉의 위급함을 보고 즉시 주문을 외워 신장(神
將)으로 돌통을 구하여 오라 하니, 신장이 명령을 듣고 풍운을
몰아 나아가 구하여 왔다. 길동이 돌통을 불러 놀람을 위로하고
모든 장수를 모아 상의하기를,

"태수의 용맹은 우리 군중에서 당할 사람이 없으리니, 쉽게
파하기 어려운지라. 이제 계교로써 사로잡으리라."

하고, 즉시 다섯 명 장수를 뽑아 귀에 대고 이리이리하라 했
다. 다섯 장수가 명령을 듣고, 이튿날 굴돌통이 말을 달려 크게
외쳤다.

"무지한 필부는 빨리 나와 내 칼을 받으라."

태수가 대로하여 돌통으로 더불어 교전 수십 합에 돌통이 거
짓 패하여 달아나니, 태수가 급히 따라 산곡에 이르렀다. 문득
한 번 대포소리에 복병이 몰려나오거늘, 태수가 놀라 돌아보니
한 대장이 황금투구 쓰고 황의(黃衣) 황건(黃巾)에 사륜거(四

輪車)를 타고 황의군(黃衣軍)을 몰아 내닫거늘, 태수가 황급히 동쪽을 향하여 달아나더니, 또 한 대장이 청의(靑衣) 청건(靑巾)에 청룡(靑龍)을 타고 청의군(靑衣軍) 거느려 동쪽을 막거늘, 태수가 능히 나아가지 못하고 남쪽으로 달아나더니, 또 한 대장이 홍포(紅袍) 홍건(紅巾)을 입고 주작(朱雀)을 타고 홍의군(紅衣軍)을 거느려 길을 막거늘, 태수가 대적하지 못하여 서쪽으로 달아나더니, 또 한 대장이 백건(白巾) 백포(白袍)를 입고 백호(白虎)를 타고 백의군(白衣軍)을 거느려 서쪽을 막거늘, 태수가 정신을 정치 못하여 북쪽을 향하여 달아나더니, 또 한 대장이 흑건(黑巾) 흑포(黑袍)를 입고 현무(玄武)를 타고 흑의군(黑衣軍)을 거느려 길을 막으니,[25] 태수가 어찌할 줄을 몰라 갈팡질팡할 즈음에 홀연 한 선관(仙官)이 공중에서 내려와 크게 외쳤다.

"너 조그마한 필부가 한갓 용기만 믿고 감히 의병을 항거하고자 하니 어찌 용서하리오."

말이 끝나자 산 위에서 신장이 내려와 태수를 결박하여 말에서 내리치니, 길동이 이에 군사로 하여금 잡아 돌아왔다.

이때 문주적이 태수의 패함을 보고 군사를 이끌고 성문을 크게 열고 불의에 내달아 영채를 습격하거늘, 만달 등 여러 장수

---

25 오행(五行)은 각각 방위와 색깔 그리고 상상의 동물이 대응하는데, 동쪽은 푸른색으로 청룡, 서쪽은 흰색으로 백호, 남쪽은 붉은색으로 주작, 북쪽은 검은색으로 현무, 중앙은 누른색이다. 길동의 군사는 각각 방위에 따른 색깔의 옷과 상상의 동물을 타고 있다.

가 함께 내달아 서로 싸워 십여 합에 승부를 내지 못했다. 김용철이 철퇴를 들어 주적을 쳐 죽이고 남은 군사를 항복받으니, 길동의 대군이 물밀듯 성에 들어가 백성을 안무하고 관아에 좌정하여 태수를 층계 아래 꿇리고 큰 소리로 꾸짖어 말했다.

"이미 성이 깨지고 군사가 항복하였으니 너는 빨리 항복하여 죽기를 면하라."

태수가 눈을 부릅뜨고 크게 꾸짖기를,

"내가 일시 간계에 속아 네게 사로잡혔으나 어찌 살기를 도모하여 도적에게 굴복하리오. 빨리 죽여 나의 충성을 온전케 하라."

하고 소리를 벽력같이 질렀다. 길동이 하늘을 우러러 탄복하기를,

"이는 과연 충신이라. 내 어찌 해치리오."

하고, 좌우를 물리치고 친히 내려와 맨 것을 끌러 자리를 주고 칭찬하였다.

"장군은 짐짓 옛날 충신과 다름이 없도다."

드디어 술과 음식을 내와 정성껏 접대하며 놀란 것을 위로하니, 태수가 길동의 의기를 보고 그제야 사례하여 말했다.

"장군이 패한 장수를 이렇듯 너그럽게 대하시니 어찌 항복하지 아니하리오."

길동이 크게 기뻐하여 잔치를 베풀고 정성껏 대접하여 태수와 함께 즐기고, 인하여 태수에게 머물러 성을 지키라고 했다.

이튿날 대군을 이끌고 출발하여 왕도에 이르니, 이곳은 산천

이 험악하고 성곽이 견고하여 족히 만리장성에 비길 정도였다. 길동이 대군을 정제하여 성 삼십 리 밖에 물러나 부대를 머물게 하고 율도국왕에게 격서를 전하니, 그 내용은,

「활빈당 행수 의병장 홍길동은 삼가 글월을 율도국왕에게 부치나니, 천하는 한 사람의 천하가 아니라. 자고로 성탕은 성인이시되 걸을 치시고, 무왕은 성군이시되 주를 치신지라.[26] 이러므로 내 의병을 일으켜 삼군을 영솔하여 대강을 건너매 향하는 바에 능히 대적할 자가 없는지라. 벌써 칠십여 성을 항복받았으니, 군대의 위세가 크게 떨치고, 어진 덕이 온 세상에 진동하는지라. 율도국왕은 일찍이 하늘의 명령을 따라 항복하여 백성을 구하고 대대로 전해온 집안을 보전하라. 항복하면 제후를 봉하여 부귀를 한가지로 하려니와, 그렇지 않으면 나라가 망하고 성이 파하는 날에 모두가 다 죽게 되리라. 후에 뉘우치나 미치지 못하리니 왕은 자세히 살펴보라.」

라고 하였다. 성을 지키는 장수가 격서를 거두어 왕께 드리니, 왕이 보기를 마치고 대로하여 여러 신하를 모아 의논하여 말했다.

"무명 소적이 어찌 감히 이렇듯 방자하리오. 뉘 능히 이 도적을 잡아 과인의 근심을 덜리오."

모든 신하가 아뢰었다.

---

26 걸(桀)과 주(紂)는 대표적인 폭군인데, 탕왕(湯王)과 무왕(武王)이 각각 쳤다.

"이제 적의 세력이 매우 커서 칠십여 성을 항복받고 성하에 이르렀으니, 패함이 조석에 있을지라. 대왕은 급히 군사를 불러 모아 성을 지키고 용맹한 장수를 골라 도적을 방비하옵소서."

왕이 듣기를 마치고 크게 노하여 말했다.

"적이 성 아래까지 다다랐거늘 어찌 앉아서 물러감을 기다리리오. 나라가 망하면 내 몸이 돌아갈 데 없고 죽어 묻힐 땅이 없을지라. 내 적으로 더불어 사생을 결하리라."

즉시 나라의 모든 군사를 모아 왕이 친히 싸움에 나서니, 모골대로 선봉을 삼고 김일대로 후응사를 삼고, 왕이 스스로 중군이 되어 모든 신하를 거느려 나아갔다. 먼저 사람을 시켜 적의 형세를 정탐하라 하니 돌아와 보고하되,

"적병이 벌써 흑제성을 파하고 군사를 나누어 세 길로 나아오나이다."

하였다. 왕이 삼군을 호령하여 대포를 한 번 울리고 성을 떠나 행하여 양관에 이르러 영채를 세웠다.

길동의 군사는 벌써 양관 사십 리에 영채를 세우고, 길동이 여러 장수를 불러 분부하되,

"명일 정오에 율도왕을 가히 사로잡으리니 시각을 어기지 말라. 명령을 어기는 자는 목을 베리라."

하고, 선봉 굴돌통과 허만달을 불러 말하기를,

"너희는 일천 군사를 거느려 양관 남편 소로로 가서 매복하였다가 여차여차하라."

하고, 좌장군 이의경과 전장군 장길을 불러,

"그대들은 삼천 군사를 거느려 산곡 좌편에 매복하였다가 여차여차하라."

하고, 후군장 정창 정기 정수를 불러,

"너희들은 일만 정병을 거느려 양관 우편 소로에 매복하였다가 여차여차하라."

하니, 제장이 각각 명령을 듣고 군사를 이끌고 갔다.

이튿날 길동이 한 무리의 군사를 거느려 진문을 크게 열고 말을 달려 나서며 크게 외쳤다.

"무도한 율도왕은 들어라. 그대 주색에 빠져 간언(諫言)을 받아들이지 아니하고 무죄한 백성을 살해하니 이는 걸주(桀紂)의 다스림이라. 하늘이 어찌 무심하시리오. 이러므로 내 의병을 일으켜 이에 이르렀으니 빨리 나와 항복하여 성안의 모든 인민을 구하라."

왕이 대로하여 적토마를 타고 쌍검을 들어 길동과 싸우더니, 삼 합이 못 하여 길동이 거짓 패하여 달아나니 율도왕이 따라갔다. 선봉장 굴돌통이 좌편 수풀 가운데로부터 내달아 맞아 수십여 합을 싸우다가 거짓 패하여 산곡을 보고 달아나거늘, 율도왕이 꾸짖고 급히 따라 양관에서 나와 산곡으로 들어갔다. 율도국의 여러 장수가 크게 외쳤다.

"대왕은 따르지 마소서. 그곳은 산세가 험악하니 반드시 간계가 있는가 하나이다."

왕이 분노하여 말하기를,

"내 어찌 복병을 두려워하리오."

하고, 말을 채쳐 따라가 점점 깊은 데를 들어가니 길이 좁고 산천이 험악하였다. 주저하고 있는데, 문득 대포 소리 나며 사면에서 복병이 내달아 갑자기 습격하였다. 왕이 크게 놀라 급히 퇴군하는데, 또 한 무리의 군사가 내달아 길을 막으니 그 대장은 홍길동이었다. 손에 긴 창을 들고 천리마를 타고 크게 외치기를,

"율도왕은 달아나지 말라."

하거늘, 왕이 길동을 보자 분한 기운이 크게 일어나 맞아 싸워 사십여 합에 승부를 가리지 못했다. 돌통이 군사를 돌이켜 철통같이 싸고 치니 징과 북소리며 함성이 천지를 진동하였다. 왕이 마침 적을 치는데, 또 보고하되,

"적병이 본진에 불을 놓고 들이치나이다."

왕이 듣고 싸울 마음이 없어 말을 돌이켜 달아나더니, 전면에 한바탕 거센 바람이 일어나며 불길이 하늘을 찔렀다. 왕이 하늘을 우러러 탄식하였다.

"내 남을 가볍게 여기다가 오늘날 이런 화를 만났으니 누구를 원망하리오."

말을 마치며 칼을 들어 스스로 목을 찔러 죽으니, 그 아들 창이 부왕의 시신을 붙들고 통곡하다가 자결하였다. 이때 왕의 군사가 일시에 항복하였다.

길동이 군사를 거두어 본진에 돌아와 왕의 부자를 왕례(王禮)로 장사 지냈다. 이날 모든 장수를 거느려 풍악을 갖추고 도성에 들어가 백성을 안무하고, 큰 잔치를 베풀어 군사들에게 음식을 주어 위로하며 장수들에게 각각 벼슬을 내렸다. 굴돌통으로 순무대장 안찰사를 시켜 각 읍을 순행하게 하고, 허만달로 상장을 시키고, 허만대로 거기장군을 시키고, 김현충으로 원융사를 시켰다. 그 나머지 여러 장수들은 각각 차례로 공로를 보아 수령과 방백을 시키고, 군졸도 상으로 물건을 후하게 주었다. 그리고 창고를 열어 백성에게 나누어 주니 백성이 감격하며 기뻐하여 만세를 부르고 은혜에 감사하였다.

십일월 갑자일에 길동이 즉위하니, 만조백관이 만세를 부르고 즐기는 소리가 일국에 진동하였다. 왕이 여러 장수에게 각각 벼슬을 더해주고, 부친 승상을 추증(追贈)하여 현덕왕이라 하고, 백룡을 부원군으로 봉하고, 모친을 태왕비로 봉하고, 백씨를 왕비로 봉하고, 조씨를 충렬좌부인에 봉하고, 정씨를 숙렬우부인에 봉하여 각각 처소를 정하고, 부친 산소를 선릉이라 하고, 승상 부인을 현덕태왕후로 봉하고, 신하를 제도에 보내어 집안 식구를 데려와 궁중에서 편안히 지내게 했다.

왕이 즉위한 후로 안으로 덕을 닦으며 밖으로 정사를 어질게 하니, 십 년이 못 하여 나라가 태평하고 인민이 편안해져서, 산에는 도적이 없고 길거리에 떨어진 물건을 주워 가지 않으며,

백성들은 격양가[27]를 부르는 태평한 세상이 되었다.

왕이 태평연을 배설하고 만조백관을 모아 즐길새, 모친 대비를 모시고 지난 일을 생각하고 한숨 쉬며 탄식하기를,

"소자가 당초에 집에 있을 제, 만일 자객의 손에 죽었던들 어찌 오늘날 이같이 되었으리까."

하며 눈물이 흘러 곤룡포를 적시거늘, 대비와 왕비가 더욱 슬퍼하였다.

하루는 왕이 조회를 받으면서, 여러 신하를 대해서 말했다.

"과인이 한 회포가 있으니, 경들은 자세히 들으라. 과인이 이제 왕위에 올랐으나, 아버지는 조선의 재상이요 과인은 병조판서를 지냈고, 또 조선왕이 벼 일천 석을 내려주므로 군량을 삼아 이곳에 이르렀으니 은혜를 생각하면 죽어도 갚을 길이 없는지라. 여러 신하 중 가히 부림직한 사람을 얻어 사신을 삼아 조선에 표문을 올리고 조상의 무덤에 술잔을 올리고자 하니, 누가 마땅히 이 소임을 맡을꼬?"

여러 신하가 모두 임금에게 아뢰되 한림학사 정회가 사신으로 갈 만하다고 했다. 왕이 즉시 정회를 불러 보고 말하기를,

"경으로 사신을 삼아 조선국왕께 문안하고 현덕왕비와 형님을 모셔 오고자 하니, 한 번 수고를 아끼지 아니하면 공을 마땅히 중히 갚으리라."

27 격양가(擊壤歌) : 세월이 태평함을 즐거워하며 부르는 노래

하니, 정회가 대답해 아뢰었다.

"신하가 임금의 명령하시는 바는 비록 물과 불이라도 피하지 아니할 것이거늘, 어찌 공을 의논하리까."

왕이 이 말을 듣고 더욱 기특히 여기시어 상을 많이 내리고, 이튿날 왕이 표문을 지어 금은보배를 한데 봉하고, 벼 일천 석을 배에 싣고, 또 서간을 봉하여 모후와 형님께 각각 부쳤다. 정회가 왕께 하직하고 율도국을 떠나 발행하여 세 달 만에 조선국 서강에 배를 대고 서울에 들어가 표문을 올렸다.

각설. 조선왕이 길동의 말대로 벼 일천 석을 주어 보낸 후로 십 년이 가까우나 소식이 없음을 괴이히 여기시더니, 일일은 문득 율도왕의 표문이라 하고 올리거늘, 임금이 놀라시며 뜯어보니 그 글에,

「전 병조판서 율도국왕 신 홍길동은 백번 절하옵고, 한 통의 글을 조선국 성상께 올리옵니다. 신이 본디 천비 소생으로 못된 마음이 편협하여 성상의 천심을 산란케 하오니 이만 불충이 없고, 또 신의 아비가 천한 자식으로 말미암아 병이 생기니 이만 불효 없거늘, 전하가 이런 죄를 용서하고 병조판서를 시키며 벼 천 석을 내려주시니 이 망극하온 천은을 갚을 길 없사옵니다. 신이 사방으로 떠돌다가 자연히 군사를 모으니 정예 군사가 수천이라. 율도국에 들어가 한 번 북 쳐 나라를 얻고 분수에 넘치게 왕위에 있으니 평생 한이 없사옵니다. 이러므로 매양 성상의 대덕을 우러러 그리워하여 벼 천 석을 돌려보내오니, 엎드려 바

라건대 성상은 신의 외람한 죄를 용서하시고 만수무강하옵소
서.」

라고 하였다.

왕이 보기를 마치고 크게 놀라 칭찬하시고 기꺼해 마지아니
하시니, 정회 엎드려 네 번 절하고 말하기를,

"소신의 국왕이 선영 산소에 제사 지내고자 하오니 바라건대
전하는 허락하옵소서."

한대, 왕이 허락하시고 즉시 이조판서 홍인형으로 율도국 위
유사를 시키고, 사신과 함께 선영 산소에 제사를 지내라고 했다.

인형이 사은하고 집에 돌아오니 사신이 와 뵈옵고 편지를 올
렸다. 편지 보기를 다한 후에 부인과 인형이 칭찬하고, 이튿날
산소에 제사할새 사신이 율도왕을 대신하여 축문을 읽으며 잔
을 올리고 돌아와 임금에게 보고하니, 임금이 더욱 칭찬하였
다. 인형이 은혜에 감사하며 하직하고 집에 돌아와 모부인을 모
시고 서울을 떠나, 배를 타고 순풍을 만나 수월 만에 율도국에
이르렀다. 배에서 내려 사신이 현덕왕후와 판서가 왔음을 보고
하니, 왕이 크게 기뻐하여 사신을 맞으러 보내고, 정회의 벼슬
을 올려주었다. 사신이 다음에 머물 고을에 미리 알리고 가니,
지나가는 여러 고을에서 임금의 행차같이 접대하였다.

이때 또 왕의 사신이 마주 나와 왕의 문안 편지를 올리고 정
회의 승진 임명장을 전하니, 정회가 임금의 은혜를 감사하고 여
러 날 만에 도성에 이르렀다. 왕이 백 리 밖에 나와 맞아 들어가

고, 왕대비와 좌우 부인이 마주 나와 인사를 하고 자리를 정하여 앉으니, 대부인이 여러 사람을 우애하여 반기시며 왕을 못내 사랑하시었다. 왕이 조선왕이 보낸 편지를 뜯어 보니,

「과인이 덕이 없어 경 같은 영웅을 두지 못함이라. 어찌 경의 충성이 없으리오. 또한 이렇듯 귀히 되어 과인을 잊지 아니하고, 옛 의리를 생각하여 만리창해(萬里滄海)에 사신을 보내 인사하니 그 충성을 감사하노라.」

라고 하였다. 왕이 보기를 다하매 마루 위에서 내려와 북쪽을 향해 네 번 절하며 사은하였다.

현덕왕비가 승상 산소를 어디에 모셨느냐고 물으며 한번 가보기를 원하시니, 왕이 일봉산에 모셨다고 하고, 즉시 날을 잡아 출발하였다. 좌의정 굴돌통으로 하여금 대비와 판서를 모셔 제도의 선릉으로 향할새, 거행 위의를 차려 가니 그 찬란함이 비할 데 없었다. 지나가는 고을에서 도로를 정비하고 접대하는 절차가 매우 성대하였다. 십여 일 만에 제도에 이르니, 제도 유수와 참봉이 멀리까지 나와 영접하여 선릉으로 가니, 부인과 판서가 능에 나아가 실성통곡하고 제문 지어 제사를 올렸다. 사면을 살펴보니 과연 명당자리이므로 길동의 신기함을 탄복하였다. 또 능 앞에서 애통해하며 하직하고 유수의 성으로 내려와 머물렀다.

부인이 그날 밤 꿈속에서 승상을 만나 매우 반겨하시며 서로 위로함이 생시에서 더한 듯하되, 사후인 줄은 깨닫지 못하고 밤

새도록 꿈을 꾸었다. 인하여 몸이 불편하게 되어 줄곧 정신이 혼미하거늘, 판서가 놀라 극진히 간호하되 백약이 무효하여 인하여 별세하시니 나이가 칠십팔 세였다. 타국에 와 어머니가 돌아가시니 판서가 어찌 슬프지 아니하리오. 통곡하다가 숨이 막히거늘, 좌우가 구하여 겨우 정신을 차려 왕에게 어머니 돌아가심을 알렸다.

이때에 왕이 하늘의 기운을 살펴보고 탄식하기를,

"현덕왕비 승하하시도다."

하고, 초상이 난 것을 알리고 곡을 하며, 일을 맡을 관리를 정하여 장례 절차를 갖춰 선릉 좌편의 표시해둔 곳에 안장하라고 보냈다.

이때 일을 맡은 관리가 선릉으로 가다가 부고를 전하는 사자를 중로에서 만나니 피차 기이하게 여겼다. 관리가 제도에 이르러 조문하고 장례 절차를 극진히 하여 세 달 만에 선릉에 안장하고 판서를 모셔 경성으로 돌아왔다. 여러 날 만에 경성에 이르니, 왕이 마주 나와 통곡하고 위로하며, 대궐 안으로 들어가 여러 부인과 함께 곡하고 슬퍼하였다.

세월이 흘러 삼년상을 마치매, 판서가 임금을 생각하고 집안을 생각하는 마음이 간절하여 본국에 돌아가기를 청했다. 왕이 즉시 큰 잔치를 열고 날마다 즐기다가 떠나는 날이 되자 서로 붙들고 통곡하며,

"형제 이승에서 영원히 헤어지니 어찌 슬프지 아니하리오."

하고, 떠나는 정을 못내 슬퍼하더라.

궁중에 하직하고 제도에 공문을 보내고 떠나니, 왕이 백 리 밖에 나와 작별할새, 그 슬퍼함을 헤아릴 수 없었다. 판서가 왕을 이별하고 제도에 돌아와 애통해하며 선릉에 하직하고, 유수와 참봉을 이별하고 고국으로 향했다. 대해를 건너 서울에 들어가 임금에게 결과를 보고하고, 집에 돌아와 처자로 더불어 전후사를 말하며 길동을 칭찬하였다. 이때 왕은 형을 이별하고 도성에 돌아왔다.

세월이 여류하여 춘랑 태왕비의 나이 칠십이었다. 정사년 구월 보름에 별세하시니 왕과 모든 부인이 통곡하고, 세 달 만에 선릉 우편에 안장했다. 삼년상을 마치매 애통해 마지않았다.

왕이 어진 정치를 행하매 해마다 풍년이 들고 나라가 태평하니, 백성이 평안하고 집집마다 풍족하여 국가에 일이 없어서 왕이 풍악으로 세월을 보냈다. 일찍 세 아들을 두었으니 장자의 이름은 '선'으로 왕비 소생이요, 차자의 이름은 '창'이니 정부인 소생이고, 삼자의 이름은 '형'이니 조부인 소생이었다. 장자 선으로 세자를 봉하고, 차자 창으로 제도군을 봉하고, 삼자 형으로 제도백을 봉하고, 선릉의 제사를 제도군이 모시게 하고, 각각 그 모친을 모셔 보냈다.

왕이 등극한 지 삼십여 년이 되고 나이 육십이 되었다. 일일은 왕이 슬퍼서 마음을 정하지 못하게 되자, 신선의 자취를 좇고자 하였다. 문득 신하들을 모아 왕위를 세자 선에게 전하고, 옛날 공신을 불러 금은을 상으로 주고 풍악을 갖추어 즐기다가, 왕이 다음과 같은 노래를 불렀다.

「세상사를 생각하니 풀 끝에 이슬 같도다.

백 년을 산다 하나 이 또한 뜬구름이라.

귀천이 때 있음이어 다시 보기 어렵도다.

하늘이 정한 운수를 인력으로 못하리로다.

슬프다! 소년이 어제러니 금일 백발 될 줄 어찌 알리오.

아마도 안기생과 적송자[28]를 좇아 세상 이별함이 가하도다.」

왕이 노래를 마치고 처량하고 슬픈 마음을 금하지 못하니, 만조 제신이 눈물을 흘리지 않는 사람이 없었다. 잔치를 끝내고 새 왕이 즉위하였다.

원래 도성 삼십 리쯤에 한 명산이 있으니 이름은 영신산이었다. 수많은 봉우리와 골짜기가 있고 경치가 뛰어나 인간 세상 같지 않았고, 맑은 날이면 신선이 오색구름을 타고 왕래하여 자취가 그치지 아니하였다. 왕이 그곳에 몇 칸 깨끗한 초가집을 짓고 왕후와 더불어 그곳에 머물며 날마다 신선의 도를 닦으며 도인의 법을 행하였다. 아침저녁으로 해와 달의 정기를 마시고 음식은 전혀 먹지 않으나, 정신은 점점 씩씩하고 백발이 도로 검어지며 이빨이 도로 났다.

---

28 안기생(安期生)과 적송자(赤松子)는 중국 고대의 신선이다.

하루는 영신산에 오색구름이 일어나며 뇌성과 벽력이 천지 진동하더니, 한 백발 노옹이 청려장을 짚고, 속발관을 쓰고, 학창의를 입고 공손히 말하기를,[29]

"그대 인간 부귀와 영욕이 어떠하뇨? 이제 우리 서로 처소에 모일 때를 만났으니 한가지로 감이 어떠하뇨?"

하고, 짚었던 육환장으로 난간을 치니, 문득 왕과 왕비가 간데없었다.

새 왕이 뇌성벽력에 놀라 백관을 거느리고 영신산에 올라가니 구름이 걷히고 천지 명랑하였다. 왕이 올라가 그 초가집에 들어가니 방 안의 물건은 그대로 있으나 아버지와 어머니가 간데없었다. 왕과 좌우의 여러 신하들이 놀라고 두려워했으나, 하릴없어 궁으로 돌아왔다. 사방으로 찾았으나 종적이 없으니, 왕이 망극하여 통곡하며 제도로 신하를 보내어 이 사실을 전했다. 제도군과 제도백이 모친과 더불어 매우 슬퍼하고 경성에 와 그 초가집 곁에 빈 무덤을 만들어 시체 없이 장사를 치렀다. 능의 이름은 현릉이라 하고, 왕이 친히 제문 지어 제사 지냈다.

여러 신하의 벼슬을 높여주니 모두가 공평하다고 말하고, 해마다 풍년이 드니 격양가를 불렀다. 이렇게 세월이 흘러 왕이 삼자를 두었으니, 또한 총명하여 재주와 덕행이 비할 데 없고, 자손들이 대대로 태평을 누렸다.

---

29 청려장(靑藜杖), 속발관(束髮冠), 학창의(鶴氅衣)는 각각 신선의 지팡이, 모자, 옷이다.

이러므로 후세에 그 재주와 충효를 알리기 위해서, 또 기이한
일의 자취가 사라지는 것이 아까워 대강 기록한다.

3 ___ 『홍길동전』을 어떻게 읽을 것인가

『홍길동전』의 작자가 허균이 아니라면 누가 이 작품을 썼는 가, 또 조선시대 한글소설은 어떻게 시작되었는가 등등의 문제에 대해서 앞에서 알아보았다. 이제 이 작품을 어떻게 읽는 것이 좋을까 하는 문제를 생각해보기로 한다. 문학작품의 해석에 하나의 정답이 있다고 생각하는 시절이 있었으나, 지금은 그렇게 생각하는 전문가는 별로 없다. 그러나 학교나 학원에서는 여전히 『홍길동전』의 주제는 적서차별의 타파, 사회 개혁, 입신양명, 이상국 건설 등이라고 가르친다. 작품을 정확하게 읽고 자신이 이해한 내용을 바탕으로 주제를 찾아내는 것이 아니라, 학생들은 단지 가르쳐준 대로 외운 것을 『홍길동전』의 주제라고 말하게 된다. 이와 같이 무조건 주제를 외우는 것은 문학작품의 이해와는 거리가 멀다.

　『홍길동전』을 이해하기 위해서 가장 먼저 할 일은 작품을 자세히 읽는 것이다. 그런데 『홍길동전』은 다른 조선시대 한글소설과 마찬가지로 많은 이본이 있으므로, 어떤 『홍길동전』을 읽을 것인가 하는 문제가 있다. 이 문제를 해결하기 위해 이 책에서는 현재 남아 있는 조선시대 세책을 바탕으로 원본을 복원해놓았는데, 현재로서는 이것이 원본에 가장 가까운 『홍길동전』이라고 할 수 있다.

문학작품의 해석을 매우 어려운 일로 생각하는 사람이 많지만, 그렇게 어려운 일은 아니다. 자신이 읽은 내용을 바탕으로 솔직하게 의견을 말하면 된다. 드라마나 영화를 본 뒤에는 쉽게 자신의 의견을 말하는 데 비해 소설을 읽고는 그렇게 하지 못하는 경우가 많다. 이것은 소설이 영화나 드라마보다 어렵기 때문이 아니라, 드라마나 영화를 직접 본 것처럼 소설을 직접 읽어본 경험이 많지 않기 때문이다. 이미 많은 경험을 통해 드라마나 영화에 대해서는 나름대로 안목이 생겼지만, 소설에 대해서는 이런 안목이 없기 때문이다. 그러므로 소설을 제대로 잘 읽는다면, 여기에 대해 자신의 의견을 말하는 것은 그리 어려운 일이 아니다.

『홍길동전』의 몇 대목을 뽑아 필자의 해석을 제시하기로 한다. 여기서 보여주는 필자의 작품 해석은 문자 그대로 하나의 예일 뿐이다. 『홍길동전』을 읽은 독자들은 각자 자신의 해석을 하는 것이므로, 그것을 논리적으로 설명해낼 수만 있다면 어떠한 해석이라도 괜찮다. 그리고 이런 연습을 계속한다면, 높은 수준의 작품 해석도 가능해진다.

① 길동의 출생과 아버지의 욕망

고소설 주인공의 탄생은 대부분 천상의 존재가 지상으로 떨어지는 것으로 되어 있다. 그런데 『홍길동전』의 주인공 길동의 탄생은 이런 방식이 아니다. 대낮에 용꿈을 꾼 남편이 아내에게 관계를 가질 것을 요구하자 부인은 경박한 짓이라고 거절한다. 화가 난 남편은 마침 차를 올리는 여자 종을 옆방으로 데리고 가서 관계를 맺어 아들을 낳는다. 이 아이가 바로 길동이다. 이와 같은 길동의 탄생은 조선시대에 그렇게 특이한 일은 아니다. 조선시대 권세 있는 사람들이 첩을 얻어서 자식을 낳는 것은 아주 흔한 일이었으므로, 길동의 이러한 탄생은 특수한 것이 아니라 당대의 일반적인 현상 가운데 하나이다.

현재의 관점에서 본다면, 길동은 비인간적이거나 부도덕한 관계 속에서 탄생한 것이 된다. 그러나 『홍길동전』이 만들어져 읽힌 시기는 첩이 낳은 자식을 '서자'라고 하고, 서자를 차별하는 것이 법률로 정해진 시대였다. 그러므로 당대에 홍승상의 행위를 비난하는 독자는 거의 없었을 것이다. 작자가 적서차별의 문제를 제기하기 위해 길동의 탄생 과정을 이렇게 설정했다고 생각할 필요는 없다. 오히려 작자는 혹시라도 홍승상이 비난을 받을까 염려해서, 홍승상이 용꿈을 꾸었기 때문에 춘섬과 관계를 갖게 되었다고 이야기를 전개해나간다. 용꿈이 결실을 맺기 위해서는 춘섬과 억지로 관계를 맺는 일은 크게 문제가 되지 않는다. 홍승상의 행위는 비난받을 행위가 아니라 오히려 용꿈을 헛되게 하지 않은 현명한 선택일 수도 있다.

적서차별을 비인간적이라고 생각하는 현재의 관점으로는

『홍길동전』이 읽힌 19세기 조선에서 적서차별의 실상이 무엇이었나를 정확하게 보기 어렵다. 적서차별의 문제는 사실상 양반 내부의 문제이지, 양반이 아닌 나머지 조선 사람과는 별로 관련이 없는 문제였다. 왜냐하면 첩을 두어서 서자를 나을 수 있을 정도의 재력이나 권력은 양반 이외에는 갖기 어려웠기 때문이다.

홍승상이 춘섬과 관계를 갖는 과정에 대해서는 이런 식의 해석도 해볼 수 있다. 남녀 사이의 성관계는 기본적으로 애정을 바탕으로 이루어지는 것임에도 불구하고, 홍승상과 정실부인 사이에는 체면 때문에 성관계가 이루어지지 않았고, 홍승상과 춘섬 사이에는 신분적 차이를 이용한 강압적 성관계가 이루어졌다. 이 대목은 조선시대 인간의 성관계는 애정에 바탕을 둔 것이 아니라 가문의 번성을 위한 도구로 쓰이고 있음을 보여주는데, 홍승상이 귀한 자식을 낳기 위해 성관계를 갖는 것은 이러한 사고의 전형적인 예이다.

홍승상의 꿈을 일종의 성적 상징이라고 보면, 홍승상이 대낮에 정실부인에게 관계를 요구한 것은 성적 욕망을 해소하려는 것이라고 볼 수 있다. 그러나 조선시대는 욕망을 억제하는 것이 미덕이었으므로 홍승상은 자신의 성적 욕망을 귀한 자식을 낳기 위해서 관계를 갖는다고 스스로 위장한다. 정실부인은 성을 쾌락의 도구로 생각할 수 없는 사대부집 부녀자이므로 남편의 성적 요구를 받아들이지 않는다. 그러자 홍승상은 정실부인 대신 춘섬을 상대로 대낮에 일어난 성적 욕망을 채운 것이다. 홍 승상은 천기를 누설하지 않으려고 꿈 내용을 정실부인에게 이 야기하지 않는다고 하지만, 이것도 자신의 성적 욕망을 위장하 기 위한 한 방편이라고 해석할 수도 있다. 홍승상은 춘섬과 관 계를 가지면서 귀한 자식을 낳을 수 있는 꿈을 꾸었으므로 어쩔 수 없이 관계를 갖는다고 자신을 합리화하지만, 그 꿈이 홍승상 의 성적 욕망을 나타내는 것이라고 해석한다면, 홍승상은 성적 욕망이 일어나면 그것을 어떤 명분을 세워서든지 채우고야 마 는 인물이라고 할 수도 있다.

②도적의 우두머리가 되어 해인사 재물을 빼앗다

사람을 죽이고 집을 나온 길동이 정처 없이 떠돌다가 경치가 매우 좋은 곳에 이르는데, 그곳에서 물 위에 떠내려오는 표주박 을 보고 상류로 가다가 석문을 발견한다. 이 석문을 열고 들어 가니 광활한 대지가 나타나는데, 이곳은 도적의 소굴이다. 이곳 에 이르는 과정이나 도적의 소굴에 대한 묘사는 이상향을 찾아 가는 과정이나 이상향을 묘사한 것과 비슷하다. 중국의 시인 도 연명이 쓴 「도화원기(桃花源記)」에서는, 어떤 사람이 길을 잃 고 시내를 따라가다가 복숭아꽃이 만발한 숲을 만나고, 이 숲이 끝나는 곳에 있는 산에서 좁은 입구로 들어가니 넓은 땅이 펼쳐 지고 많은 집이 있는 곳에 도달하는데, 이곳이 바로 도화원이라 고 했다. '도화원'은 이상적인 세계를 가리키는 말인데, 『홍길동전』의 작자가 도둑의 소굴을 도화원과 비슷하게 묘사했다는 것은 작자의 세계관을 보여주는 것이기도 하다.

길동이 도둑의 소굴에 들어갔을 때, 이들의 우두머리가 되기 위한 조건 두 가지를 도둑들이 제시한다. 하나는 무거운 돌을 드는 것이고, 다른 하나는 해인사의 재물을 빼앗아 오는 것이다. 이 '힘'과 '지혜'라는 두 가지 조건은 순전히 개인의 능력에 달린 것이지 신분이나 배경에 따른 것이 아니다. 도둑들이 길동에게 힘과 지혜를 요구한 것은 이들의 사회에서는 이 두 가지가 서열을 정하는 기준임을 의미하는 것이고, 또 이 힘과 지혜가 인가을 평가하는 기준이 되어야 한다는 그들의 소망을 보여주는 것이기도 하다. 도둑의 소굴을 이상적인 공간으로 설정하는 이야기는 동서양을 막론하고 오랜 전통을 갖고 있다. 이상적 공간에서는 신분이나 배경과 같은 사회적 조건에 의해서가 아니라, 힘과 지혜 같은 개인의 역량에 의해서 서열이 정해진다. 어쩌면 이것이 불평등한 시대에 억압받던 사람들이 지향하던 '평등한 사회'의 모습이었는지도 모른다.

도둑의 우두머리가 되어 길동이 처음으로 그 역량을 발휘한 사건은 해인사의 재물을 약탈한 것인데, 여기서 의문이 드는 것은 왜 불교 사찰을 약탈 대상으로 선택했는가 하는 점이다. 여러 가지 대답이 가능하겠지만, 『홍길동전』에서 작사가 해인사를 약탈의 대상으로 설정한 것은 반드시 당대의 현실과 관련이 있는 것이다. 즉, 많은 사람들이 해인사를 재물이 많은 사찰이라고 생각하고 있었다는 것을 보여준다. 초기의 짧은 기간을 제외하고 조선시대 내내 불교는 유학자(남성 지배계층)에게 핍박을 받았다. 승려들은 서울에서 쫓겨나 산중으로 갈 수밖에 없었고, 불교의 위상이 떨어졌기 때문에 사회적으로 인정받기 어려웠다. 결국 조선후기 불교는 자신들의 생존을 위해 재산을 모으는 쪽으로도 힘을 쏟았다. 도적들이 해인사의 재물을 빼앗겠다는 생각을 했다는 것은, 해인사처럼 유명한 절은 상당한 부를 소유하고 있었음을 보여주는 것이다. 그와 함께 불교의 위상이 하락했으므로 작자가 부담 없이 사찰을 약탈의 대상으로 삼을 수 있었을 것이다. 불교의 위상은 낮아졌지만 여전히 종교적 역할을 수행하며 상당한 재물을 모은 19세기 조선 불교의 모습을 이 대목에서 잘 볼 수 있다.

③ 무능한 신하들

포도대장은 서울의 치안을 담당하는 왕의 최측근 무관이다. 그런 중요한 직책에 있는 사람을 작자는 형편없는 인물로 묘사했다. 길동은 포도대장을 마음대로 농락하는데, 용력이나 배포에서 포도대장은 길동의 상대가 되지 못한다. 조선시대 무관으로서는 가장 높은 품계인 종2품의 포도대장이 있는 힘을 다해 소년을 발로 찼으나, 소년은 꿈적도 하지 않는다. 그리고 승냥이나 이리가 오면 어떻게 하느냐고 겁을 낸다. 아무리 산속이라지만, 포도대장이 승냥이나 이리를 무서워해서는 안 될 것이다. 작자의 이러한 설정은 당대 사회가 갖고 있던 포도대장에 대한 일반적인 인식이 어떤 것이었나를 잘 보여준다.

　길동이 포도대장을 농락하기 위해 꾸며놓은 저승의 형상을 통해, 조선후기에 불교적 내세관이 조선에서 일반적으로 받아들여졌다는 사실을 알 수 있다. 상층부에서는 불교를 억압했지만, 일반 민중 사이에서는 불교가 널리 퍼져 있었다. 저승사자로 분장한 길동의 부하들이 포도대장을 잡아가면서 십대명왕의 명령을 받았다고 말하는데, 포도대장은 자신이 저승에 잡혀온 줄로 알고 길동의 부하들에게 살려달라고 애걸한다. 당대 최고의 무장인 포도대장은 저승이나 십대명왕 같은 비현실적인 것을 믿는 데 반해, 길동은 이런 것이 모두 거짓이라고 분명히 말한다. 작자는 불교적 내세관이 일반적으로 자리 잡고 있는 현실은 분명히 인식하고 있으면서, 동시에 자신은 이와 같은 식의 내세는 믿지 않는다는 것을 드러낸다. 작자는 길동의 능력을 돋보이게 하려고 포도대장을 등장시켜 희화화한 것이지만, 이를 통해 통속소설의 작자와 독자가 갖고 있는 고위 관료에 대한 인식을 엿볼 수 있다. 당대의 『홍길동전』 독자들에게 포도대장은 이런 정도의 인물로 인식되고 있었다고 보아도 좋을 것이다.

　포도대장 이외에도 여러 벼슬아치가 등장하는데, 이들은 하나같이 모두 무능하다. 길동의 꾀에 넘어가 창고의 곡식과 무기를 모두 빼앗긴 함경감사라든가, 길동을 잡을 방안을 내지 못하는 왕의 측근에 있는 여러 신하들도 무능하기는 마찬가지이다.

그리고 경상감사로 임명된 길동의 형도 길동이 와서 스스로 잡혀가겠다고 하기 전까지는 거의 아무 일도 하지 않는다. 이러한 설정은 길동의 뛰어남을 보여주기 위한 것이지만,『홍길동전』 작자나 독자에게 왕이나 고위 관료들이 무능한 존재로 비치고 있었음은 분명하다.

길동은 조선 최고의 자객이나 포도대장을 농락할 정도의 무술 실력을 갖추고 있고, 귀신을 부릴 수 있는 재주가 있으며, 지적인 능력에서도 조선에서는 그를 당할 사람이 없다. 그러므로 길동이 어떤 일을 하고 싶다고 생각하고 이를 실천에 옮긴다면 조선에서 이를 막을 사람이 없다. 그런데 길동은 왜 조선에서 왕이 되려고 하지 않고, 병조판서를 요구했을까? 이것은 아마도 작자가 갖고 있는 도덕적 기준 때문일 것이다. 왕과 신하에 비해 길동이 아무리 뛰어난 능력을 가지고 있다고 하더라도, 봉건적 사고의 틀을 벗어날 수 없는 작자로서는 길동이 조선의 왕이 되는 상상을 하기는 어렵다. 이는 독자들도 마찬가지이다. 작자와 독자 모두 길동이 조선의 왕이 되는 것으로 이야기가 전개되는 것을 상상할 수 없기 때문에, 길동이 왕이 되려면 조선을 떠나지 않으면 안 된다.

④ 망당산 요괴 퇴치

조선을 떠난 길동은, 어느 날 느닷없이 화살촉에 바를 독약을 구해오겠다며 망당산으로 간다. 수천 명 도둑떼의 우두머리가 화살촉에 바를 독약을 구하러 혼자 망당산으로 간다는 설정은 썩 자연스러운 것은 아니다. 이 대목에서 '울동'이라는 요괴를 물리치는 에피소드도 재미있지만, 요괴를 물리친 다음 배필을 만나게 되는 과정 또한 중요하다. 요괴를 물리치고 배필을 얻는 이야기는 매우 흔한 문학적 소재이다. 길동은 나이가 이십이 넘었는데도 배필이 없이 혼자 살고 있었으므로, 작자는 길동을 하나의 완성된 인간으로 만들기 위해 결혼을 시키지 않으면 안 된다. 그런데 배필이 한 명이 아니라 세 명이나 된다. 길동이 구해준 세 여자 가운데 백씨는 처로 맞아들이고, 나머지 두 여자 정씨와 조씨는 첩으로 삼는다.

길동이 세 여자와 결혼하여 한 여자만 처가 되고 나머지 두 사람은 첩이 되는 것은 문제가 있다는 견해가 있다. 『홍길동전』의 주제는 '적서차별의 타파'인데, 길동이 두 명의 첩에게서 자식을 낳았으니, 결국 서자를 둔 것이므로 '적서차별의 타파'라는 주제와 어울리지 않게 되었다는 것이다. 이렇게 보는 것을 잘못이라고 말할 수는 없다. 그러나 『홍길동전』이 만들어져서 읽힌 시기와 장소는 19세기 조선이다. 그러므로 『홍길동전』을 해석할 때 19세기 조선이라는 현실을 무시해서는 안 된다. 작자는 길동이 뛰어난 인물이므로 그가 여러 명의 여인을 처와 첩으로 맞이하는 것은 자연스러운 일이라고 생각했을 것이다. 일부일처 제도에 익숙한 현대 독자들에게는 세 명의 여자와 사는 한 남자의 이야기는 이상한 일이지만, 당대의 독자에게는 지극히 자연스러운 일이었을 것이다. 일부일처 이외의 혼인 관계를 비정상적이라고 보는 것은 현재의 관점만을 절대적으로 옳다고 생각하는 것이다.

망당산의 요괴를 모두 다 죽이는 것이 길동의 잔인함을 보여 주는 것이라는 견해도 있으나, 이는 19세기 조선이라는 현실을 고려하지 않은 것이라고 하겠다. 길동이 집을 떠나기 전에 자객과 관상녀를 죽인 것에 대해서도 굳이 죽일 필요가 있는가 하는 의문을 제기할 수 있다. 그러나 이러한 해석도 현재의 윤리관을 바탕으로 한 것이므로, 소설이 읽히던 당대 독자들의 요구를 염두에 두고 해석할 필요가 있다.

⑤ 율도국의 왕이 되다

『홍길동전』의 여러 이본에서 분량의 차이가 가장 많이 나는 대목은 길동이 율도국을 빼앗아 왕이 되는 대목이다. 긴 이본은 짧은 것의 20배 정도의 분량인데, 기본적인 내용은 대체로 같고, 여기에 전투 장면이 얼마나 많으냐에 따라 분량의 차이가 나게 된다. 율도국 대목에서 논란이 되는 것 중 하나는, 길동이 평화로운 나라를 침략해서 나라를 빼앗고 왕이 된다는 문제이다. 길동의 이러한 행위를 부도덕하다고 생각하는 견해는 꽤 설득력 있게 퍼져 있다.

『홍길동전』에 율도국 대목이 들어가게 된 이유는, 길동이 왕이 되기 위한 설정이기도 하지만, 그것보다는 『홍길동전』같은 유형의 작품에는 반드시 전쟁 대목이 들어가기 때문이다. 고소설의 전쟁 대목은 거의 정해진 틀이 있는데, 『홍길동전』도 그 틀을 그대로 빌려다 썼다. 전쟁 이야기는 독자들에게 매우 흥미를 끌었기 때문에 고소설 작가들은 전쟁 대목을 어떻게 해서든지 작품에 포함시키려고 했다. 『홍길동전』의 작자도 율도국을 빼앗는 과정에 이 전쟁 대목을 배치함으로써 독자의 기대를 저버리지 않는다. 길동이 율도국을 침략했다고 이해하는 현대 독자에게는 이 대목이 문제가 될 수도 있으나, 19세기 독자들에게는 아무 문제도 되지 않았음에 틀림없다.

방각본 『홍길동전』에는 율도국이 태평한 나라라고만 되어 있으므로 길동이 율도국을 치는 것에 문제가 있다고 볼 수 있으나, 세책에는 율도국왕이 무도하기 때문에 길동이 의병을 일으킨 것으로 되어 있다. 방각본은 축약하는 과정에서 율도국왕이 무도하다는 내용이 빠졌기 때문에, 방각본만을 본다면 길동이 정당성이 없는 침략 행위를 한 것이다. 그러나 원본에서는 율도국이 문제가 있는 나라라는 구체적인 예도 들었다.

고소설의 남자 주인공은 모두 문무를 갖춘 훌륭한 인물로, 외적이 침입해서 나라가 위태로울 때에는 전쟁에 나가 공을 세우고, 평화로운 시절에는 임금을 도와 나라를 잘 다스리는 재상이 된다. 그러므로 상당수의 고소설에는 남자 주인공이 능력을 발휘할 수 있는 전쟁 대목이 반드시 들어간다. 여성이 주인공인 경우에도 전쟁에 나가서 공을 세우는 작품이 있다. 이처럼 주인

3부 — 원본 『홍길동전』

264

공의 역량을 드러내기 위해서는 전쟁 대목이 들어가지 않으면 안 된다.

조선을 떠나기 전까지 길동의 능력을 알 수 있었던 일은, 자객을 죽인다든가 무거운 돌을 들 수 있는 힘을 과시하는 것, 또는 지략을 발휘하여 해인사의 재물을 빼앗는다든가 포도대장을 농락하는 것 등이다. 이런 일은 길동의 능력이 뛰어나다는 것을 알리기에 충분하지만, 개인적인 역량을 과시한 것에 지나지 않는다. 뛰어난 능력을 가진 인물이 역량을 드러낼 수 있는 방법 가운데 하나가 대규모의 전쟁이다. 전쟁을 승리로 이끈다면 더 이상 다른 방식으로 자신의 존재를 증명할 필요가 없다. 그리고 이 전쟁의 승리로 왕이 될 수 있다면, 그것은 더 바랄 나위 없이 좋은 일이다.

⑥ 신선이 된 길동

많은 고소설에서 주인공은 천상계에서 죄를 짓고 지상으로 쫓겨난 존재로 설정되고, 또 이야기의 진행 과정에서 누군가가 주인공에게 천상의 존재라는 사실을 알려주는 대목이 나타난다. 그렇기 때문에 천상의 존재였다가 지상으로 하강한 주인공은 작품의 결말에서 다시 천상으로 돌아가는 것으로 마무리된다. 그러나 『홍길동전』의 주인공 길동은 천상의 존재로 설정되지 않았고, 또 이야기 속에서 천상의 존재라는 사실을 알려주는 어떠한 내용도 없다. 비범한 재주가 있다고 하지만, 길동은 완전히 당대 사회의 현실적 인물이다. 이와 같이 현실 사회의 인물인 길동이 마지막에 신선이 되어 지상에서 사라져버리는 것으로 작품이 끝난다. 주인공의 탄생은 당대의 다른 소설과 달리 사실성을 띠고 있었는데, 죽음은 당대의 소설과 같은 방식으로 처리한 이유는 무엇일까?

조선시대 한글소설은 시간이 지나면서 점점 더 사실적으로 변해간다. 작품의 지리적 배경이 중국이 아닌 조선이 되고, 작품의 내용에 일반적인 조선인의 일상이 담기게 되며, 대화나 묘사가 매우 사실적으로 된다. 『춘향전』이 대표적인 작품이다. 『춘향전』의 지리적 배경은 전라도 남원이고, 남원부사의 아들과 기생 춘향의 사랑에 관한 내용이며, 등장인물이나 사건의 묘사는 매우 사실적이다. 이와 같이 한글소설의 내용이 당대의 현실과 상당히 가까워지지만, 결말까지 사실적으로 처리하지는 못한다. 『춘향전』에서 기생 춘향이 양반의 정실부인이 된다는 마지막 대목의 내용은 『홍길동전』에서 길동이 신선이 되어 승천하는 것과 비슷한 결말이라고 말할 수 있다. 현실적으로 불가능하지만, 작자는 독자의 꿈을 결말에서 이루어주는 것이다. 『홍길동전』의 작자도 이러한 당대의 소설 창작 방식과 완전히 결별하고 새로운 결말을 만들어내기는 어려웠을 것이다. 신소설의 시대에 들어가면 비로소 고소설과는 다른 방식의 이야기를 만들어내게 된다.

『홍길동전』을 이해하기 위한 첫걸음은 말할 것도 없이 작품을 잘 읽는 것이다. 자신이 읽은 내용을 더 깊이 이해하기 위해 전문가의 작품해설을 참고할 수 있다. 그러나 이때 전문가의 해설은 문자 그대로 도움을 주는 것이지, 자신의 『홍길동전』 독서를 대신해주는 것은 아니다. 『홍길동전』은 오래전에 조선의 독자들이 재미를 위해서 읽던 소설이지, 이 소설을 통해서 교훈을 얻거나 작품의 의미를 해석해보려고 읽던 것은 아니다. 소설이라는 장르는 애초에 재미를 위해서 태어난 것이고, 『홍길동전』은 바로 그런 의미의 통속소설이다.

현대에 들어와서 교육과정에 소설 교육이 포함되고, 소설이 교양의 하나가 되면서 소설을 잘 해석하는 방법을 학교에서 가르치기에 이르렀다. 이제 소설은 단순히 재미를 주는 것에서, 시험에서 좋은 점수를 받기 위해서나 교양을 위해서 읽어두어야 할 책이 되기도 했고, 또 세상을 이해하기 위한 하나의 도구라는 의미도 갖게 되었다. 그러나 많은 사람들은 여전히 재미를 위해 소설을 읽는다.

소설을 읽을 때 재미를 느끼는 포인트는 사람마다 다르고 작품마다 다르겠지만, 아무래도 등장인물과 사건이 그 중심이 될 것이다. 흥미 있는 인물과 재미있는 스토리야말로 소설에서 느끼는 재미의 핵심이라고 할 수 있다. 그런데 소설을 읽는 재미는 이처럼 내용에서 느끼는 것만은 아니다. 소설을 분석해보는 일도 재미있다. 작품을 분석할 때 중요한 것은 물론 내용이지만, 때때로 소설을 둘러싼 이런저런 이야기가 작품의 내용보다 더 흥미를 끄는 경우도 있다. 『홍길동전』도 바로 그런 소설 가운데 하나이다. 『홍길동전』의 작자가 허균으로 잘못 알려진 문제라든가, 『홍길동전』의 원본을 어떻게 복원할 수 있는가 하는 문제를 잘 알게 되면, 『홍길동전』의 스토리만 따라 읽는 것보다 좀 더 다양한 재미를 얻을 수 있을 것이다. 『홍길동전』을 즐기기 위해서는 다른 사람의 『홍길동전』 해석을 반드시 참고해야 할 필요는 없다. 다만 자신의 생각과 한번 맞춰보는 것은 흥미 있는 일이다. 그러므로 권위 있는 비평가의 해석만이 중요하고 자신이 읽고 느낀 것은 의미가 없는 것처럼 생각하지 않아도 괜찮다. 각자가 읽고 느낀 점이 중요하기 때문이다.